河南省高等学校哲学社会科学优秀著作资助项目

诗 路 絮 语

中国新诗鉴赏理论与实践

王向辉 著

·郑州·

图书在版编目(CIP)数据

诗路絮语:中国新诗鉴赏理论与实践/王向辉著
.--郑州:河南大学出版社,2022.6
ISBN 978-7-5649-5220-4

Ⅰ.①诗… Ⅱ.①王… Ⅲ.①新诗-鉴赏-中国-现代②新诗-鉴赏-中国-当代 Ⅳ.①I207.25

中国版本图书馆 CIP 数据核字(2022)第 114073 号

诗路絮语:中国新诗鉴赏理论与实践
SHILU XUYU: ZHONGGUO XINSHI JIANSHANG LILUN YU SHIJIAN

策划统筹	杨国安 谌洪波
责任编辑	姜 畅
责任校对	辛德萱
封面设计	陈盛杰

出 版	河南大学出版社		
	地址:郑州市郑东新区商务外环中华大厦2401号	邮编:450046	
	电话:0371-86059752(自然科学与外语部)	网址:hupress.henu.edu.cn	
	0371-86059701(营销部)		
排 版	郑州市今日文教印制有限公司		
印 刷	广东虎彩云印刷有限公司		
版 次	2022年6月第1版	印 次	2022年6月第1次印刷
开 本	710 mm×1010 mm 1/16	印 张	14.5
字 数	237千字	定 价	49.00元

(本书如有印装质量问题,请与河南大学出版社营销部联系调换。)

序

新诗百年,波谲云诡。倏然回望,已是漫漫长途。有赞誉者,有诋毁者,不一而足,纷争不息。然平心而论,确有一些诗作,激扬文字,荡涤人心,已成为百年经典。

当今时代,娱乐化和碎片化成为文化生态的基本特征。当人们热衷于网络世界的狂欢,放逐崇高,冷落抒情,文学何为?当文化呈现为意义的碎片,书架落尘,知识凌乱,诗歌又该何为?关注新诗,其实是传承传统,呼吁人文精神的重构。

新媒体的兴起,似乎为文学铸造了新的生存领域,带来了新的生机。网络文学日益兴盛,网络诗歌花团锦簇,甚至有人惊呼为"黄金时代"。冷静审视,虽热闹有余,但是良莠不齐,诗风浮躁,积淀不足。文学与网络的联姻,并没有实现珠联璧合、锦上添花的理想状态。若能契合新的文化生态,解读经典诗作,传播新诗知识,当是一件颇有意义的工作。

承续新媒体的传播特点,吸纳网络世界的俏丽活泼,不拘传统的新诗理论建构,以简洁易懂、生动有趣为标准,紧扣诗歌文本,解读经典佳作,是构思本书的初心所在。因此,本书着意淡化新诗鉴赏的理论色彩,降低理论比重,抓住关键节点,建立简洁的知识架构;着意增强新诗作品的文本分析,紧扣诗作原意,对全诗进行通俗易懂的品读,激发新诗鉴赏的趣味;着意提升新诗创作的整体感知,撷取新诗历程中三位优秀诗人撰写诗人论,以期实现对新诗发展由点及面的全面把握。

文本解读是新诗鉴赏实践的基础。全书共解读新诗作品七十有余,基本涵盖了新诗发展历程中较为知名或具有代表性的诗作，致力于引领读者领略中国新诗发展的绰约风姿，同时也致力于提升读者的鉴赏、分析能力。诗是难解的。常见的一首诗歌，会有多种解读，难免令读者莫衷一是。本书力图回归诗作本身，从作者出发，从文本出发，从现实出发，不做无端猜想，不做刻意曲解，务求做到言之有据、言之有意、言之有趣。

诗无达诂。愿奉上心香一瓣，与爱诗之人共品。

2021年4月20日

目 录

上编 鉴赏理论与实践

第一章 诗歌是什么
　　——新诗的概念 ………………………………………（ 3 ）
　　第一节 诗歌与生活 ……………………………………（ 4 ）
　　第二节 诗歌与文学 ……………………………………（ 15 ）
　　第三节 古典与现代 ……………………………………（ 24 ）

第二章 诗歌是美丽的
　　——新诗的内容 ………………………………………（ 37 ）
　　第一节 美在情感 ………………………………………（ 38 ）
　　第二节 美在哲思 ………………………………………（ 46 ）
　　第三节 美在意趣 ………………………………………（ 55 ）

第三章 诗歌是独特的
　　——新诗的风格 ………………………………………（ 63 ）
　　第一节 婉约与豪放 ……………………………………（ 64 ）
　　第二节 浅白与晦涩 ……………………………………（ 72 ）
　　第三节 先锋与传统 ……………………………………（ 78 ）

第四章 诗歌是奇妙的
　　——新诗的技巧 ………………………………………（ 86 ）

第一节　技法之妙……………………………………………（87）
  第二节　铺陈之妙……………………………………………（95）
  第三节　诗眼之妙……………………………………………（108）

第五章　诗歌是愉悦的
  ——新诗的鉴赏………………………………………（115）
  第一节　品读之乐……………………………………………（116）
  第二节　涵泳之趣……………………………………………（123）
  第三节　朗诵之美……………………………………………（134）

下编　诗人创作论

第六章　翩翩的在空际云游
  ——徐志摩诗歌创作论…………………………………（145）
第七章　把芦笛自矜的吹
  ——艾青诗歌创作论……………………………………（159）
第八章　麦地的心上人
  ——海子诗歌创作论……………………………………（183）
附　录………………………………………………………………（205）
参考文献……………………………………………………………（225）

上编
鉴赏理论与实践

第一章　诗歌是什么
——新诗的概念

> 我思想,故我是蝴蝶……
> 万年后小花的轻呼
> 透过无梦无醒的云雾,
> 来震撼我斑斓的彩翼。
>
> ——戴望舒《我思想》①

《我思想》是诗人戴望舒的一首美丽的小诗,它为我们展示了诗歌的光芒和美丽。它告诉我们,只要我创造("思想")了,那我就是美丽("蝴蝶")的。即使"万年"之后,生命逝去,我依然可以"透过无梦无醒的云雾",来展示曾经的"斑斓"和美丽,来展示这个性鲜明、魅力无限的艺术创造。

诗歌是诗人美丽的创造,魅力无穷。它仿佛离普通大众很远,却又时时刻刻陪伴在我们身边。当我们观赏到大自然的奇妙,当我们感悟到生活的美好,当我们思考到人生的哲理,忍不住吟诵几句经典的诗句,或是书写几行有意味的话语,这时就是充满诗意的,实现了诗意的栖居。在娱乐至上的时代,我们需要诗歌。它温润着日常的琐碎的平淡的生活,安抚着焦躁的失落的阴郁的心灵,带给我们清新的气息,带给我们别样的视角,带给我们思考的愉悦,带给我们美妙的体验。

在文学的殿堂中,诗歌是多姿多彩的,像一颗璀璨的明珠,闪烁着耀眼光

---

① 戴望舒:《戴望舒经典诗集》,山东文艺出版社,2010。

芒。它可以是平淡如水的，也可以是雅致如玉的；可以是明白如话的，也可以是晦涩朦胧的；可以是短小精悍的，也可以是鸿篇巨制的。摇曳多姿的诗歌，在文学大花园中散发着独特的魅力，令无数人为之倾倒。

在这里，我们不谈论文体学意义上的诗歌概念，而是从生活、文学、发展三个方面逐一论述，对诗歌以及新诗形成简单的、感性的认识。

第一节　诗歌与生活

文学表现生活，诗歌更是诗人对生活最简洁、最纯粹、最美丽的表达。诗人在生活中的所观所感、所思所悟，借助诗歌的表达方法与创作技巧，将丰富情感与独特体验熔铸其中，进而呈现出美丽的诗歌作品。它与生活是密不可分的，它来源于生活、表现生活而又高于生活，仿佛打开了一幅曼妙无比的生活画卷。诗歌，展示生活缤纷的色彩，表现生命独特的韵味，触动人类柔软的情感，引领人们感悟身边的美好，品味生存的真谛，激发最蓬勃的生命活力。

一、感知生活

生活是美好的，但这种美好隐匿在日常生活的琐碎与平淡中，需要犀利的眼睛和细腻的心灵来发现。在生活中，人们往往是忙碌的，甚至难以停下脚步来审视、品味自己的生活。诗歌可以借助诗人的眼睛，引领读者穿过日常生活的平淡与琐碎，探寻其中的美丽与可爱，思考人生百味的意义和价值。在诗人的灵动妙笔下，一些平凡的事物，一个生活的瞬间，都会变得趣味无穷，成为最美好的记忆。诗歌，是生活最美丽的发现者，最别致的阐释者。以徐志摩[①]的诗作《沙扬娜拉——赠日本女郎》[②]为例。

---

① 徐志摩（1897—1931），浙江海宁人，新月派代表诗人。诗集有《志摩的诗》《翡冷翠的一夜》等。
② 徐志摩：《志摩的诗》，作家出版社，2000。

沙扬娜拉
——赠日本女郎

最是那一低头的温柔,
像一朵水莲花不胜凉风的娇羞,
道一声珍重,道一声珍重,
那一声珍重里有蜜甜的忧愁——
沙扬娜拉!

1924年5月,徐志摩陪同印度诗人泰戈尔访问日本,其间写成了这首小诗。无论在情趣上,还是在文体上,这首小诗都明显受泰戈尔田园小诗的影响,诗中虽没有长者的睿智和彻悟,但是弥漫着诗人的灵动内心和浪漫情怀。

"沙扬娜拉",是日语"再见"的音译。诗歌的创作灵感源自一个极为常见的生活场景:在酒店或者旅馆门口,客人推门而出的时候,静立一旁的侍女微笑低头,温柔地说一声"再见"。这样的场景,我们都已经熟视无睹,诗人却以一首短诗锁定了这美丽的瞬间。诗作中传递出的萍水相逢、执手相看的朦胧情意,使一个日常生活画面成为经典,成为永恒。

诗作最为绝妙的地方在于以构思精巧的比喻描摹了少女的娇羞之态。诗人撷取最有意味的瞬间,以"一低头的温柔"来呈现,少女的曼妙身姿和娇美神态已溢于笔端,引人回味。随后,诗作再以"水莲花不胜凉风的娇羞"进一步摹写,更是空灵绝妙。以花喻人,是诗文习作中极为常见的,但此处的高妙在于,先以水莲花比拟少女,写出少女的美丽容貌,后又以拟人手法写水莲花"不胜凉风的娇羞",化静为动,诗境顿时活泼有趣。此一句之中,以花喻人,以人拟花,人花互喻,动静结合,少女像莲花一样亮丽动人,莲花像少女一样娇羞可爱,令人沉吟回味,余音绕梁!掩卷沉思,眼前不禁浮现出一片美丽的荷塘景色,莲花朵朵,亭亭玉立,微风袭来,轻轻飘飘,如仙子一般轻盈起舞,娇羞满怀!莲花如此动人,而似"水莲花"一样的"姑娘"呢?那青春少女的娴静、纯洁、温柔、优美,轻声细语,神情可人,早已沁入读者的心灵深处!

"沙扬娜拉"一词的音译则是诗人又一高妙之处。正如他在诗作《再别康桥》中把"剑桥"音译为"康桥"、在诗作《翡冷翠的一夜》中把"佛罗伦萨"音译为"翡冷翠"时将原本枯燥的地名变得诗意盎然一样,以"沙扬娜拉"为题,巧用音译,避开了"再见"一词的世俗与平淡,赋予这一日常用语以独特的诗意。这一颇具天才意味的音译,充满诗意,既契合了日语发音的原有音调,又巧妙显示着少女的语音轻柔。悠悠别离,风情万种,尽在这四字之中!

这首诗是简单的,但也是美丽的。诗人以寥寥数语,生动传递出细腻美好的生活体验,赋予日常生活场景以独具魅力的文学记忆!品味此诗歌,我们折服于诗人的惊人才思,更是品味到寻常生活的丰富多彩、摇曳多姿。

诗歌不仅引领读者发现生活之美,而且启迪我们在生活中获取新的感知。与小说、散文、戏剧不同,诗歌相对体制短小,思绪跳跃,不擅于宏大生活面的全景展示,更不可能长篇大论、娓娓道来,所以往往只能截取生活的片段和瞬间,在有限的篇幅内传递出对生活的思考。那些敏感的诗人,往往撷取有意味的生活点滴,借助某一平凡的生活瞬间,窥一斑而见全豹,传递出对生活的感知和体悟,引领读者探寻生活的意义和价值。在一些经典诗作中,正是因为映射出日常生活中的人生智慧,散发着幽深的理趣,方才成为脍炙人口的佳作。以卞之琳[1]的诗作《断章》[2]为例。

断章

你站在桥上看风景,
看风景人在楼上看你。

明月装饰了你的窗子,
你装饰了别人的梦。

《断章》写于1935年,是诗人卞之琳的一首名作。短短四行,言简意丰,极具哲思,因而备受称赞。全诗展示的是一幅日常生活图景:"你站在桥上看风景,/看风景人在楼上看你。"诗中,"你"是画面的主体人物,也是画面的中心

---

[1] 卞之琳(1910—2000),诗人、翻译家,江苏海门人。1936年与李广田、何其芳合出《汉园集》,因此合称为"汉园三诗人"。

[2] 洪子诚、奚密主编《百年新诗选》(上),生活·读书·新知三联书店,2015。

视点。围绕这一人物,桥、风景、楼上看风景的人,这些看似零乱的人和物,巧妙地组织在一个框架中,构成了一幅匀称、悠远的风景素描。

当你沉浸在这单纯朴素的生活场景中,就会同时发现哲学沉思的存在。第一节中,当"你站在桥上看风景"时,"你"是主体,你眼中的"风景"(包括楼上的人)是客体;而相对于楼上看风景的人,"你"站在桥上,也成为他们眼中的风景的组成部分,他们成为主体,"你"又变成了客体。第二节进一步强化了这一哲思发现:"明月装饰了你的窗子,你装饰了别人的梦。"这里依然充溢着主客体之间的相对性存在,但是"明月""窗子""梦"这些常见的景物都脱离了现实生活中的具象化存在,成为哲思浓郁的意象,承载着富有哲理意味的诗性主题,引领读者走进充满哲思的意蕴空间。诗作的第一节相对写实,具有较强的现实感,第二节则进入哲理的空间,尤其"装饰"二字,升华了诗作描绘的日常生活图景,抽象的意味勃然萌发。诗人借助一个简单的生活图景,传递出对生活的独特感知:在这宇宙与人生中,一切事物都是"相对"的,而一切事物又是互为关联的;世间万物表层上是独立存在的,但实质上却莫不在联系之中,相互依存,相互关联。这首简短的诗作,引领读者感知生活,进一步反思自己的生存状态:生活就像一张网,身边的琐屑存在却构成了存在的意义和价值。

因为这首诗歌的简洁含蓄,不同的读者又常常从中读出不同的哲理感悟。学者、翻译家李健吾认为,这首诗是在"装饰"两个字上做文章,暗示人生不过是互相装饰,蕴含着无奈的悲哀。这样的解读,诗人本身却不以为然。卞之琳在谈论这首诗时说:"我当时爱想世间人物、事物的息息相关,相互依存、相互作用。人(你)可以看风景,也可能自觉、不自觉点缀了风景;人(你)可以见明月装饰了自己的窗子,也可能自觉、不自觉地成了别人梦境的装饰。"可见,诗人的主要意图是表现人与人之间、物与物之间,无论自觉与不自觉,都可能发生的这样或那样的相对关系。但是,李健吾的解读同样存在合理之处。从文学鉴赏层面来讲,作品一旦进入公众阅读的视野,作者便不具有绝对的解释权了,其他读者的观点也应得到充分的认可和尊重。一幅日常生活图景,经过诗人的精心雕琢,用简短四句传达出对生活的充满哲思意味的感知。不同解读的并存,从另一个角度证实了这首诗作意蕴的丰富性,更加耐人寻味。

一花一世界,一叶一菩提。因为诗歌,平淡的生活变得诗意盎然,偶然的瞬间获得了哲思无限。诗人对生活的细致感知和诗性把握,书写出无数经典诗作,引领我们穿越平凡,寻求生活的意义和价值,穿越浅薄,奔向深邃幽远的哲理世界。

二、触动情感

没有情感,无以谈人生;没有人生,无以谈文学。人类是地球上最具情感的动物。情感,是文学的永恒主题,也是诗歌始终关注并表达的主题。诗人的爱恨情愁、喜怒哀乐,都倾注在精致的诗句中,最终与读者形成情感上的共鸣。新诗中的那些经典佳作,以最优美的文字,最细腻的情感表现,将生活中的某一情境凝铸成有意味的画面,触动人心,令人回味。诗人或喃喃自语,或娓娓道来,带领我们在诗作中触摸生命中最美的感情。由此而言,诗歌是情感的传递者和赞颂者,为生活增添了无限的温度,赋予了丰富的色彩。

有的诗歌直接以情感为表达主题,借助意象抒发内心的真挚情感,情深意切,格式特别,总是带给读者一种最深刻最细腻的阅读体验。以余光中[①]的诗作《乡愁》[②]为例。

乡愁

小时候
乡愁是一枚小小的邮票
我在这头
母亲在那头

长大后
乡愁是一张窄窄的船票
我在这头
新娘在那头

[①] 余光中(1928—2017),台湾诗人,出生于南京,祖籍福建永春,因母亲原籍为江苏武进,故也自称"江南人"。1952年毕业于台湾大学外文系。代表作有《白玉苦瓜》(诗集)、《记忆像铁轨一样长》(散文集)及《分水岭上:余光中评论文集》(评论集)等。

[②] 余光中:《守夜人:余光中诗歌自选集》,江苏凤凰文艺出版社,2017。

后来啊
乡愁是一方矮矮的坟墓
我在外头
母亲在里头

而现在
乡愁是一湾浅浅的海峡
我在这头
大陆在那头

"一湾浅浅的海峡",割不断两岸人民的骨肉亲情。诗人余光中出生于南京,却栖居台湾,远离故土三十多年,常自称"江南人",家国之思溢满心中。诗人以人生经历为抒情脉络,由少年到老年,由思乡到思国,层层铺排,倾诉了绵绵乡关之思和浓浓家国之爱。这份感情汹涌在诗人心中,也荡漾在万千海外游子的心中。

黯然销魂者,唯别而已。诗作的情感脉络甚为别致:始如涓涓溪流,伤感如丝;后层层递进,愁思愈重;至结尾则百川入海,肝肠寸断。前三节着重叙写诗人在小家庭的个人情感经历,从年少时的离家之别,到青年时的夫妻之别,再到后来的生死之别,伴随着年龄的增长,别离的伤感层层加深,诸多人生况味尽在其中。结尾一节,对别离的书写升华到了新的高度。"而现在/乡愁是一湾浅浅的海峡/我在这头/大陆在那头",将个人的悲欢与巨大的思国之情、民族之恋紧密交汇在一起,突然掀起情感倾诉的滔天巨浪,如洪钟大吕,振聋发聩。正所谓"天下兴亡,匹夫有责",中国的知识分子历来对民族的兴盛、国家的统一都持有高度的责任感和认同感,"但悲不见九州同"的深沉情感响彻苍穹。全诗自个人离愁延展为家国之愁,抒发思国之痛,呼吁祖国统一,迸发出更为深沉的情感和强烈的感染力。诗作的境界因此别具高格,洋溢着激荡人心的情感力量。

这首诗不仅倾诉了真挚细腻的情感,而且具有简约而雅致的精湛诗艺。在整体脉络上,诗作以时间变迁为经,以两地别离为纬,在均齐中追求活泼,在平淡中彰显激情，纵横交织、深沉感人。在意象选择上，诗人精练地提取了"邮票""船票""坟墓""海峡"四个意象，将非常抽象的情感变得感性化、具象化，意象单纯明丽，感情层层推进，至结尾雄浑壮阔、收束有力。在词语斟酌上，诗中用"这""那"两个简单的指示代词，巧妙地烘托出诗人的分离之痛、思念之重，呈现出极强的时间感和空间感。这种似断实连的情感脉络，与简单纯粹的意象互为映衬，极易激发起人们的情感共鸣。在韵律节奏上，音节轻快，韵律和谐，如同优美的乐章，回旋往复、简单灵动、余音绕梁。那些因生活分别、因思念相聚的人们，品味此诗，内心中的点滴情愫极易产生共鸣，进而体味到诗作的精妙之处。

《乡愁》一诗中，诗人直抒胸臆，这是诗作触发情感的一种表现。与其不同，有的诗歌则善于借助普通的生活画面抒写真挚深沉的感情，赋予生活更为丰富细腻的滋味。日常生活是平淡的，如同一泓碧水，似乎平凡无奇，但是经过诗人的诗意表现，却总能探寻出别有韵味的情感，于是，诗歌便具有了神奇的情感表现力。读者通过对诗歌的阅读与体悟，与其中所蕴含的情感产生共情，进而领悟到诗歌的魅力和生命的美丽。以郑敏①的诗作《金黄的稻束》②为例。

金黄的稻束

金黄的稻束站在
割过的秋天的田里，
我想起无数个疲倦的母亲
黄昏的路上我看见那皱了的美丽的脸
收获日的满月在
高耸的树巅上
暮色里，远山是

---

① 郑敏，1920年出生，福建闽侯人，诗人。1943年毕业于西南联大哲学系。1981年，郑敏、辛笛、杭约赫、唐祈、唐湜、陈敬容、杜运燮、袁可嘉、穆旦等合出诗集《九叶集》，因而称为"九叶派"。该诗歌流派又称为"中国新诗派"，系因1948年创办的诗歌杂志《中国新诗》而得名。
② 洪子诚、奚密主编《百年新诗选》（上），生活·读书·新知三联书店，2015。

围着我们的心边
　　没有一个雕像能比这更静默。
　　肩荷着那伟大的疲倦，你们
　　在这伸向远远的一片
　　秋天的田里低首沉思
　　静默。静默。历史也不过是
　　脚下一条流去的小河
　　而你们，站在那儿
　　将成为人类的一个思想。

　　昆明，一个四季如春的城市。西南联大，这个战时特有的大学，静静坐落在昆明美丽的城郊。夕阳西下，落日熔金，尚在哲学系读书的郑敏漫步在郊外僻静的小道上。她经过一片广阔的稻田，看到已经收割的稻子一束束地静静立着，饱满的稻穗微微垂着，似乎是终日操劳后的小憩，又似乎在低声地温柔诉说，不禁令人想起那些勤劳、温柔的母亲。夕阳余照下，稻束披上一层金黄，沉静而神秘。于是，诗人有感而发，写下了这首《金黄的稻束》。

　　日常的田园景色中，诗人寻找到了情愫的存在，创造了满怀情感的意蕴空间。秋天的收获会使母亲操劳，诗人由低垂的稻穗联想到母亲辛勤劳作后的疲倦身影，从而使诗作充满了隐喻的意味，激发了日常生活的情感意味。稻穗是具体的、可感的，借助这有意味的意象，使抽象化的情感变得具体可感，丰富了诗歌的表达。一方面，诗作描绘的是现实中在"满月"笼罩、"远山"环绕中静默的"稻束"，另一方面，诗作又突出它"雕像""低首沉思"等人性化特征，从而使"稻束"成为"母亲"的象征，那一丛丛收割后的稻束，便是母亲那奔波忙碌后休憩的身影。在诗人看来，母爱是伟大的，因而那"疲倦"便具有了"伟大"的性质。"肩荷着那伟大的疲倦"中，以"伟大"来修饰"疲倦"，令人称奇，进一步深化了诗人对母爱的崇敬与赞美，激发了诗作的情感魅力。诗人将思绪延展开去，在更为广阔的时空中审视母爱，感受到母爱的伟大与永恒，以至于历史也不过是一条"小河"。站立在田地里的稻束，是母亲的雕塑，承载了母爱的伟大，同时承载了深刻的思想内涵：将成为人类的一个思想。母亲是伟大的，母爱是永恒的。这是诗人唱出的一曲意蕴深刻、荡气回肠的母亲赞歌。

透过田野中静立的稻束,诗人郑敏联想到伟大的母亲,赞颂母爱的永恒。诗作指出,在伟大的母爱面前,波澜壮阔的历史也只成为一条"流去的小河",变得平静而舒缓。这样的发现同样是伟大的,也是震撼人心的。借助诗人的诗性思维和奇妙表达,日常生活片段传递出细腻深邃的情感,铸就了一幅经典的画面,具有了永恒的意义。

三、激发生命

文学是人学,触及人类的灵魂,最终必将指向对生命生存的探询与思考。人生何为?生命何在?这是文学要表现的主题,也是诗歌所要追寻的价值归宿。每一个有追求的人都在思索着生命的意义和价值。诗人将自己对生命的感悟和思考凝结在文字之中,通篇灌注着生命的活力。这些诗歌因为强有力的生命气场而吸引着每一个接近它的人,引领读者感悟生命、体味生存。因此,诗歌是生命力的激发者,在日常生活中赞颂生命、敬畏生命。这里以昌耀[①]的一首短诗《鹿的角枝》[②]为例,诗中弥漫着对生命的敬畏与喟叹。

鹿的角枝

在雄鹿的颅骨,有两株
被精血所滋养的小树。
雾光里
这些挺拔的枝状体
明丽而珍重,
遁越于危崖、沼泽,
与猎人相周旋。

若干个世纪以后,

[①] 昌耀(1936—2000),原名王昌耀,湖南桃源人。1954年开始发表诗作,出版的诗集有《昌耀抒情诗集》(1986)、《命运之书》(1994)、《一个挑战的旅行者步行在上帝的沙盘》(1996)、《昌耀的诗》(1998)等。

[②] 昌耀:《昌耀的诗》,人民文学出版社,1998。

在我的书架,
在我新得收藏品之上,
我才听到来自高原腹地的那一声
火枪。——
那样的夕阳
倾照着那样呼唤的荒野,
从高岩。飞动的鹿角
猝然倒仆……

……是悲壮的。

　　昌耀是当代中国致力于表现西部文化的杰出诗人。他的诗作在悲悯的情怀中呼唤人性的审视,蕴含着坚强不屈的生命意识,其独特的艺术个性和哲理思考在新诗中独树一帜。《鹿的角枝》一诗,诗人从自己书架上的一只鹿角获取灵感,写出了自然界中美丽生命被人类毁灭的悲剧,氛围悲壮,格调深沉。
　　第一节描写的是自然界中活泼美丽的雄鹿。写雄鹿,却并不面面俱到,而是只撷取它头顶的鹿角来展现,把鹿角称为"被精血所滋养的小树","明丽而珍重",突出了雄鹿旺盛的生命力和漂亮的外形。可是,美丽的雄鹿时刻都有生命危险,不得不"与猎人相周旋"。阅读此节,眼前仿佛呈现出在山川、沼泽奔跑的可爱小鹿,它们在奔跑,在跳跃,是自然界最可爱的精灵。
　　第二节场景转换,从大自然转到书房,那只被"精血所滋养"的鹿角已经成为书架上的装饰品,美丽的生命被人类的贪婪和虚荣所毁灭。诗人运用想象,再现了雄鹿被火枪击倒的悲壮一刻。"呼唤的荒野",是对美丽生命逝去的愤慨,是对贪婪人类的控诉。"呼唤"一词,呈现出极具隐喻意义的场景。夕阳下的荒野一片静寂,再没有那只美丽雄鹿的奔跑,没有那灵动身影的闪现,令人心痛,令人伤感。
　　第三节以"……是悲壮的"单句成节,收束全诗。这是对生命逝去的敬畏,也是全诗悲剧意识的凝聚。一句简单的话语,基于前面两节的对比,言简意赅地突出了诗人对生命的珍重和赞美,以及对生命悲剧的痛惜和感叹。
　　纵观全诗,优美自然的生命与因贪婪猎取导致的毁灭形成鲜明对比,壮美、辽阔、忧伤、深厚,极富语言和思想的挑战性。诗中明丽而优美的意境、神秘而苍凉的色调、简单而素朴的言辞,与深厚的思想内涵共同构成了一个浑然天成的艺术境界。诗作从一件日常生活中的艺术品写出了对生命的沉思,对毁灭者的批判。全诗充满浓郁的生命意识,具有震撼人心的艺术质感。

在新诗的世界中,诗作对生命的激发不仅表现在描绘那些生命被杀戮的悲剧,而且还撷取日常生活中的情景,向读者传递诗人对人生的体验和思考。看顾城①的小诗《安慰》②。

安慰

青青的野葡萄
淡黄的小月亮
妈妈发愁了
怎么做果酱

我说:
别加糖
在早晨的篱笆上
有一枚甜甜的
红太阳

顾城是中国新诗坛的"童话诗人"。他的诗简约明快、自然纯净,充满童稚和梦幻。《安慰》这首短诗作于1980年10月,诗人以生活中做果酱的一件小事,呈现出儿童与成人不同的生活世界和心理世界,表达出对童真生活的无限向往。全诗以简单纯粹的形式,呈现出特殊的艺术感知力。

诗作的第一节呈现了成人视角的生活。"青青的野葡萄/淡黄的小月亮",寥寥几笔勾勒出一幅"冷月映青果,寒灯照愁颜"的清冷画面。在母亲的眼里,

---

① 顾城(1956—1993),原籍上海,朦胧诗派代表诗人,逝世后其作品由父亲顾工编辑出版为《顾城诗全编》。
② 顾城:《顾城的诗》,人民文学出版社,1998。

这"青青的野葡萄"是无法做出美味的果酱的,这就是现实。在成人眼里,现实就是生存,做出甜美的果酱,才是生活中至关紧要的事情;而无法做出甜美的果酱,无论这颗野葡萄多美丽,哪怕像"小月亮"一样,也同样是令人发愁的。

在第二节中,孩子懂事而又富于想象地劝慰母亲:在早晨,会有"甜甜的红太阳"升起,一切都会有新的转机和新的希望。在儿童的心灵世界中,不只有"做果酱"这样现实的需求,更有对未来的非功利性的美好向往。因此,与成人的感触不同,孩子眼中的现实世界是一种美丽可爱的存在,他们去除了功利性审视,只追求、追寻现实的单纯与美好。

诗作第一节的冷色调和第二节的暖色调形成了鲜明对比,隐喻了成人和儿童不同的心灵世界,以此呈现出对儿童纯真的心灵世界的赞美,激发人们对于生命的挚爱。顾城曾经这样谈论自己的诗学观:"我爱美,酷爱一种纯净的美,新生的美。我总是长久地凝望着露滴、孩子的眼睛、安徒生和韩美林的童话世界,深深感到一种净化的愉快。我渴望进入这样一种美的艺术境界,把那里的一切,笨拙地摹画下来,献给人民,献给人类。我生活,我写作,我寻找美并表现美,这就是我的目的。"①在这首小诗中,诗人在普通生活中寻找美、表现美,激发读者去思考生活,探寻生命的意义和价值。

德国浪漫派诗人荷尔德林曾写下一首诗,名字是《人,诗意地栖居》。诗中写道:"人充满劳绩,但还/诗意地安居于这块大地之上。"面对生活的操劳和奔波、琐屑和单调,诗歌引领人们挣脱现实的迷雾,从而实现"诗意地栖居"。简单的生活图景,一旦走入诗歌的世界,便具有了生命与存在的哲思。正是因为诗歌,我们的生活具有了丰富的意味、斑斓的色彩。诗歌为我们打开了一扇通向美与思的玄妙之门。

第二节 诗歌与文学

不同品类的文学作品,风格多样,摇曳多姿。按照文学理论层面常见的四分法,小说、诗歌、散文、戏剧是主要的文学体裁。这四者文体各异、风格别具。具体到诗歌,可谓是文学大家庭中最具艺术性和创造性的文体。它追求语言

---

① 顾城:《小诗六首》,《诗刊》1980年第10期。

的凝练、情感的丰富、形式的别致,始终站在文学探索的前沿,不断冲决文学的发展边界,是文学世界里的探索者和先锋军。

一、文学语言上最凝练

语言凝练,是文学作品的基本条件。但诗歌对语言的要求最高,且具有其独特性。一是语出新奇:要用最简练的文字表达最丰富的意蕴,要语出惊人、不落俗套,最终达到一字不能多、一字不能少的地步,真正做到千锤百炼、字字珠玑;二是强调音韵:诗歌这一文体自出现之时即带有明显的韵律美和音乐美,现代诗歌追求自由的诗形,但同样注重和谐的韵律和美妙的节奏,音韵是诗歌语言最本质的特征,没有音韵,诗歌就失去了语言层面的文体特征。在新诗的发展历程中,虽然曾经有过关于韵律的论争,但是细读那些经典佳作,诗人们依然高度重视对韵律和节奏的把握,那些追求和谐优美的韵律的诗作,带给我们或轻快优美、或醇厚绵远的阅读美感,宛转悠扬,雅致精美。

在古典诗歌创作中,语言凝练传神是重要的评价标准之一,遂有"炼字炼句"的文坛佳话。唐代诗人贾岛、韩愈关于"推敲"的故事,可谓是家喻户晓。宋代诗人王安石的诗作《泊船瓜州》中,"春风又绿江南岸"一句中关于"绿"字的雕琢同样广为传颂。据南宋洪迈《容斋随笔》(续笔卷八)记载,王安石先后用了"到""过""入""满"等十多个字,最后才选定这个"绿"字。这个"绿"字究竟妙在何处?原本只是表示颜色,诗人却用作动词,不仅增添了景色的丰富性,而且赋予其动态感,更具有诗性美。所以,古人常常"吟安一个字,捻断数茎须"。唐代诗人王勃的《滕王阁序》中"落霞与孤鹜齐飞,秋水共长天一色"的名句,去掉"与""共"二字就会大为减色。所以,自古以来,诗歌语言就务求凝练、生动,因为追求语言的凝练,所以字句上的精雕细琢、节奏上的辗转腾挪,都成为诗歌这一文体的重要特征。

与古典诗歌不同,新诗的自由体诗形使其在形式上不拘一格,因此弱化了韵律的工整和诗形的均齐。但是,作为诗歌这一文体,语言的简练优美依然是要求最为严格的。在新诗佳作中,常常可以感受到诗人在炼字炼句上的呕心沥血、精益求精,语言上的凝练与准确也令人叹服。以艾青①的诗作《太阳》②为例,可见一斑。

太阳

从远古的墓茔
从黑暗的年代
从人类死亡之流的那边
震惊沉睡的山脉
若火轮飞旋于沙丘之上
太阳向我滚来……

它以难掩的光芒
使生命呼吸
使高树繁枝向它舞蹈
使河流带着狂歌奔向它去

当它来时,我听见
冬蛰的虫蛹转动于地下
群众在旷场上高声说话
城市从远方
用电力与钢铁召唤它

于是我的心胸
被火焰之手撕开
陈腐的灵魂

---

① 艾青(1910—1996),原名蒋海澄,出生于浙江金华。1933年第一次发表长诗《大堰河——我的保姆》,始用笔名"艾青"。出版的诗集有《大堰河》(1936)、《北方》(1939)、《向太阳》(1940)、《黎明的通知》(1943)、《归来的歌》(1980)、《雪莲》(1983)等。
② 艾青:《艾青诗选》,人民文学出版社,1984。

搁弃在河畔
我乃有对于人类再生之确信

此诗创作于1937年春,当时的中国正深陷局势动荡的泥沼:一方面是以国民党反动派为代表的一切旧势力以及外国侵略者的势力,要把中国推入黑暗之中;一方面是革命者与劳苦大众正浴血奋战,努力打破旧世界,建立光明自由的新世界。在这激烈较量的时刻,尽管前景尚未明朗,但是诗人已感到希望将要到来,于是有感而发,写下了这首诗歌名作《太阳》。

全诗以简洁凝练的词句生动描绘了太阳到来的宏阔场景,讴歌了伟大时代带来的令人心悸的颤动。诗人以强烈奔放的情绪感染读者,使人们感悟到一个新的时代即将诞生。

诗作第一节写出了"太阳向我滚来"的磅礴气势,简洁的语句,铿锵的节奏,令人血脉偾张。曾经有人提出疑问:太阳是静止的,是光和热的原点,只能是"我"向太阳滚去,而不应该是太阳向"我"滚来。诗人并不赞同这种说法,他认为只有这样才能体现出"太阳"不可阻挡的气势和喷薄而出的情景,只有这样才能有力渲染出雄浑壮阔的诗境。第二节、第三节主要写太阳到来时给世界带来的巨大变化。此时的大地上,万物复苏,生命狂舞高歌,洋溢着旺盛的生命活力。诗人惜墨如金地写出了生命的萌发,写出了世界的巨变,虽然简短,但场景阔大、激荡人心。诗作的最后一节落在自身,写出了自己的重生,心胸"被火焰之手撕开",别具一格。一个"撕"字,写得惊心动魄,催人振奋。一字之妙,不仅激扬起整首诗作的豪迈情感,而且和前面"向我滚来"相呼应,愈加震撼人心。

整体看来,"太阳向我滚来"一句是全诗的诗眼所在。前面几句都是为"太阳向我滚来"做铺垫。无论历史多么漫长,时代多么黑暗,现实又是多么艰难,"太阳"携带着无限的光芒和能量,终将带来一个明亮的世界,带来一个崭新的开始!字句之间,恰见诗人遣词炼句的高超技艺。

诗人是敏感的。在诗中,凝结着一股躁动的力量,引领读者迈入太阳到来的崭新时代。诗人的炼字炼句简洁有力,恰如其分地传达出激情澎湃的情感,相得益彰,光彩夺目。

二、文学探索上最先锋

在文学殿堂中,诗歌在思想内涵、艺术手法上都是执着的探索者。它以最简短的语句表达最深刻的思想,以最简单的形式探索最前沿的技巧。它还常常对诗歌的既有范式形成冲决,最终导致不同年代、不同时期的诗歌面貌迥异。纵观文学发展史,无论是古代,还是现代,诗歌的创新与变革总是显而易见的,其探索的烈度和强度远远大于其他文体,在一定程度上引领了文学发展的方向。

从现代文学①的发展上看,新诗引领了文学的发展。1920 年,胡适②出版了诗集《尝试集》。这是现代文学发展史上的第一部白话诗集,虽为尝试、探索之作,却成为开风气之先的诗集。自《尝试集》之后,掀起了白话诗(自由体诗)的兴盛,推动文学风气迅速转向,新文学的创作蔚然成风,影响日盛,现借诗集中的名篇《蝴蝶》③一窥新诗之初的模样。

蝴蝶

两个黄蝴蝶,双双飞上天。
不知为什么,一个忽飞还。
剩下那一个,孤单怪可怜。
也无心上天,天上太孤单。

这首诗发表在 1917 年 2 月的《新青年》杂志,时题为《朋友》。后收入《尝试集》,改名《蝴蝶》。当时正处于胡适从美国留学归国的前夕,他已经提出了文学改良的主张,要求不模仿古人,不避俗字俗语。这一主张遭到了朋友们的反对,他们甚至写信劝胡适"白话诗无甚可取"。胡适感到孤寂苦闷,于是写下

---

① 现代文学,一般指自 1919 年"五四"文学革命至 1949 年新中国成立期间的文学。"新诗"的概念也是这一时期提出的,现在研究界提的"新诗"主要指五四运动前后产生的、有别于古典、以白话作为基本语言手段的诗歌体裁。
② 胡适(1891—1962),中国学者,安徽绩溪人。1920 年,其创作的白话诗集《尝试集》一经出版,便引起广泛关注,一版再版。
③ 胡适:《尝试集》,外文出版社,2013。

了这首尝试之作。

这首诗内容上浅白通俗,形式上还带有传统诗歌的特征,风格上近似儿歌,却是新诗的开山之作。在这首诗中,作者近乎游戏地书写了两只飞舞的蝴蝶。虽然在形式上并未具有自由体诗的特征,平铺直叙,意境简单,但是大胆地采用了白话文的语言,不避俗语俗字,不用典故,最终成为新文学发展的"急先锋"。

《蝴蝶》这类诗歌的出现,对于新旧文学激烈交锋、各种观点论争不休的文坛不啻一声春雷,吹响了新诗创作的冲锋号。诗歌在文学发展上的先锋意味和探索价值,由此得以充分体现。

三、品读鉴赏上最多姿

在小说的世界里,读者可以体味到作家对命运的探索和对历史的思考,发人深省。在散文的世界里,读者可以感受到作家对生活的细腻体验和真切感悟,滋养灵魂。而诗歌的世界里,则是诗人在探索未来,引领读者追寻生命的高度和文学的卓越。中国自古就有"诗无达诂"的说法,从作品鉴赏层面来看,诗歌的鉴赏是最难的,是最有挑战性的,对鉴赏者的素养要求也是最高的。

诗歌语言简约、意蕴含蓄的特征,常常会导致读者鉴赏时观点各异、解读不一。尤其那些以晦涩著称的诗,解读起来更是仁者见仁、智者见智,有些时候连作者的解释也不能令读者信服,众声喧哗的场面屡见不鲜。但这并不影响诗作的经典价值,从另一个角度看,这恰是诗歌品读的魅力所在。以臧克家[1]的诗作《老马》[2]为例。

老马

总得叫大车装个够,
它横竖不说一句话,
背上的压力往肉里扣,

---

[1] 臧克家(1905—2004),山东诸城人。1933 年出版第一部诗集《烙印》,真挚朴实地表现了中国农村的破落、农民的苦难坚忍和民族的忧患,被认为是他最具影响力的作品集。
[2] 刘增人、冯光编选《臧克家》,人民文学出版社,1994。

它把头沉重地垂下！

　　这刻不知道下刻的命，
　　它有泪只往心里咽，
　　眼里飘来一道鞭影，
　　它抬起头望望前面。

　　《老马》写于1932年，是诗集《烙印》中流传广泛、脍炙人口的名篇。作者曾说："1927年大革命失败后，我对蒋介石政权全盘否定，而对于革命的前途，觉得十分渺茫。生活是苦痛的，心情是沉郁而悲愤的。"作者看到了一匹命运悲惨、令人同情的老马，于是写下了这首诗。

　　全诗没有过多的语言描绘，也没有复杂的创作技法，只是平实地刻画了一匹老马的形象。诗中刻画的这匹沉默的、任人驱使的、精疲力竭的老马，面对主人的驱使，没有怨言，没有挣扎，只是在默默承受着，其坚忍的性格得到了纯粹的呈现。因为诗中只塑造了老马的形象，而未对这一形象做更多意义上的暗示，所以就导致了其内涵的不确定性：诗人究竟是在写自己，还是在写他人？是在写人生，还是在写社会？似乎都有，似乎都不确定。关于这首诗，诗人曾自述：写老马就是写老马本身，读者如何理解，那是读者的事，见仁见智，也不全相同。因此，这首简单纯粹的诗作，生成了意蕴繁杂的文本，令鉴赏者反复品读，沉思不已，诗歌鉴赏的魅力尽在其中。

　　相对其他文体来讲，诗歌的解读是有一定难度的。一方面，当诗歌的表达较为隐晦时，增加了解读的难度；另一方面，它需要鉴赏者具有一定的文学基础，且对诗歌的基本理论较为熟悉。比如，冯至①的诗集《十四行集》②以其哲理和深思独步诗坛，解读其诗作，必须对十四行诗的诗学理论有所了解，同时要对存在主义哲学思潮的基本观点有所涉猎，如此方能品得冯至后期诗歌的炉火纯青，方能领略《十四行集》的独特魅力。以诗集中的第一首诗作为例。

---

① 冯至（1905—1993），原名冯承植，直隶涿州（今属河北）人。1927年4月出版第一部诗集《昨日之歌》，1929年8月出版第二部诗集《北游及其他》，另著有诗集《十四行集》、散文集《山水》、中篇历史小说《伍子胥》等。

② 解志熙编《冯至作品新编》，人民文学出版社，2009。

一

我们准备着深深地领受
那些意想不到的奇迹,
在漫长的岁月里忽然有
彗星的出现,狂风乍起;

我们的生命在这一瞬间,
仿佛在第一次的拥抱里
过去的悲欢忽然在眼前
凝结成屹然不动的形体。

我们赞颂那些小昆虫,
它们经过了一次交媾
或是抵御了一次危险,

便结束它们美妙的一生。
我们整个的生命在承受
狂风乍起,彗星的出现。

冯至在20世纪20年代以创作抒情诗著称,诗情含蓄深沉,风致幽婉动人,被鲁迅称为"中国最为杰出的抒情诗人"(《中国新文学大系》小说二集序)。1942年,诗集《十四行集》出版,这是诗人诗歌创作历程的巅峰之作,诗作将哲思之深和诗歌之美融于一体,被推许为具备了深度品质的"沉思的诗",被认为是中国新诗进入成熟境界的标志。

生命的本质是什么?存在的意义和价值何在?这是无数哲学家思考的问题。当我们生活在这个世界上,当我们超越了现实生活的羁绊,生命为什么存在,人类该怎样存在,成为哲学家必然要思考的哲学命题。为抽象概念、哲学思维找到血肉之躯,将感性和理性有机地综合起来,是20世纪初现代派诗人和理论家庞德和艾略特所特别强调的。冯至深受英美现代派诗人的影响,当他身处荒郊,目睹自然最真切的状态,心灵得到滋养,不由得触发了浓烈的诗情。诗人将存在主义的哲思与眼前所见相融合,探讨人生本质、苦难承受、静待死亡等生命主题,用一颗热切而悲悯的心来关注这个世界、关注人们的生存状态。因此,《十四行集》中的诗歌处处体现了诗人对生命的"沉思"与感悟。

《十四行集》只有二十七首十四行诗,但其呈现的空间足够广大,平原、山川、道路、河流、岛屿、城市,是一个无穷无尽敞开的世界。前文所选的第一首诗承担了为整个《十四行集》提点作意、总括主旨的作用,属于艺术上的圆熟之作。

"承受"是这首诗的关键词。由诗作的开头"我们准备着深深地领受",至结尾"我们整个的生命在承受",自"领受"至"承受",呈现出对生命存在状态的领悟。那么究竟"领受"或"承受"什么?是那些"意想不到的奇迹",如"彗星的出现",或者"狂风乍起",一长一短,一必然一偶然,皆是人生的奇迹。无论偶然或者必然,承受着生命中的诸多"奇迹",是人生最真实的存在状态。

随后,诗作描摹了人生最为真实的存在状态:奇迹到来的那"一瞬间",构成了人生的一个个记忆片段。在那"一瞬间"里,"过去的悲欢忽然在眼前/凝结成屹然不动的形体。"这是诗人所呈现的生命状态,当我们回忆过往,所浮现的正是那一幅幅凝结着悲欢的画面,虽然是静止的、短暂的,却是蕴含了我们的过往,蕴含着我们的情感。在诗人看来,人生最真实的状态即是如此。这可谓是诗人最为独特的人生发现。

"瞬间"虽然短暂,但是组成了我们的人生,其意义与价值何在?诗作进一步联想到那些自然界的小昆虫:"经过了一次交媾/或是抵御了一次危险,/便结束它们美妙的一生。"在那个短暂的瞬间,小昆虫失去了生命。但是曾经拥有生命,曾经领受到意想不到的奇迹,小昆虫便实现了存在的意义和价值,从而便拥有了"美妙的一生"。从大自然的无数变迁中,从小昆虫短暂的生命过程中,诗作展示了生命的意义和价值。诗人告诉我们,生命的意义就在于存在,只要曾经拥有,哪怕是短暂一瞬,也会是"美妙的一生"。这是一首生命的赞歌!诗作在艺术表现上深入浅出、朴素自然、平易近人,呈现给我们的思想深度和美学境界,在中国新诗中乃至整个中国诗歌史上都是前所未见的。

诗作采用的十四行体,是西方诗歌中格律最为严谨的诗体。由于十四行诗有严格的规则,即使在欧洲,许多写诗的人也都把它视为畏途,不敢轻易采用。冯至在他的十四行诗中较熟练地运用了这种古老的格律诗形式,还借用西方现代派的表现技巧,如暗示、象征、联想、跳跃等,反映人的感觉、印象和心理状态。创造性地运用西方的诗学思维拓展中国新诗的边界,给后来的新诗创作以深刻的启示和深远的影响。

品读《十四行集》这样的诗作,需要鉴赏者具有较为丰富的知识储备和鉴赏基础,才能充分了解、把握诗歌的主题内涵。也正是因此,诗歌的品读鉴赏更具有挑战性,更具有趣味性。摇曳多姿的诗作风格,为读者带来了丰富多样的阅读体验,引领读者进入奇妙无比的诗歌世界。

第三节 古典与现代

中国是诗歌的国度。自春秋时期《诗经》起,诗歌已经确立了在文学大家庭中的主流地位,一直沿袭到近代时期。现代诗歌自近代萌发,经新文学革命①确立,延续至当下,在与古典诗歌的批判与传承中,形成了独特的现代诗歌美学规范。古典与现代,诗形上泾渭分明,文脉上传承仍在,错综复杂,绵延不绝。

一、古典的辉煌

古典诗歌是我国传统文学的瑰宝。优美的意境、和谐的韵律、均齐的诗形,构成了独具特色的古典诗歌美学。说到古典诗歌,无数人都会信手拈来、脱口而出一些经典词句。《诗经》的质朴典雅、唐诗的波澜壮阔、宋词的委婉清越,都已凝结成人们对文学最美好的记忆。古典诗歌是我国传统文学发展历程中的高峰,标示着传统文学最为辉煌的成就。

古典诗歌重形式、重抒情、重意境。在形式上,从四言、五言到七言,字数相对固定,诗形较为均齐,尤其是形成了别具特色的韵律规范,具有极强的音乐美和形式美。在内容上,古典诗歌虽然也有叙事诗,但抒情诗占据主流,情

---

① 新文学革命始于1917年,其标志是胡适于1917年2月发表的《文学改良刍议》和陈独秀于1917年2月发表的《文学革命论》。反对文言文,提倡白话文,反对旧文学,提倡新文学,是新文学革命发起者提出的主要任务。一般认为,它标示着古典文学的结束,现代文学的起始。

满于纸,形成了深厚悠远的抒情传统。在技法上,古典诗歌注重情景交融,融情于景,营造空灵绝妙的意境,增添了诗歌的灵动美感。

在古典诗歌的形式上,以格律诗为对象进行简要分析。格律诗是中国古典诗歌独有的诗歌体式。所谓格律,是指诗、词、曲、赋等文体关于字数、句数、对仗、平仄、押韵等方面的格式和规律。格律诗的兴起,是古典诗歌注重音律的必然发展,是古典诗歌追求形式美的必然结果。格律诗起源于南北朝,成型于唐朝初年,其主导地位持续了千余年。格律诗中最常见的形式是绝句和律诗;绝句由四句组成,依据每句字数分为五言绝句和七言绝句;律诗由八句组成,依据每句字数,又分别被称为五言律诗和七言律诗。律诗的八句分为四联,分别称为"首、颔、颈、尾",每联上句为"出句",下句为"对句",这就是律诗最基本的结构。其中的颔联和颈联必须对仗,各联对句须押韵,首联出句可押可不押。这种古老、传统的诗体,结构严谨,对字数、行数、平仄或轻重音、用韵都有一定的限制,对诗人的遣词炼字、音韵选择、意境营造都提出了较高要求,成为"戴着镣铐的舞蹈"。所以格律诗是中国古典诗学发展升华到一定高度的产物,高雅而优美,历经传诵而不衰。以杜甫①的《登高》②为例,对律诗的美学特征略述一二。

登高

风急天高猿啸哀,渚清沙白鸟飞回。
无边落木萧萧下,不尽长江滚滚来。
万里悲秋常作客,百年多病独登台。
艰难苦恨繁霜鬓,潦倒新停浊酒杯。

律诗的押韵和对仗要求很严格,通常押平声韵,而且必须按韵书中的字押韵;每句的句式和字的平仄都有规定;颔联、颈联的上下句惯例是对仗句,首联和尾联可对可不对。粗略一看,此诗首尾好像"未尝有对",胸腹好像"无意于

---

① 杜甫(712—770),字子美,自号少陵野老。祖籍襄阳,河南巩县(今河南巩义西南)人。唐代诗人,与李白合称"李杜"。作品大多集于《杜工部集》。
② 朱东润主编《中国历代文学作品选》,上海古籍出版社,2002。

对"。仔细玩味,全诗四联都用了对仗,八句皆对,并且句中又有对仗,第一句"风急"对"天高",第二句"渚清"("清"谐音"青")对"沙白",第七句"艰难"对"苦恨",第八句"潦倒"对"新停",都是先在本句中自对,再跟对句相对。正可谓:"一篇之中,句句皆律;一句之中,字字皆律。"不只"全篇可法",而且"用句用字","皆古今人必不敢道,决不能道者"。它能博得"旷代之作"(见胡应麟《诗薮》)的盛誉,就是理所当然的了。

《登高》这首诗作于唐代宗大历二年(767年)秋天,杜甫时在夔州。这天,诗人独自登上夔州白帝城外的高台,登高远眺,目睹萧瑟的秋江景色,百感交集,引发了对身世飘零的感慨和老病孤愁的悲哀,于是,就有了这首被誉为"七律之冠"的佳作。诗作前半段写景,后半段抒情,在写法上各有错综之妙。首联着重刻画眼前具体景物,好比画家的工笔,将眼前秋景的形、声、色、态一一呈现,秋之萧瑟初现笔端。颔联着重渲染整个秋天气氛,好比画家的写意,只求传神会意,让读者用想象补充。此联境界阔大,使秋景引发的愁思更重一层。颈联表现感情,从纵(时间)、横(空间)两方面着笔,由异乡漂泊写到多病残生,由景及人,从外部的环境之愁转为内心的人生之愁。尾联从白发日多、护病停饮,最终归结到时世艰难,点出潦倒不堪的根源,使全诗表达的悲伤之情更深一层。全诗通过登高所见秋江景色,倾诉了诗人长年漂泊、老病孤愁的复杂感情,慷慨激越,动人心弦。

古典诗歌十分讲究意境的创设。意境是中国古典诗歌美学中的重要范畴,它的本质特征在于情景交融、心物合一。情与景是否妙合,成为能否构成意境的关键。古典诗歌的抒情、叙事、说理,均离不开意境的营造,以此构成了精美绝伦的诗歌世界。以元代马致远①的《天净沙·秋思》②为例。

---

① 马致远(约1251—1321后),字千里,晚号东篱,大都(今北京)人。著名戏曲家、杂剧家,有"曲状元"之称,与关汉卿、郑光祖、白朴并称"元曲四大家"。

② 朱东润主编《中国历代文学作品选》,上海古籍出版社,2002。

天净沙·秋思

枯藤老树昏鸦，
小桥流水人家，
古道西风瘦马。
夕阳西下，
断肠人在天涯。

这是一首散曲。在元代，除了诗词依然处于"正宗"的位置外，诗坛上又涌现出一种新样式，就是散曲。它与传统的诗词分庭抗礼，代表了元代诗歌创作的最高成就。散曲之所以称为"散"，是与元杂剧相对而言的。它比近体诗和词更多地采用了"赋"的方式，注重铺陈叙述的内容。押韵比较灵活，可以平仄通押，句中还可以衬字。散曲中的衬字具有明显的口语化、俚语化，曲意明朗、活泼，起到穷形尽相、表情达意的作用。

《天净沙·秋思》全曲景中有情，情中有景，情景结合，营造了优美动人的艺术境界。前四句写景色，"枯""老""昏""瘦"等字眼，使浓郁的秋色中蕴含着凄凉悲苦的情调，真正实现了"一切景语皆情语"。最后一句"断肠人在天涯"作为曲眼，使前四句所描之景成为抒情主人公的活动环境，成为身处天涯的"断肠人"内心悲凉情感的触发物，具有画龙点睛之妙。全曲自然天成，不见雕琢，毫不造作，被誉为"秋思之祖"。

借助意境的营造，古典诗歌呈现出情景交融、虚实相生的诗意空间，活跃着生命的律动，韵味无穷。意境营造离不开意象，意象的选择只是第一步，是基础，将意象进行组合，创造出"意与境谐"的艺术境界，才是最终目的。在《天净沙·秋思》这首散曲中，诗人选取了最能体现情感的景色元素，凝练出最能表现羁旅行人孤苦惆怅情怀的意象。借景抒情，融情于景，最后以点睛之笔揭示全曲主题。虽然曲中的意象不算新颖，所表达的情感也不算新鲜，但是由于它使用精练的艺术表达方式，营造出简单纯粹的诗歌意境，最终获得了不朽的艺术生命力。

二、现代的转折

古典诗歌向现代诗歌的转换,始自近代时期。中日甲午战争失败之后,资产阶级改良派登上历史舞台,文学的革新运动由此拉开序幕。资产阶级改良派很重视文学的作用,在诗歌和散文创作领域出现了代表新兴资产阶级政治要求的"诗界革命"和"文界革命"。黄遵宪①作为诗界革命中成就最为突出的诗人,在诗歌理论和实践中皆成就斐然。在《杂感》一诗中,他提出了"我手写我口,古岂能拘牵",主张文言合一,引导诗歌语言趋于通俗,冲击了长期统治诗坛的拟古主义、形式主义倾向,起到了解放诗歌表现力的作用。

值得注意的是,处于新旧交替时代的黄遵宪,其诗歌较早地描写了海外世界以及伴随近代科学而涌现的新事物,写出了古典诗歌所没有的新内容,拓宽了诗歌的题材领域。他的《今别离》②四首分别吟咏轮船、火车、电报、照相等新事物出现之时离别的新况味,新的事物、新的感觉令人别开生面,耳目一新。以其第一首为例。

今别离·其一

别肠转如轮,一刻既万周。
眼见双轮驰,益增中心忧。
古亦有山川,古亦有车舟。
车舟载离别,行止犹自由。
今日舟与车,并力生离愁。
明知须臾景,不许稍绸缪。

---

① 黄遵宪(1848—1905),字公度,别号人境庐主人,清朝诗人。作品有《人境庐诗草》《日本国志》《日本杂事诗》等,被誉为"近代中国走向世界第一人"。
② 周啸天主编《元明清诗歌鉴赏辞典》,商务印书馆国际有限公司,2011。

> 钟声一及时,顷刻不少留。
> 虽有万钧柁,动如绕指柔。
> 岂无打头风?亦不畏石尤。
> 送者未及返,君在天尽头。
> 望影倏不见,烟波杳悠悠。
> 去矣一何速,归定留滞不?
> 所愿君归时,快乘轻气球。

《今别离》是黄遵宪进行诗体试验的典范作品。在第一首诗中,诗人选用轮船和火车为意象,渗入了一种现代性的体验,表达出完全不同于古典诗歌所写的离情别绪,给人新奇的感觉。以当今火车、轮船的准时、迅速,与古代车、舟相映衬,抒写近代人离情别绪的突发与浓烈。全诗的核心是古今之间的对比——"古亦有山川,古亦有车舟。/车舟载别离,行止犹自由。/今日舟与车,并力生离愁。/明知须臾景,不许稍绸缪。"其中"钟声一及时,顷刻不少留",是写火车发车时的情境。"动如绕指柔""亦不畏石尤",写出了火车力量的巨大。"送者未及返,君在天尽头"和"望影倏不见,烟波杳悠悠"两句,写出了火车速度的迅疾。因此,在诗人的笔下,离别之情既不似"孤帆远影碧空尽,惟见长江天际流"(李白《黄鹤楼送孟浩然之广陵》)之缓慢,更缺乏"数声风笛离亭晚,君向潇湘我向秦"(郑谷《淮上与友人别》)之从容,倏忽之间,人已不见。诗人将新事物成功地融入古典诗歌的氛围中,显示出改造旧体诗、描写新世界的勇气和热忱。

不过,那些弥漫着古色古香的诗句,只起着"旧瓶"的作用,未能与其所装的"新酒"媲美。譬如,诗中出现的"石尤",指的是石尤风。理解这一说法,先要理解一个典故。传说古代有商人尤某娶石氏女,情好甚笃。尤远行不归,石思念成疾,临死叹曰:"吾恨不能阻其行,以至于此,今凡有商旅远行,吾当作大风为天下妇人阻之。"因此,后人称逆风、顶风为石尤风。文中的"轻气球",则是指海上飞的汽艇。这些典故或者新词语,古今杂糅,给读者带来了较大的理解困难,进而影响了诗歌的整体美感。这样的"旧瓶装新酒",使诗歌描写新世界、抒写新事物时总是呈现出极为尴尬的困境。

1917年,新文学革命肇始。胡适等人开始倡导白话文,提出"作诗如作文"的主张,"新诗"的概念开始为人们所推崇,现代诗歌逐渐确立自身的艺术规范。1917年2月,《新青年》2卷6号刊出胡适的8首白话诗词;1918年1月,《新青年》第4卷第1期开始发表胡适、刘半农、沈尹默的白话诗创作,后来,鲁迅、李大钊、陈独秀等人都参与了新诗创作,以此探索新诗的生存范式。随着众多倡导者的不断探索,新诗渐渐形成了异于古典诗歌的美学规范。以刘半农①的《教我如何不想她》②为例,一窥新诗初创时期的面貌。

教我如何不想她

天上飘着些微云,
地上吹着些微风。
啊!
微风吹动了我头发,
教我如何不想她?

月光恋爱着海洋,
海洋恋爱着月光。
啊!
这般蜜也似的银夜,
教我如何不想她?

水面落花慢慢流,
水底鱼儿慢慢游。
啊!
燕子你说些什么话?
教我如何不想她?

---

① 刘半农(1891—1934),江苏江阴人,原名寿彭,初字半侬,后改半农,晚号曲庵,中国新文化运动先驱。主要作品有《半农杂文》及诗集《扬鞭集》、民歌集《瓦釜集》。
② 谢冕:《中国现当代诗歌名作欣赏》,北京大学出版社,2012。

> 枯树在冷风里摇。
> 野火在暮色中烧。
> 啊!
> 西天还有些儿残霞,
> 教我如何不想她?

1920年,刘半农奔赴英国伦敦大学留学,远离祖国,思念心切,于是挥笔写下了这首感情炽热的诗。诗作开始题为《情歌》,后改为《教我如何不想她》。在这首诗中,诗人首创了"她"字指代女性,得到社会的广泛认可。1926年,赵元任将此诗谱曲,广为流传。

这首诗在形式上的整饬,可以看作是广义的格律诗。全诗四节,每节句数相同,诗形相似,格律固定,但并不追求绝对一致,保持了新诗的自由。诗作虽继承了传统诗歌的反复与比兴手法,但在语词运用上是生动活泼的,在意境营造上是新鲜别致的,使读者如见其人,如闻其声,余意不尽,余韵悠然。每节第三句都用单独一个"啊"字,在某种意义上是新诗初创时期的烙印。初期的新诗,抒情手段比较单一,诗人往往用感叹词直抒胸臆,也难免存在生硬之感。整体看来,尽管新诗的联想与表达稍显稚嫩,但清新的语言、活泼的形式、浓烈的情感,在当时激动了无数青年的心,呈现出蓬勃旺盛的活力。

经历了初创时期的稚嫩,新诗在内容上和形式上都在不断地探索中前行。在现代文学时期,涌现出了冯至、徐志摩、戴望舒、闻一多、艾青、穆旦等众多优秀诗人,诗歌佳作层出不穷,新诗创作取得了辉煌的成绩。与古典诗歌相比,新诗在诗形上较为自由,长短不一,不受韵律约束,更为自由灵动;在表现内容上更为庞杂,日常生活细节、历史规律探索、人生哲理沉思均可以成为诗歌的内容,风格更加多样化,主题更加隐晦;在表现技法上,较多吸取了西方现代派诗歌技巧,对意境的追求逐渐降低,诗歌发展的多样性日益丰富。

现代文学时期,新诗出现了不少优秀的诗人和诗作,在理论建设上也取得了一定的成绩。但整体而言,新诗创作理论尚不够系统完备,美学标准也缺乏统一规范,正如成仿吾所言:新诗是摧毁了旧的宫殿,却只剩残砖破瓦,没有建起新的大厦。时至今日,这些仍然是新诗建设尚需解决的问题。

三、当代的发展

新中国成立以后,新诗创作步入当代文学①时期。在 1949 年至 1976 年间近 30 年的时段里,新诗的集体化写作倾向十分鲜明,诗歌写作在题材、主题以及语言形式和审美风格等层面均呈现出了自觉而趋同性的调整与处理。以郭小川、贺敬之等诗人为代表的"政治抒情诗",以闻捷、李季、张志民、傅仇、严阵等诗人为代表的"生活抒情诗",以李瑛、公刘、顾工、韩笑、张永枚等诗人为代表的"军旅诗",此三种写作向度盛行其道,建构了这一时期的诗歌秩序,成为这一时期的诗歌主流。

20 世纪 70 年代末 80 年代初,新诗创作进入"新时期",逐步实现全方位的艺术回归。以舒婷、顾城等青年诗人为代表的"朦胧诗"创作,因其探索性、实验性、先锋性特质,构成了许多读者深刻而清晰的文学记忆,建构出难以重现的"诗歌神话"。"朦胧诗"以及随后的"第三代诗"诗歌潮流,给当代诗坛的诗学观念与美学趣味带来了巨大冲击。以曾经轰动文坛的李亚伟②的《中文系》③为例,略见其貌。

中文系(节选)

中文系是一条撒满钓饵的大河
浅滩边,一个教授和一群讲师正在撒网
网住的鱼儿
上岸就当助教,然后
当屈原的秘书,当李白的随从
当儿童们的故事大王,然后,再去撒网
有时,一个树桩般的老太婆

---

① 当代文学是指 1949 年新中国成立以后的文学。本书中的新诗,涵盖了现代文学时期和当代文学时期的诗歌创作。
② 李亚伟,1963 年出生于四川酉阳(今属重庆)。1984 年与万夏等人创立了"莽汉"诗歌流派,20 岁时写出代表性作品《中文系》,为第三代诗人诗歌的发起者和代表人物之一。
③ 万夏、潇潇主编《后朦胧诗全集》,四川教育出版社,1993。

> 来到河埠头——鲁迅的洗手处
> 搅起些早已沉滞的肥皂泡
> 让孩子们吃下。一个老头
> 在讲桌上爆炒野草的时候
> 放些失效的味精
> 这些要吃透《野草》的人
> 把鲁迅存进银行,吃他的利息
> …………

作为"第三代诗"诗歌潮流的发起者和代表诗人之一,李亚伟的代表诗作《中文系》影响较大。诗作把传统的中文系比喻成功利的渔网,在网里的人都是些功利的家伙,极尽讽刺之能事。诗人不再充当宣示神谕的"先知",不再充当道德和知识说教的"全知",也不愿充当社会群体的代言人和时代政治的传声筒,采用的是农民起义式的揭竿而起的策略,嘲讽一切,打倒一切。但理想世界究竟路在何方,只能是一个疑问。这首诗与传统诗歌所坚守的价值观相反,呈现出反文化、反崇高、反优美的强烈意味,语言放肆而泼辣,令人读后产生强烈的挫败感。

时至当下,新诗的发展已经走过了百年的历程。2012年12月21日,《人民日报》文艺评论版发表了桑士达的《呼唤创建中国特色新诗体》一文,并还出乎意外地加了一段颇长的编者按:"中国是诗的国度,在建设中国特色社会主义文化的伟大历史征程中,诗歌当然不会缺位,更不会被遗忘。我们在此刊文对中国新诗创作得失和新诗体构建进行探讨,同时欢迎广大读者来稿,对中国新诗创作和建设贡献真知灼见,以期重振诗歌雄风。"临近百年,还要对"新诗体构建"进行探讨,显示出新诗创作的确还有不少值得论争的地方,存在着一些不容回避的问题,比如:注重从西方的现代诗歌中汲取营养,难以实现传统与西方的有机融合;诗体自身的美学规范尚待确立;新诗学的理论体系尚不完备。诸多问题,也成为新诗时常引发争议的根源所在。

进入21世纪,伴随着商品经济的冲击和互联网技术的发展,诗歌在社会文化生活中日趋边缘,存在状态也发生明显变化。尤其是网络信息技术的迅速提升使得新媒体在社会生活中影响日盛,每个人都成了一个独立的传播者,为新诗的创作和传播提供了极为便利的环境。基于互联网的复杂舆论环境，新诗的发展正处于一个众声喧哗的境地。对于当今时代的诗歌，文学界存在着完全不同的两种看法：一种认为其质量很高，处于前所未有的"黄金时期"；另一种则认为其质量平庸低劣，几无可观之处。两种说法似乎都有道理，但又都不全面。当下的诗坛存在着各种异质、极端的要素，包含着善，也包含着恶；包含着悲悯，也包含着残忍；包含着新生的萌芽，也包含着癌变的基因；恰如狄更斯所说"这是最好的时代，也是最坏的时代"。新诗的处境也颇为尴尬：网络世界的民间诗歌组织不少，但具有较高文学修养的群体和诗人较少；关于新诗的论争不少，但有建设性的、成体系的理论著述较少；日常创作和传播的新诗不少，但是坚守纯诗立场、艺术标准较高的作品较少。

在新媒体时代，纸质媒体凋敝，网络刊物兴盛；坚守精英意识的雅文学门庭冷落，追求市场效应的俗文学莺歌燕舞。伴随着快餐文化，娱乐主义大行其道，诗歌创作和阅读在表层喧嚣之下，难掩背后的落寞和荒凉，更多的时候呈现出自娱自乐的姿态。近几年来，一些如"梨花体"①"羊羔体"②的奇葩命名显示出公众对当今诗坛的无情嘲弄。

女诗人余秀华③的出现是近几年诗坛的一大热点。2014年，《诗刊》9月号重点推荐了余秀华的诗，"一个无法劳作的脑瘫患者，却有着常人莫及的语言天才。不管不顾的爱，刻骨铭心的痛，让她的文字像饱壮的谷粒一样，充满重量和力量。"2015年1月，广西师大出版社为其出版诗集《月光落在左手上》，销量突破10万册，成为近20年来中国销量最大的诗集。2017年1月18日，首届网红春晚暨"金蜘蛛奖"颁奖盛典举行，余秀华凭借诗集《摇摇晃晃的人间》走红网络，成为一个现象级"网红女诗人"。这里摘录一首《风吹》④，以供品鉴。

---

① "梨花体"因女诗人赵丽华名字谐音而来，因其有些作品形式相对另类，引发争议。赵丽华，中国作家协会会员，国家一级作家，曾担任第二届鲁迅文学奖诗歌奖评委，兼任《诗选刊》编辑部主任。

② "羊羔体"是以诗人名字的谐音命名的一种新诗体。2010年10月，网友在微博上摘录了获第五届鲁迅文学奖诗歌奖项的武汉市委常委、纪委书记车延高的新作《徐帆》，称之为"羊羔体"。据诗人称，这首诗采用的是一种零度抒情的白话手法。

③ 余秀华，1976年生于湖北省钟祥市石牌镇横店村。身患脑瘫，行动不便，说起话来口齿不清。高中毕业后，赋闲在家。2009年正式开始写诗，2015年1月出版诗集《月光落在左手上》，2月出版诗集《摇摇晃晃的人间》。

④ 余秀华：《月光落在左手上》，广西师范大学出版社，2015。

风吹

黄昏里,喇叭花都闭合了。星空的蓝皱褶在一起
暗红的心幽深,疼痛,但是醒着。
它敞开过呼唤,以异族语言
风里絮语很多,都是它热爱过的。
它举着慢慢爬上来的蜗牛
给它清晰的路径
"哦,我们都喜欢这光,虽然转瞬即逝
但你还是你
有我一喊就心颤的名字"

相比余秀华的其他作品,这首《风吹》可以说是"小清新"了。这首诗以一个喇叭花的开放和凋零,讲出了诗人自己心中的情话。余秀华的走红是一种当下值得反思的文化现象。她的诗对于爱与性的渴望和描写很直观,因而让她备受争议:有人为她的诗深深着迷,也有人因为这露骨的文字而感到羞耻,感觉这玷污了文学的纯净性。对于其诗歌的艺术性而言,在一些赞扬者看来,她的诗作既有古典诗歌的意趣,又有现代诗歌的抒情性,创作主体的真实意图通过富有意趣而灵动的语言传达出来;也有相对理性的观点认为,余秀华的诗歌历史性高于艺术性;其中的争议性同样显而易见。

的确,她诗歌中呈现出的经验是中国新诗未曾呈现的,或者说没有充分体验而被有意遮蔽的,所以会打动各种诗歌刊物的编辑。但她诗歌中的艺术性则还没有达到新诗写作应有的高度,所以大部分成熟写作者并未发声。也正因为如此,她的诗作受到了大众的欢迎,甚至让有些人"彻夜不眠",直呼"什么是诗歌?这才是真正的诗歌"。这种现象的出现,让人五味杂陈。对于余秀华来说,"捧杀"和"棒杀"都是一种曲解,真正的理性审视才是最重要的。

在"娱乐至死"的时代,诗歌不可避免地呈现出娱乐化、游戏化倾向。很多诗歌成为一次性消费的"段子",要弄一点小聪明、小机巧,柔顺光滑,无伤大雅,不痛不痒,为大众提供更多的娱乐和消费。这种写作虽然不见得有多大

"危害",但终究过于轻巧、轻飘,包含太多"水分",缺乏"干货",消解了人生思考的深刻,回避了对艺术价值的追求。

诗歌究竟是与民同乐、随波逐流,还是保持理性、坚持"纯诗"?它应该以怎样的姿态面对周围的一切?虽然,诗歌不必一脸严肃、满身痛苦地纠结于人类终极、人生命运等命题,但是它如果与流行文化勾肩搭背,与大众文化合而为一,那是否就是它应该在的位置?它是否就尽到了自己的职责呢?这是值得深思的问题。

第二章　诗歌是美丽的
——新诗的内容

> 穿上你的轻飘的木屐　穿上你的轻软的外衣
> 趁着细雨蒙蒙
> 我们到湿润的田里
> 我们要听翠绿的野草上水珠儿低语
> 我们要听鹅黄的稻波上微风的足迹
> 我们要听白茸茸的薄的云纱轻轻飞起
> 我们要听纤纤的水沟弯曲曲的歌曲
> 我们要听徐徐渡来的远寺的钟声
> 我们要听茅屋顶上吐着一缕一缕的烟丝
> ——穆木天①《雨后》②（节选）

在穆木天的这首《雨后》里，诗人将情绪融入一幅一幅的自然风景里，细腻的笔触展示出美丽的风景，描摹出真切的情感体验，让人沉醉，让人回味。如同这首《雨后》所描述的自然美景，新诗的内容是五彩斑斓的，正如绚烂多姿的生活。诗歌的内容来自生活，诗人们用独特的眼光、新颖的形式、深刻的思考表达自己对自然、对世界、对人生的细腻体验和感悟，呈现出丰富多彩的诗歌内容。在诗歌的世界里，诗人或抒发真挚的感情，或阐释深刻的哲思，或追求

---

① 穆木天（1900—1971），原名穆敬熙，吉林伊通人，现代诗人、翻译家。著名文学社团创造社的发起人之一，中国象征派诗歌理论的奠基者。
② 张清华主编《穆木天的诗》，北京师范大学出版社，2016。

独到的意趣,因内容而美丽,令人品之赞叹,忆之沉思。

第一节 美在情感

抒情性是诗歌的本质特征。古人说"情动于中而形于言",说明情感不仅是推动诗人进入诗歌创作的动力,也是诗歌表现的主要对象。唐代诗人白居易说:"诗者:根情,苗言,华声,实义。"现代诗人郭沫若也提出"诗的本质专在抒情",诗歌与小说、戏剧、散文不同,可以直抒胸臆,不仅专注表现主观情感,而且通过情感的抒发来打动读者的心灵。诗歌自诞生之初,便确立了抒发情感的传统。新诗之美,正在于其中所蕴含的丰富情感,引发读者的共鸣。诗歌中的情感多种多样,纷繁复杂,这里按照家国之爱、亲情絮语、情感碎片三个方面分而述之。

一、家国之爱

位卑未敢忘忧国。中国文人自古就有"天下兴亡,匹夫有责"的爱国传统,更有"我以我血荐轩辕"的豪迈情怀。因此,对国家、民族、人民的爱,对生养自己的这片土地的爱,成为众多新诗的永恒主题。众多优秀的诗歌也因为这深沉的爱凝聚了厚重意识和家国情怀,所以往往阔达深沉,慷慨激昂,也常常令读者豪情满怀,击掌赞叹。以闻一多①的诗歌《静夜》②为例。

静夜

这灯光,这灯光漂白了的四壁;
这贤良的桌椅,朋友似的亲密;
这古书的纸香一阵阵的袭来;
要好的茶杯贞女一般的洁白;

---

① 闻一多(1899—1946),原名闻家骅,字友三,生于湖北省黄冈市。现代诗人,学者。1923年9月出版第一部诗集《红烛》,1928年1月出版第二部诗集《死水》。为现代文学史中诗歌社团"新月派"的代表诗人。
② 闻一多:《闻一多诗选》,江苏凤凰文艺出版社,2018。

受哺的小儿喔呷在母亲怀里，
鼾声报道我大儿康健的消息……
这神秘的静夜，这浑圆的和平，
我喉咙里颤动着感谢的歌声。
但是歌声马上又变成了诅咒，
静夜！我不能，不能受你的贿赂。
谁希罕你这墙内尺方的和平！
我的世界还有更辽阔的边境。
这四墙既隔不断战争的喧嚣，
你有什么方法禁止我的心跳？
最好是让这口里塞满了沙泥，
如其他只会唱着个人的休戚！
最好是让这头颅给田鼠掘洞，
让这一团血肉也去喂着尸虫；
如果只是为了一杯酒，一本诗，
静夜里钟摆摇来的一片闲适，
就听不见了你们四邻的呻吟，
看不见寡妇孤儿抖颤的身影，
战壕里的痉挛，疯人咬着病榻，
和各种惨剧在生活的磨子下。
幸福！我如今不能受你的私贿，
我的世界不在这尺方的墙内。
听！又是一阵炮声，死神在咆哮。
静夜！你如何能禁止我的心跳？

《静夜》收入闻一多的诗集《死水》，原题《心跳》，后改为《静夜》。这是一首直抒胸臆的抒情诗。作品借助静夜时分的遐思，深刻地批判了军阀混战、民不聊生的社会现实，抒发了诗人决不沉沦于个人小家庭的安乐、关心国家命运、同情人民疾苦的爱国主义激情。

《静夜》写于1925年，那时的闻一多已颇有名望。虽年龄不到三十岁，却已处于上层知识分子之列,成了蜚声国内的知名诗人、教授,过着安宁、舒适的生活。但是,外强侵略,山河破碎,百姓涂炭,哀鸿遍野……面对这痛苦、黑暗的现实,诗人关心祖国危难和人民疾苦的赤子之心激烈地跳动,情满于胸,于是写下了这首炽热的爱国诗篇。

个人天地的安宁和社会的剧烈动荡,构成了《静夜》表现内容的两个极端。深夜,诗人静坐在家中,"灯光漂白了的四壁",贤良的桌椅、贞女般洁白的茶杯、古书的清香、母亲怀中的小儿、大儿康健的鼾声,在"钟摆摇来的一片闲适"里,合成了一个充满着"浑圆的和平"的静谧世界,温馨无限。然而,诗人没有沉溺于这"墙内尺方的和平",而是更加关注祖国的飘摇、人民的血泪。这才是诗人心中念念不忘的"我的世界"。诗人忘记不了满目疮痍的祖国正在遭遇"各种惨剧":外强侵略,山河破碎,百姓涂炭,哀鸿遍野……诗人不可能在血腥、呻吟和挣扎中的祖国人民面前闭目塞听,面对痛苦、黑暗的现实,爱国激情在心底激荡。在诗中,诗人甚至发出了"头颅给田鼠掘洞""血肉也去喂着尸虫"的咒语,恶毒的咒语、丑陋的言辞反衬出诗人内心的热血澎湃,炽烈的爱国情怀在似火燃烧。

读闻一多的《静夜》,其人其情如在眼前。诗作把强烈的思想感情注入具体的艺术形象或特定的情境中,左冲右突,委曲宛转,情感激昂有致,并逐步向纵深开掘,达到情满意酣。闻一多提出新诗应遵循"理性节制情感"的美学原则,主张通过客观化的意象来抒发感情,反对情感表达的浅白和泛滥,形成深沉凝重、含蓄蕴藉的诗美。这种美是对我国古典诗歌优秀传统的继承,同时也是对西方现代诗歌的象征、暗示等技法的借鉴,从而呈现出独特深邃的艺术境界。正是因此,诗作具有震撼人心的力量,读来令人血脉偾张,彰显出诗歌的情感之美。

二、亲情絮语

人世间最为真挚的是亲情,最为温暖的是友情,最为浪漫的是爱情。无论是父母之爱,或是手足情深,或是情人相恋,每一份感情都弥漫着甜蜜和幸福的味道,让人感动,让人留恋,深深地珍藏在每个人的心底。这种生活中常见的情感都成为新诗关注的重要内容。诗人以敏感的思绪、曼妙的文笔,细腻展示亲人、爱人之间的思念与赞美,最美丽的情感使诗歌成为永恒。以海子①的诗作《新娘》②为例。

新娘

故乡的小木屋、筷子、一缸清水
和以后许许多多的日子
许许多多的告别
被你照耀

今天
我什么也不说
让别人去说
让遥远的江上船夫去说
有一盏灯
是河流幽幽的眼睛
闪亮着
这盏灯今天睡在我的屋子里

过完了这个月,我们打开门
一些花开在高高的树上
一些果结在深深的地下

《新娘》是海子早期的一首爱情诗。全诗以简洁的语言和清新的风格,通过对新娘的赞美和感激表达出诗人心中幸福、温馨的情感世界。

小木屋、筷子、一缸清水,简单的意象,轻快的节奏,描绘出日常生活的简单和平凡。但是,有了新娘,"许许多多的日子"变得截然不同,原本的清贫和

---

① 海子(1964—1989),原名查海生,出生于安徽省怀宁县。1984年创作成名作《亚洲铜》和《阿尔的太阳》时第一次使用"海子"作为笔名。
② 海子:《海子的诗》,人民文学出版社,1995。

简单也因为有了新娘而处处洋溢着温情和关爱;"许许多多的告别"也不再是简单地拎起行囊,身无牵挂独闯天涯,而是有了依依惜别,有了思念的温暖和缠绵。轻言慢语之间,新娘所带来的满满幸福溢于言表。

新婚的日子里有"新娘"陪伴身边,诗人的内心激情澎湃,炙热的情让他无以言表,幸福的爱让他不知所言,所以,他只有"什么也不说"。但是他的幸福却在别人的口中传递,甚至是那"遥远的江上船夫"。我们不知道新娘的容貌,但她"是河流幽幽的眼睛",诗人用一个富有想象力的意象描绘了新娘那幽幽似水般温柔的眼睛,用诗意的语言赞颂了新娘的无比美丽。新娘就像"一盏灯",让诗人简单朴素的家变得光芒四射,清苦单调的生活变得柔情似水,新婚的幸福感和内心的自豪感油然而生,读来令人羡慕。

结尾一节,语句舒缓而平淡,呈现出对未来生活的无限向往。蜜月过去,爱情已经开花结果。从此,家——不再是一个抽象的概念,而是柔情似水,佳期如梦,是两个相爱的人魂牵梦绕的地方。诗作流露出难以掩饰的欢乐,幸福在凡俗的生活里延续不断。美丽的爱情,使这首诗作呈现出迷人的色彩。

三、情感碎片

诗人是敏感的。一次偶然的相遇,一丝淡淡的离愁,一抹鲜艳的红霞,平凡现实中的点点滴滴,都会转化为诗人最独特的情感体验,塑造出一个充满诗情画意的情感世界。诗人抓住自身所体验到的一丝情愫,虽然细微,甚至只是瞬间闪过,但是因为表现细腻和技法的高妙,依然让我们感受到生活的美、艺术的美、诗歌的美。戴望舒①的诗作《雨巷》②所传达出的就是一种淡淡的情感碎片,朦胧而凄清。

---

① 戴望舒(1905—1950),浙江杭州人,被人称为现代诗派"诗坛领袖"。1927 年创作的《雨巷》显示了从新月派向现代派过渡的趋向,1929 年创作的《我的记忆》成为现代派诗歌的起点。出版有诗集《我的记忆》(1929)、《望舒草》(1933)、《望舒诗稿》(1937)、《灾难的岁月》(1948)等。
② 戴望舒:《戴望舒经典诗集》,山东文艺出版社,2010。

雨巷

撑着油纸伞,独自
彷徨在悠长、悠长
又寂寥的雨巷,
我希望逢着
一个丁香一样地
结着愁怨的姑娘。

她是有
丁香一样的颜色,
丁香一样的芬芳,
丁香一样的忧愁,
在雨中哀怨,
哀怨又彷徨。

她彷徨在这寂寥的雨巷,
撑着油纸伞
像我一样,
像我一样地
默默彳亍着,
冷漠,凄清,又惆怅。

她默默地走近,
走近,又投出
太息一般的眼光
她飘过
像梦一般地,
像梦一般地凄婉迷茫。

像梦中飘过
一枝丁香地,
我身旁飘过这女郎;
她静默地远了,远了,
到了颓圮的篱墙,
走尽这雨巷。

在雨的哀曲里,
消了她的颜色,
散了她的芬芳,
消散了,甚至她的
太息般的眼光
丁香般的惆怅。

撑着油纸伞,独自
彷徨在悠长、悠长
又寂寥的雨巷,
我希望飘过
一个丁香一样地
结着愁怨的姑娘。

《雨巷》是戴望舒的成名作,诗人因此诗赢得了"雨巷诗人"的称号。这首诗写于1927年夏天,当时社会形势一片动荡,戴望舒因曾参加进步活动而不得不避居于松江的友人家中,在孤寂中咀嚼着大革命失败后的幻灭与痛苦,心中充满了迷惘的情绪和朦胧的希望。《雨巷》一诗就是这种心情的表现,其中交织着失望和希望、幻灭和追求的双重情调。这种情感在当时是有一定的普遍性的。

诗作抒发了诗人内心难以排遣的孤寂、苦闷、迷茫之情。开篇描绘了一幅梅雨季节江南小巷的图景:江南小镇,青石板路,窄窄小巷,曲折悠长;恰逢梅雨季节,天空阴沉,小雨淅沥;小巷里空荡寂寥,只有诗人"撑着油纸伞,独自/

彷徨在悠长、悠长/又寂寥的雨巷"。这样的情景,诗人的形象已经如在眼前:他彷徨在雨中的小巷,满心的孤寂和苦闷。因此,诗人渴望能够遇到一个知己,一个可以和自己的倾诉衷肠的人。

诗作主要内容以和一个"丁香一样地/结着愁怨的姑娘"的相逢为脉络。在中国人(尤其是文人)心中,丁香具有美丽、高洁、柔弱、愁怨之类的品质,或者是具有这类性质的事物的象征。诗中出现的这个姑娘,既具有丁香的美丽姿态和颜色,又具有丁香的高洁和芬芳,还具有丁香的忧愁与哀怨。以"丁香"比拟"姑娘",突出了姑娘的高洁品质,再一次衬托出诗人内心的伤感。姑娘与诗人相向而行,由远及近,相逢时"投出太息一般的眼光",然后"像梦一般地"飘然而逝。姑娘远去了,诗人依然在雨中沉浸在相逢的那一瞬间。所以,诗中写道:"在雨的哀曲里,/消了她的颜色,/散了她的芬芳,/消散了,甚至她的/太息般的眼光/丁香般的惆怅。"所谓消散,其实恰未消散,相反说明了相逢时的一切场景都在诗人的头脑里挥之不去。可以想象,在寂寥的雨巷里,诗人静默地伫立,望着姑娘消逝的方向,凝望沉思,哀怨忧伤。诗中的感伤意味更深一层。

结尾,诗人似乎将诗作开篇的那个镜头重放了一遍。首尾两节的词句几乎全部相同,只是将其中的"我希望逢着"改成了"我希望飘过"。这一改,增添了诗作的朦胧意味,丰富了诗作的情感空间,甚为巧妙。读者由此知晓,诗人和姑娘的相逢只不过是一个想象,从头至尾只有诗人一个人在小巷中彷徨、徘徊,伤感之情痛彻心扉。诗作所表达的主题,不必要追究是对于爱情失败的咏叹,还是对于理想破灭的悲悼,重要的是,诗作完美地渲染出诗人内心苦闷、哀怨而又无奈、惆怅的情感。这种淡淡的哀伤如烟似雾,弥漫其中,易于引起共鸣。诗人在现实生活中的情感碎片得到了亦真亦幻的完美呈现。

《雨巷》一诗的音乐感很强,舒缓、低沉而又优美的旋律和节奏,与抒发的情感——凄清、哀怨和惆怅,高度契合。所以,叶圣陶赞誉说:这首诗"替新诗的音节开了一个新的纪元"。诗作巧妙运用词句的复沓、韵脚的有规律反复等手法,弥漫着清婉动人的音乐感。在复沓手法上,每节中都有字句或是节奏的重复,最后一节与第一节除了"逢着"改为"飘过"外,其他词句完全一样。诗作这种起结复见的做法,不仅使全诗在内容上首尾呼应,而且使基本相同的一段语音流在诗中重复出现,如同一段优美的旋律在首尾回荡。在韵脚运用上,诗作采用一韵到底的做法(押 ang 韵),在每节相隔不远的行的末尾重复一次脚韵,每节押韵两到三次;有些字词还在韵脚中多次出现,如"雨巷""姑娘""芬芳""惆怅""眼光"等,形成了一种回环往复的音乐效果。我们读这首诗,就像是在聆听一首轻柔舒缓的沉思型的小夜曲,那寂寞、痛苦的感情伴着甜美的旋律,反复回响,<u>丝丝</u>入心。

第二节　美在哲思

　　文学关注人类,诗歌关注人类。任何一个时代,诗歌都应该关注社会生活、人类生存的方方面面的内容。但是真正意义上的经典作品,应该唤起更多人从诗歌里面找到共鸣,既具有鲜明的个人色彩,又具有强烈的人类意识。亚里士多德在《诗学》中指出:"写诗这种活动比写历史更有哲学意味。"英国诗人艾略特也曾经提出:"最真的哲学是最伟大的诗人最好的素材,诗人最后的地位必须由他诗中所表现的哲学以及表现的程度来决定。"诗歌艺术所追求的哲学,其核心就是宏大深邃的人生境界和精神价值,具有人生的指向性和哲理的启示力。无数诗歌名作,其关注点大至国家与时代,小至个体与生活,皆以深刻的哲思为主旨,呈现出理性之美,流传于世。

一、审视历史

　　以史为鉴,可以知未来。历史是客观的,但人们对历史的认识是主观的。相同的历史,不同诗人的认知和感悟各有千秋。在那些以社会和历史为主要表现内容的诗作中,诗人常常致力于对历史的感悟和对现实的思考,蕴含了浓重的哲理意蕴,体现出对社会和历史的宏观思考和审美把握。这些诗作向我们讲述历史的沧桑和社会的变迁,思想厚重,风格深沉,耐人回味,带给读者美的阅读体验。

　　在诗作《古罗马的大斗技场》①中,诗人艾青目睹远古时代的历史遗迹,诗情迸发,写出了荡气回肠的历史沉思佳作。

---

① 艾青:《艾青诗选》,人民文学出版社,1979。

古罗马的大斗技场(节选)

…………
如今,古罗马的大斗技场
已成了历史的遗物,象战后的废墟
沉浸在落日的余晖里,象碉堡
不得不引起我疑问和沉思:
它究竟是光荣的纪念,
还是耻辱的标志?
它是夸耀古罗马的豪华,
还是记录野蛮的统治?
它是为了博得廉价的同情,
还是谋求遥远的叹息?

时间太久了
连大理石也要哭泣;
时间太久了
连凯旋门也要低头;
奴隶社会最残忍的一幕已经过去
不义的杀戮已消失在历史的烟雾里
但它却在人类的良心上留下可耻的记忆
而且向我们披示一条真理:
血债迟早都要用血来偿还;
以别人的生命作为赌注的
就不可能得到光彩的下场。

说起来多少有些荒唐——
在当今的世界上
依然有人保留了奴隶主的思想,

> 他们把全人类都看作奴役的对象
> 整个地球是一个最大的斗技场。

　　1979年,艾青作为"中国人民友好访问团"的成员,应邀出访意大利,参观了著名的历史遗迹——古罗马斗技场。面对着耸立的断垣残壁,虽然斗技场里那些残酷的杀戮早已成为历史绝响,但依然激发了诗人的蓬勃的诗情,写下了这首《古罗马的大斗技场》。诗人站在人类历史的高度,追忆这里曾经发生的一幕幕生命厮杀的惨剧,借历史警示现实,提醒人们永远记住这"最残忍的一幕",号召人们时刻保持警醒的心态,坚决阻止历史悲剧的重演。

　　在古罗马时代,奴隶与奴隶之间血淋淋的厮杀成为统治者和奴隶主的娱乐,种种反人类的行为显示出那个时代的蒙昧状态。《古罗马的大斗技场》通过展示那血腥、残暴、卑劣的场景,满腔愤怒地谴责"嗜血的猛兽、残暴的君王",振聋发聩。诗中详尽描写了那残暴的一幕:"斗技场的奴隶越紧张/看台上的人群越兴奋;/厮杀的叫喊越响/越能爆发狂暴的笑声。"奴隶们的悲惨命运和奴隶主们的残酷无情形成鲜明的对比:"看台上是金银首饰在闪光/斗场上是刀叉匕首在闪光;/两者之间相距并不远/却有一堵不能逾越的墙。"诗作通过对历史的沉思,表达了对不公命运的愤慨,对历史变迁的感慨,对人类生存的思考,思想内涵丰富而深远。

　　前文节选的是诗作《古罗马的大斗技场》的结尾部分。诗人反思曾经发生的历史惨剧,其目的是关注现在,启迪未来,显示出更深邃更辽远的哲思。"说起来多少有些荒唐——在当今的世界上/依然有人保留了奴隶主的思想,他们把全人类都看作奴役的对象/整个地球是一个最大的斗技场。"诗作最后几句,感情沉郁而激愤,诗意含蓄而冷峻,以明晰的现实意味和批判意义深化了全诗的主题。这是诗人由饱含激情的历史反思之后得出的警示之言,也是对当今世界上那些依然秉持霸权主义思想、蛮横欺凌他人的丑恶行径的极大鞭笞,诗作获得了跨越时代、跨越民族的深厚思想,其艺术境界豁然开朗。

　　作为一个秉持现实主义创作精神的诗人,艾青时刻关注人类的命运,对历史时刻保持警醒和反思。正是如此,诗人才会创作出《古罗马的大斗技场》这样深思历史的佳作,在诗行之间燃烧着诗人澎湃的热情,镌刻着诗人睿智的沉思。

进入20世纪80年代,社会急剧转型,商品经济迅猛发展,大众文化日益兴盛,理想被放逐,崇高被消解,理想主义转向现实主义,人文精神一度失落,审美理念开始走向世俗,诗人们开始放逐崇高,告别诗意,直面世俗,更多诗作呈现出对理想主义、英雄主义的解构。韩东①的诗作《有关大雁塔》②,就力图呈现对历史的另一解读视角。

有关大雁塔

有关大雁塔
我们又能知道些什么
有很多人从远方赶来
为了爬上去
做一次英雄
也有的还来做第二次
或者更多
那些不得意的人们
那些发福的人们
统统爬上去
做一做英雄
然后下来
走进这条大街
转眼不见了
也有有种的往下跳
在台阶上开一朵红花
那就真的成了英雄
当代英雄
有关大雁塔

---

① 韩东,1961年生于江苏南京,当代小说家、诗人,被认为是当代文学时期"第三代诗歌"的主要代表诗人。1985年组织诗歌社团"他们文学社",主张"诗到语言为止",强调口语写作的重要性。
② 韩东:《韩东的诗》,江苏文艺出版社,2015。

> 我们又能知道什么
> 我们爬上去
> 看看四周的风景
> 然后再下来

  大雁塔是西安的标志性历史建筑,是悠久历史与厚重传统的象征,是历代文人墨客的歌咏对象。对于这类具有深厚历史文化积淀的建筑,多数诗人常常书写或赞颂其标示的文化象征内涵,或表达个人的人生感悟,或发表时政世事的诠释评价,赋予诗作更为丰富的情感内涵。如诗人杨炼创作的长诗《大雁塔》①,作为"朦胧诗"的代表作品,以大雁塔的自我经历为写作主线,借助极为人性化的情感体验折射中国的传统历史和文化渊源,充满浓郁的文化反思意识。韩东的这首《有关大雁塔》,其颠覆性的艺术创造力和立异标新的思想内涵,与杨炼的《大雁塔》针锋相对,可谓是脱离"朦胧诗"范式的宣言式作品。

  《有关大雁塔》创作于1983年,诗歌传达了一种反文化、反英雄、反崇高的思想观念。诗人有意识地选择了叙述的技法,冷漠平淡的口吻略带嘲讽,传递出对崇高、抒情进行消解的快意。在诗人看来,当下是一个没有英雄的年代,凡人的世俗化生活才是这个社会的真实存在。诗作肢解了历史和权威,消解了英雄和崇高,嘲讽了富贵和精英,具有强烈的反理性的文化批判意识。诗作有意贬低了大雁塔所具有的庄严和神圣,拒绝赋予它更多的意义和内涵:登上大雁塔的人们,没有人在乎大雁塔曾有的辉煌,只是一次单纯的攀登活动;所谓"英雄"的行为,其实是无意义的人生琐碎;那些成为"英雄"的人,其实是生活的失败者。在诗人眼中,大雁塔所有的目标预设和文化底蕴,只不过是一些美丽的肥皂泡,早已被风吹散,它仅仅是一个普通的建筑而已。

  当满腔的激情还原为平淡的生存,对作为中华文明见证者的大雁塔,诗人不再有崇敬之心,有的只是冷视与茫然。全诗呈现出反诗化的鲜明特点,恰是诗人探索历史、反思文化的另一路径的体现。

二、人生感悟

  真正经典的诗歌,一定是关注人生、关注人性的。作为诗人,有责任让作

---

  ① 洪子诚、程光伟编选《朦胧诗新编》,长江文艺出版社,2004。

品真实反映人生,呈现人性中的美好,鞭挞人性中的黑暗。诗人的眼光是犀利的,他凭借敏锐的感觉和深刻思考,在日常生活中探寻人生的哲理,激扬人性的光辉,赋予平凡生活以别样的新意。这一类诗作视角别致,内涵丰富,常令读者眼前一亮,带来一种别有洞天、柳暗花明的阅读感觉。舒婷①的诗作《神女峰》②便是在常见的风景中寻找到了别样的人生感悟。

神女峰

在向你挥舞的各色花帕中
是谁的手突然收回
紧紧捂住了自己的眼睛
当人们四散而去,谁
还站在船尾
衣裙漫飞,如翻涌不息的云
江涛
　　　高一声
　　　　　低一声

美丽的梦留下美丽的忧伤
人间天上,代代相传
但是,心
真能变成石头吗
为眺望远天的杳鹤
错过无数次春江月明

沿着江岸

---

① 舒婷,1952年出生,原名龚佩瑜,福建龙海人。朦胧诗派的代表诗人。1979年4月,诗作《致橡树》在《诗刊》发表,成为朦胧诗潮的代表诗作。其诗作擅长自我情感律动的内省,在把握复杂细致的情感体验方面表现出女性独有的敏感。
② 舒婷:《舒婷的诗》,人民文学出版社,2005。

>   金光菊和女贞子的洪流
>   正煽动新的背叛
>   与其在悬崖上展览千年
>   不如在爱人肩头痛哭一晚

这首诗讲述的是诗人在穿越长江三峡的游船上的所见所感。诗人目睹长江三峡上著名的景点——神女峰,在无数游客的欢呼声中,写下了这一首感悟人生经历、反思女性命运的诗篇。

神女峰是屹立在江边悬崖上的一座小山峰,其闻名古今的原因有三：一是宋玉在"神女赋"中虚构了一个楚襄王与神女幽会的故事；二是神女瑶姬下凡助禹治水的传说；三是江边山峰一侧确实有一石耸立,形如少女。其中流传最广的是巫山神女瑶姬的传说。据传,西王母幼女瑶姬曾助夏禹开凿河道排除积水,水患消除后,还毅然决定留在巫山,为行船保平安,因而博得后人尊敬奉祀。神女峰云烟缭绕的身姿、神秘浪漫的传说,吸引了无数文人墨客,留下了灿若繁星的诗篇。

一块石头、一幅美景,已在长江边展览了千余年。这块耸立在巫峡江岸上的山石,千百年来一直被视作女性坚贞的化身。在这游人争相一睹的"风景"面前,诗人作为一位真诚而本色的女诗人,以女性命运为视角,谱写出了别具新意的作品。她以女性的慈悲和仁爱看到了"风景"背后的痛苦和残忍,对男性视角中的贞节发生了深刻的怀疑——"心真能变成石头吗？"对"为眺望远天的杳鹤"而"错过无数次春江月明"表示无限惋惜；最终对传统的"妇道妇德"进行了彻底的解构："与其在悬崖上展览千年/不如在爱人肩头痛哭一晚"。整首诗渗透着一种鲜明的女性意识,体现了对女性命运的深切理解和思考。

在这首诗作中,诗人呼吁女性大胆追求俗世的幸福,为爱而哭为爱而笑,主宰自己的人生命运,而不要为了"贞女节妇"的虚名牺牲自己的幸福。这也是新时代女性发出的基于生命本真的呼唤,也是诗人在新时代探寻到的人生真谛。在日常生活的品悟中,诗人揭示出别有心意的爱情观和人生观,引领读者真切品味到诗歌的哲思之美。

三、玄思探秘

所谓"玄思",是指那些深奥玄远、晦涩难懂的哲理性思考。人生而有涯,而世界无涯。人类的探索欲望是无穷尽的,面对一个复杂多变的世界,一些诗人挣脱了现实世界的束缚,致力于探索幽暗深远的哲理境界,呈现出思考的乐趣。诗人闻一多有一首诗,名字即为《玄思》,诗中写道:"在黄昏底沉默里,/从我这荒凉的脑子里,/常迸出些古怪的思想,/不伦不类的思想"。这些诗作穿透了真实可感的现实世界,致力于追求玄妙悠远的哲思,使得新诗呈现出抽象的知性特征。卞之琳在诗作《距离的组织》①中给我们呈现了一个抽象、晦涩的哲理世界。

距离的组织

想独上高楼读一遍《罗马衰亡史》,
忽有罗马灭亡星出现在报纸上。
报纸落。地图开,因想起远人的嘱咐。
寄来的风景也暮色苍茫了。
(醒来天欲暮,无聊,一访友人吧。)
灰色的天。灰色的海。灰色的路。
哪儿了?我又不会向灯下验一把土。
忽听得一千重门外有自己的名字。
好累啊!我的盆舟没有人戏弄吗?
友人带来了雪意和五点钟。

卞之琳被称作最醉心于新诗技巧与形式试验的艺术家。这首诗是诗人的试验之作。因为诗作难以解读,为了便于读者理解,诗人甚至对相关诗句标示了详细的注解。具体内容如下:

1. 1934 年 12 月 26 日,《大公报》国际新闻版伦敦 25 日路透电:"两个星

---

① 洪子诚、奚密主编《百年新诗选》(上),生活·读书·新知三联书店,2015。

期前索佛克业余天文学者发现北方大景座中出现一新星,兹据哈华德观象台纪称,近两日内该星异常光明,估计约距地球一千五百光年,故其爆发而致突然灿烂,当远在罗马帝国倾覆之时,直至今日,其光始传至地球云。"这里涉及时空相对的关系。

2. "寄来的风景"当然是指"寄来的风景片"。这里涉及实体与表象的关系。

3. 第五行。这行是来访友人(即未行的"友人")将来前的内心独白,语调戏拟我国旧戏的台白。

4. 第六行。本行和下一行是本篇说话人(用第一人称的)进入的梦境。

5. 1934年12月28日《大公报》的"史地周刊"上《王同春开发河套记》:夜中驰驱旷野,偶然不辨在什么地方,只消抓一把土向灯一瞧就知道到了那里了。

6. 《聊斋志异》的《白莲教》篇:白莲教某者山西人,忘其姓名,……某一日将他往,堂上置一盆,又一盆覆之,嘱门人坐守,戒勿启视。去后,门人启之,视盆贮清水,水上编草为舟,帆樯具焉。异而拨以指,随手倾侧。急扶如故,仍覆之。俄而师来,怒责"何违吾命"。门人立白其无。师曰:"适海中舟覆,何得欺我!"这里从幻想的形象中涉及微观世界与宏观世界的关系。

7. 最后一行。这里涉及存在与觉识的关系。但整诗并非讲哲理,也不是表达什么玄秘思想,而是沿袭我国诗词的传统,表现一种心情或意境,采取近似我国一折旧戏的结构方式。

结合诗人的注解,我们才能理解这是一首解读"距离"的诗作。诗人将抽象的"距离"进行可感化的表达,在实际生活中显示出"距离"在时间、空间上的多维度存在。全诗在时间与空间距离中反复穿梭,交叉运行,构成了浑然一体的意蕴空间,显示出诗人表达哲思的得心应手、游刃有余,令人瞠目结舌。诗中的自注,对于读者来说是一种深入诗歌内部的诱导。可是即使没有这些注释,全诗所写日暮时分的灰蒙心情和意境毕竟仍可感受,苍茫愁思油然而生。

纵观全诗,作者对"距离"与"组织"的感悟无所不在。"距离"体现在时间与空间、主体与客体、人与自然、真实与虚幻、有限与无限、物与物、物与人、人与人、梦境与现实、此界与彼界、确定性与非确定性等多重关系中,这些关系或互相依存,或层层叠加,或纵横交织,构成了错综复杂的现象世界。文字的简省和时空跳跃、意识转换的幅度、速度形成强烈反差,虽层次复杂,思想隐秘,但处处可见诗人精致细密的安排,从而理趣横生。诗人孜孜不倦地探索理性世界,从中国古诗和西方现代派诗吸取营养,激发知性的闪光和哲理的趣味,自成一格。

第三节 美在意趣

意趣,是古典诗歌美学的重要理论范畴。南宋词人张炎在《词源》中曾论及苏轼、王安石、姜夔等人的词作,并提出:"此数词皆清空中有意趣,无笔力者未易到。"这里的意趣,主要指上乘词作中所蕴含的丰富的审美情趣,尤其指超凡脱俗的意味和情趣。作为极具探索意味的文体,新诗自起始以来就注重诗体自身的建设与创造,同时对古典诗歌美学批判继承,追求古典和传统的意味和情趣,以求开拓新诗的发展空间。因此,有一些诗人在追求主题的深刻、内容的丰富的同时,将诗歌的意趣置于同等重要的地位,在诗的形式、技法上实现了创新与创造。意趣之美从而浮现在新诗的创作世界中。

一、体式之趣

诗歌是文学殿堂里的先锋军,不断探索新的体式和风格是其重要特征。诗人都是善于创新、勇于探索的,他们调动传统的创作资源,汲取来自外界的创新因素,进而创造新的诗歌体式、挖掘技巧的新用法,最终形成传诵一时的佳作。在这一类诗歌中,诗人创造出新的诗歌体式,探索新的写作技法,引领读者品味创新的乐趣,增添了诗歌的独特艺术魅力。例如,诗人李季[1]的长篇叙事诗《王贵与李香香》[2]在诗歌体式上实现了借鉴创新,成为新诗发展史上一道亮丽的风景。

---

[1] 李季(1922—1980),原名李振鹏,河南唐河人。作品有长诗《王贵与李香香》《杨高传》、诗集《玉门诗抄》等。

[2] 李季:《李季诗选》,人民文学出版社,1980。

王贵与李香香(节选)

....

山丹丹开花红姣姣,
香香人材长得好。

一对大眼水汪汪,
就象那露水珠在草上淌。

二道糜子碾三遍,
香香自小就爱庄稼汉。

地头上沙柳绿蓁蓁,
王贵是个好后生。

身高五尺浑身都是劲,
庄稼地里顶两人。

玉米开花半中腰,
王贵早把香香看中了。

小曲好唱口难开,
樱桃好吃树难栽;

交好的心思两人都有,
谁也害臊难开口。

王贵赶羊上山来,
香香在洼里掏苦菜。

赶着羊群打口哨,
一句曲儿出口了:

"受苦一天不瞌睡,
合不着眼睛我想妹妹。"

停下脚步定一定神,
洼洼里声小象弹琴:

"山丹丹花来背洼洼开,
有那些心思慢慢来。"

…………

  1946年,诗人李季发表了诗作《王贵与李香香》,以王贵和李香香的爱情故事为线索,成功地塑造了王贵和李香香这两个觉醒了的青年农民形象。整个作品将近一千行,全部化用陕北民间流传的"信天游"形式写成,将鲜明的时代色彩、深厚的革命内涵和质朴的民歌形式融为一体,为新诗贡献了一种新的诗歌体式。

  "信天游"是流传自陕北地区的一种民歌形式。这种民歌传唱在广漠无垠的黄土高原上,境界辽阔苍凉,风格雄壮朴实。民歌中的比兴手法非常广泛:上自日月星辰、风云雨露,下到花草树木、鸟兽虫鱼,还有柴米油盐、五谷杂粮、衣食起居等,都可以起兴作比。节奏大都十分自由,旋律奔放开阔,扣人心弦、回肠荡气。诗人对于这种民歌作过大量的搜集和深入的研究,并由此得到启发,决定采用这种形式来讲述这个"三边民间革命历史故事"。"信天游"一般是两句一节,表达一个比较完整的意思。诗人采用"信天游"体式时,仍然是两句一节,但并非每节都是构成一个独立意思,而是数节表达一种情感或一个独立意思。作品相当于把几百首"信天游"连缀成章,叙述了一个长篇故事,既有叙事,又有抒情,运用得十分圆熟自如,使得诗作在革命的政治内容和民族形式的运用方面相当完美地统一起来,为新诗的民族化、大众化提供了宝贵经验。

诗作从民歌中汲取了丰富的营养,采用民歌中的精彩句式和抒情方法,在描写人物和表达主题上都充满创新意味。比如,诗作中较多运用了民歌中的重复和"比""兴"手法。"比",是比喻,即运用自然景物或日常生活中常见事物做比喻,增强诗歌的生动性;"兴",是触景抒情,唤起读者由此及彼的联想,增添了叙事的感性色彩或气氛。"山丹丹开花红姣姣,/香香人材长得好。"此句比兴同一。"玉米开花半中腰,/王贵早把香香看中了。"比兴不一,只兴不比。作品对于比兴的运用,不但精彩贴切,而且运用得很广泛很自如,增强了语言的形象性和表现力。诗中的语言在朴素中具有形象美、音乐美的特点,摆脱了原有民歌语言的粗糙和随意,成为真正艺术化了的诗歌语言。

品读全诗,节奏流畅明快,语调自然和谐,这源于作者对这种民歌形式和群众语言很熟悉很了解,善于从中吸取营养。全诗呈现出的诗体创新意味,是诗人的追求目标,也发展了新诗的艺术风格。

二、意境之趣

中国古典诗歌在发展历程中,形成了诸多独具特色的美学范畴,如韵律、意境等。意境是传统诗歌美学的范畴,也是对众多诗歌艺术价值的评判标准。所谓意境,是诗人的主观情思与客观景物相交融而创造出来的浑然一体的艺术境界。在新诗中,意境成为一些诗人创作时所追求的表达目标,从而赋予意境独立的审美意味。此类诗作虽有现实情境的依托,但并不在于一种真实可感的情感体验,而在于塑造最美的意境。这些诗作中的意境如羚羊挂角,无迹可求,似玲珑的宝石,光彩熠熠。以废名①的诗作《十二月十九日夜》②为例,该诗所表现的就是充满禅意的意境。

---

① 废名(1901—1967),原名冯文炳,湖北黄梅人,在现代文学史上被视为京派文学代表作家。代表作有小说《竹林的故事》《桥》《莫须有先生传》《莫须有先生坐飞机以后》等。
② 洪子诚、奚密主编《百年新诗选》(上),生活·读书·新知三联书店,2015。

十二月十九日夜

深夜一只灯，
若高山流水，
有身外之海。
星之空是鸟林，
是花，是鱼，
是天上的梦，
海是夜的镜子。
思想是一个美人，
是家，
是日，
是月，
是灯，
是炉火，
炉火是墙上的树影，
是冬日的声音。

废名在中国新诗史上的功绩在于开辟了一条以禅写诗的新路。废名的诗美是天然的，诗情是古典的，融儒释道为一体，并有现代主义之风，成为现代诗坛的一个独特存在。这首写于 1936 年底的小诗，初读有不知所云的感觉，细品则思绪悠然，如入禅境。

冬天的深夜，诗人默坐在房中，面对室中的一盏灯，眼前仿佛出现了耸立的高山、潺潺的流水，而寂静的四野又宛如大海一样包围着他。他想象夜空闪烁的颗颗明星，仿佛是座座鸟林，又仿佛是温馨的花，是游弋的鱼。这首诗不作架空抒情，而致力于意象的呈现，运用暗示和隐喻展现诗人的心境。诗人将自己的思想比作美人、日、月、灯、炉火，通过一连串跳动着的意象来表现自己飘忽不定的思绪。美人、日月、炉火都是美好的事物，似乎没有共同点，然而诗人却通过想象，将其连缀在一起又省略了联络的字句，从而反映诗人思路的飘忽与意识的流动,晦涩而深妙。末两句"炉火是墙上的树影,/是冬日的声音",运用通感手法,以听觉来写视觉,突出了诗人冬夜的强烈感受,抒写了夜的静谧和诗人的思想流动。

这首诗没有什么复杂的表达欲望,诗人不过是想把所感悟到的"夜"表现出来。佛家曰:一花一世界,一叶一菩提。一念心清净,莲花处处开。看世界用眼睛是远远不够的,唯有用心灵。诗人在静夜之中,任思绪弥漫,周边万物皆在心中,构筑属于自己的禅意世界。跳跃性的奇思异想和干净利落的语言,创造出独特的意境,具有一种非现实的虚幻感,呈现出中国古典诗论所说的"镜花水月"之美。

三、无理而妙

"无理而妙"是中国古典诗歌理论的重要范畴,是清代词论家贺裳在《皱水轩词筌》中提出的。所谓"无理",乃是指违反一般的生活情况以及思维逻辑而言;所谓"妙",则是指其通过这种似乎无理的描写,反而更深刻地表现了人的各种复杂感情以及因这种逆常悖理而带来的鉴赏者所意想不到的诗美、诗味。诗人在描写景物与人事时,虽有悖常理,却与情理相符,另辟蹊径,带给读者在常理之外却又在情理之中的美妙感受。

"无理而妙"的例子在古典诗歌中比比皆是,以李白的《早发白帝城》略说一下。李白被皇帝流放到湖南的夜郎,路过四川,走到白帝城时,突然听到赦免的消息,感到十分惊喜,于是乘船沿长江三峡下江陵回家,这首诗就是表现他当时喜悦畅快的心情。在这首诗中,"朝辞白帝彩云间"一句是现实的描写,"千里江陵一日还"一句则是超现实的想象;"两岸猿声啼不住"一句是现实的描写,"轻舟已过万重山"一句则是超现实的想象。这首诗就在现实的描写和超现实的想象之间交错进行,诗里的情景违背事物发展的常理,有一种超出实际生活经验的悖逆性,但是它由现实中的不可能变为诗中的可能,从而达到"无理而妙"的意趣。苏轼曾说:诗以奇趣为宗,反常合道为趣。"反常"就是违背事情的常理,对现实的扭曲,却能在诗中产生一种奇趣,造成一种惊喜效果;但反常还得合道,还得符合人们内在的感受,虽然出乎意料,却在情理之中。这种"无理而妙",让诗歌成为"至情至理之妙文"。现代诗人冯至的一首短诗《蛇》①,也呈现出"无理而妙"的意趣,耐人回味。

蛇

我的寂寞是一条长蛇,
冰冷地没有言语——
姑娘,你万一梦到它时,
千万啊,莫要悚惧!

它是我忠诚的侣伴,
心里害着热烈的乡思;
它想那茂密的草原——
你头上的、浓郁的乌丝。

它月影一般的轻轻地,
从你那儿轻轻走过;
它把你的梦境衔了来,
像一只绯红的花朵。

《蛇》是现代诗人冯至于 1926 年创作的一首抒情诗。这是一首吟咏爱情的诗作,主要抒发寂寞的,或是苦闷的,但亦是美好的相恋情思。

诗作以"蛇"为题,借助这一冰冷不语的意象,表达内心的寂寞和热烈的相思。据冯至回忆,这首诗的灵感来自 19 世纪英国唯美主义画家比亚兹莱的一幅黑白线条画:画上是一条蛇,尾部盘在地上,身躯直长,头部上仰,口中衔着一朵花,他觉得这蛇秀丽无邪,犹如一个少女的梦境。在诗作中,诗人将少年对爱情"寂寞"而纯真的向往隐喻为一条"冰冷地没有言语"的蛇,借"热烈的乡思"暗喻痴情的相思,又用"茂密的草原"比附恋人"头上的、浓郁的乌丝"。全诗语言清丽,情感浓烈而不外显,用柔美的音律、幽婉的意境充分地表达出

---

① 解志熙:《冯至作品新编》,人民文学出版社,2009 年。

抒情主人公"我"对爱情的渴望和对心上人的眷恋。

在现实生活中,蛇是一种令人反感的,甚至令人畏惧的动物,其身上承载着阴险、罪恶、冷漠的文化意味。《蛇》这首诗以此为核心意象,表面上不合事理,毫无相通之处,但实际上诗作中通过"乡思""草原""绯红的花朵"等意象,将蛇的象征意味与所表述的爱情因素巧妙结合起来,外形上的巨大反差与深层上的意味相通恰好达到了"无理而妙"的艺术效果,趣味盎然。诗人追求一种隐秘的表达方式,一种含蓄的艺术风格,既不过分晦涩,也不过分坦露,表达了清冷外表下蕴藏的热烈情思,创造出一种浪漫朦胧的美丽意境。从这个意义上说,冯至的《蛇》是爱情诗中不可多得的精品。

第三章　诗歌是独特的
——新诗的风格

> 我立在池岸，
> 望那一朵好花，
> 亭亭玉立
> 出水妙善，
> "我将永不爱海了。"
> 荷花微笑道：
> "善男子，花将长在你的海里。"
>
> ——废名《海》[①]

废名的这首《海》渗透了佛家的思想和意味，在清透灵动的意象中流露出淡淡的禅思，形成静默、虚空、超脱、晦涩的独特个性与风格。

在新诗发展的长河中，诗歌的风格是多姿多彩的，每一首经典之作都有其独特的风格，这些独特的风格是诗人独特艺术创造力的标志，也是其语言和文体成熟的体现。

新诗百年，风格多样，情感上或奔放或婉约，语言上或浅白或晦涩，形式上或先锋或传统，各不相同，共同构成了精彩纷呈、多姿多彩的诗歌世界。风格的多样性，使新诗的大花园里姹紫嫣红、百花争艳。

[①] 废名：《废名选集》，人民文学出版社，2007年。

第一节 婉约与豪放

从情感表达特征来看，新诗的抒情或激情或委婉，或奔放或含蓄，或高昂或低沉，各具特色。为便于论述，我们可以分成婉约与豪放两类。

婉约和豪放的风格，源自对古典诗歌理论中宋词婉约和豪放的词风的借鉴。在宋代词坛，耸立着争雄对峙、相映生辉的两座奇峰：以柳永、李清照为旗帜的婉约派和以苏轼、辛弃疾为代表的豪放派。婉约派的特点是内容侧重儿女风情，结构深细缜密，音律婉转和谐，语言圆润清丽，有一种柔婉之美，如柳永、秦观、周邦彦、李清照等的词作。豪放派的特点是创作视野广阔，题材广泛，气势雄浑，境界开阔，直抒胸臆，风格豪迈，感情高亢，具有豪放之美，如苏轼、辛弃疾等的词作。南宋俞文豹的《吹剑录》中有一段记载：东坡在玉堂日，有幕士善歌，因问："我词何如柳七？"对曰："柳郎中词只合十七八女郎，执红牙板，歌'杨柳岸晓风残月'；学士词须关西大汉，铜琵琶，铁绰板，唱'大江东去'。"这段话可以说是对婉约派与豪放派词风的形象概括和生动说明。

婉约风格的新诗，或清新雅致，或委婉细腻。清新雅致的诗作，多采取象征手法，写景寓志，以云水的逍遥比喻恬淡的胸怀与闲适的心情，用自然的波浪象征社会的飘摇，言浅旨远，意在象外，寄托深厚，理趣盎然。委婉细腻的诗作，常常不是直接叙述，而是曲折的倾诉，体现出"曲、细、柔"的特点，曲径通幽，情调缠绵，表达感情细如抽丝，言在此而意在彼，或引而不发，或欲说还休，让读者去体味。这一风格的诗作，多注重抒发离愁别绪，意境清新委婉，风格轻盈飘逸，如丝丝春雨湿润心房，如缕缕清香沁入心脾。以徐志摩的诗作《再别康桥》①为例，这首诗情感温婉细腻，可谓婉约诗风的典型代表。

---

① 徐志摩：《志摩的诗》，作家出版社，2000。

再别康桥

轻轻的我走了,
　正如我轻轻的来;
我轻轻的招手,
　作别西天的云彩。

那河畔的金柳,
　是夕阳中的新娘;
波光里的艳影,
　在我的心头荡漾。

软泥上的青荇,
　油油的在水底招摇;
在康河的柔波里,
　我甘心做一条水草!

那榆荫下的一潭,
　不是清泉,是天上虹;
揉碎在浮藻间,
　沉淀着彩虹似的梦。

寻梦? 撑一支长篙,
　向青草更青处漫溯;
满载一船星辉,
　在星辉斑斓里放歌。

但我不能放歌,
　悄悄是别离的笙箫;
夏虫也为我沉默,

     沉默是今晚的康桥!

    悄悄的我走了,
     正如我悄悄的来;
    我挥一挥衣袖,
     不带走一片云彩。

  《再别康桥》是徐志摩脍炙人口的诗篇。康桥,即英国著名的剑桥大学所在地。1920年10月至1922年8月,诗人曾游学于剑桥大学,这一时期是其人生的转折点,也是其人生观、价值观、爱情观初步形成时期,沉淀着诗人的"青春梦"。"康桥情结"贯穿在徐志摩一生的诗文中,而《再别康桥》无疑是其中最有名的一篇。1928年,诗人故地重游,在归途的南中国海上,吟成了这首传世之作。

  全诗以离别康桥时感情起伏为线索,抒发了清婉复杂的情感:留恋之情、惜别之情和感伤之情。

  诗作第一节可谓告别时的序曲:舒缓的节奏,轻盈的动作,缠绵的情意,同时又怀着淡淡的哀愁。作别"西天的云彩",为后面的景物描写铺下了绚丽的色彩。这节诗为整首诗定下了一个基调。

  第二、三节描绘临别时康河的美景。抓住"金柳""青荇"等有代表性的景致,细致书写了对康桥美景的留恋与不舍。以"新娘"比喻河畔的"金柳",是诗人惊人才思的呈现。河畔的柳树随风飘拂,轻媚如烟,本已是美景,夕阳之下,余晖轻洒在柳树上,遍体金黄,"金柳"一词的使用,妥帖醒目,令人眼前一亮。诗人更以"新娘"来比喻"金柳",以人拟物,不仅赞颂了柳树的娇媚姿态,更是写出了柳树的娇艳可人,清新明丽的意境可谓是神来之笔。第三节写康河里的水草,突出了康河的清澈与宁静。这两节是写景,但又并非纯粹的景色描写,而是情景结合,物我合一,进而实现了情景交融,物我相映。

  第四至六节是由外部景物描写转入内心情感描绘,由眼前美景入昔日旧梦,逐渐深入到诗人内心,写出了诗人内心的无限伤感和落寞。诗人由康河美景联想起昔日康桥时期"彩虹似的梦",进而想去"寻梦"。但是昔日的梦想与今日的现实反差巨大,诗人只有"悄悄""沉默",离愁渐去,伤感加重。"满载一船星辉,在星辉斑斓里放歌"一句,想象丰富,色彩绚烂,画面唯美,抒情自然,实为神来之笔。此节意境之美,令人拍手叫绝。

第七节作为结尾,是这次告别的尾声。诗人临离开时再次作别康河,作别这段曾经的美好回忆。"悄悄的我走了,正如我悄悄的来"一句,虽然句式与开头一致,但用"悄悄"替换了"轻轻",一词之变,诗人内心的伤感和离愁尽现,曲折委婉,情深动人。

整体而言,这首诗用虚实相间的手法,情景交融,融情于景,借助一幅幅流动的美景,营造一处处美妙的意境。诗人对康桥的离别、对往昔生活的眷恋、对现实处境的伤感等情感,在轻声细语间细腻呈现。诗作的语言清新柔美,形式精巧圆熟,节奏轻柔委婉。伴随着情感的起伏跃动,犹如一曲悦耳徐缓的散板,轻盈婉转,拨动读者的心弦。

豪放风格的诗作,或悲壮慷慨,或雄奇奔放。悲壮慷慨的作品,情思悲壮,出语高昂,充满着对时代的感慨,或雄才不得志于时,或感时伤乱,忧国忧民,心中郁结,愤慨不平。雄奇奔放的作品,骨力挺健,气势雄伟,多用具有气势和节奏奔放的语言来塑造博大新奇的形象,营造恢宏阔远的意境,表现积极向上的思想感情。这一类风格的诗作重在抒发家国情怀和历史感悟等宏大主题,意境辽远宏阔,感情豪迈激荡,给人深沉震撼的感觉,如滂沱大雨,酣畅淋漓,如黄钟大吕,扣人心弦。这里以诗人田间[1]写于抗日战争时期的诗作《给战斗者》[2]为例,展现激情豪迈的诗作风格。

---

[1] 田间(1916—1985),原名童天鉴,安徽省无为市人。注重新诗的民族化、大众化,以平朴的描述和激昂的呼唤形成了明快质朴的诗歌风格。其诗作《假使我们不去打仗》传遍全国,被闻一多称为"擂鼓诗人""时代的鼓手"。

[2] 田间:《田间诗选》,人民文学出版社,1983。

给战斗者(节选)

…………
我们
必须
战斗了,
昨天是忿怒的,
是狂呼的,
是挣扎的
四万万五千万呵
斗争
或者死
我们
必须
拔出敌人底刀刃,
从自己底
血管。
我们
战斗的
呼吸,
不能停止;
血肉的
行列,
不能拆散。
我们
复仇的
枪,
不能扭断。
因为我们知道
这古老的民族,

不能
屈辱地活着,
也不能
屈辱地死去。
我们一定要
高举双手
迎接——自由!
…………

《给战斗者》这首诗创作于1937年底,是抗日战争初期一首鼓动人民奋起斗争的诗歌。诗作谴责日本侵略者的凶残,书写中国人民承受的苦难,召唤人民拿起武器同侵略者血战到底。全诗共七节,以无比愤怒的心情控诉日寇的侵略暴行,号召人民拿起武器战斗到底,准确地表达了中国人民不甘受辱的民族感情和决战意志,洋溢着强烈的爱国主义色彩。上述节选的部分是诗作的第五节,可以看出,诗作采用了"短行"的诗歌形式,以反复、排比的句式,形成了一种急迫紧张的节奏,生动表达了激越的情绪,极富感染力。

诗作的豪放风格源自其独特的形式特征和汹涌的爱国激情。从情感上看,诗作的抒情主人公不是"我"而是"我们",这就表示诗作将个人化的情感转换为一个阶层、一个民族的群体情感,"我们"是饱经苦难、勇于抗争的劳苦大众的代言者。诗作抒发的不是个人的生活感悟,而是事关民族生死的拼搏与斗争,场景阔大,情感厚重,弥漫着遭受侵略的愤慨和迎接战斗的渴望,充满着激荡人心的力量。从形式上看,这种"短行"的诗体,常常是两三个词一行,甚至一个词、一个字一行,利用短句的分行形成明快铿锵的节奏,以诗句的连续反复来渲染雄壮的声势,就像阵阵急骤的战鼓,扣人心弦,催人振奋。这种独特的"短行"诗体和抗战初期慷慨激昂的时代气氛十分契合,便于表达愤激的情感,抒发诗歌的情感力量。正如诗人闻一多所说,他的诗句就像"一声声的鼓点,单调,但是响亮而沉重","鼓舞你爱,鼓舞你恨,鼓舞你活着"。

新诗发展到20世纪五六十年代,出现了"政治抒情诗"。这一类诗作充满英雄乐观主义精神,也可以称为豪放风格的代表诗作。在"政治抒情诗"中,诗人以"阶级"(或"人民")的代言者的身份出现,对当代重要政治事件、社会思潮进行评说和情感表达，诗中多将强烈的情感宣泄和政论式的观念叙说相结合，具有较强的意识形态色彩。以郭小川①的诗作《祝酒歌》②为例，豪迈风格可见一斑。

祝酒歌（节选）

···········

三伏天下雨哟，雷对雷；
朱仙镇交战哟，锤对锤；
今儿晚上哟，咱们杯对杯！

舒心的酒，千杯不醉；
知心的话，万言不赘；
今儿晚上啊，咱这是瑞雪丰年祝捷的会！

酗酒作乐的是浪荡鬼；
醉酒哭天的是窝囊废；
饮酒赞前程的是咱们社会主义新人这一辈！

财主醉了，因为心黑；
衙役醉了，因为受贿；
咱们就是醉了，也是因为生活的酒太浓太美！

山中的老虎呀，美在背；
树上的百灵呀，美在嘴；
咱们林区的工人啊，美在内。

---

① 郭小川（1919—1976），原名郭恩大，河北省丰宁县人。诗歌代表作有《致青年公民》组诗、《望星空》、《甘蔗林——青纱帐》、《团泊洼的秋天》、《林区三唱》组诗等。
② 郭小川：《郭小川诗选》，人民文学出版社，2004。

斟满酒,高举杯!
一杯酒,开心扉;
豪情,美酒,自古长相随。

…………

《祝酒歌》是郭小川创作的组诗《林区三唱》之一,诗作文采华美,情感酣畅,脍炙人口,传唱一时。作为一位很有创造性、才华出众的诗人,郭小川借助诗作抒发对党和革命事业的无限深情。他的诗歌热情歌颂党、祖国和革命事业,充溢着强烈、真挚的革命激情。

《祝酒歌》以祝酒为题材,赞颂了林区工人不畏艰难、乐观向上的斗争精神,表达出对党的无限忠诚,对生活充满热忱,对祖国充满希望,洋溢着豪迈的英雄主义精神。前文节选部分是《祝酒歌》的开端部分,既有比兴手法的优美,又有直抒胸臆的酣畅,体现出较高的艺术魅力。郭小川认为,我们"处在一个意气风发、精神振奋的前所未有的时代",因而这个时代的诗歌要"造成一种雄浑而壮丽的气势,一种高昂的调子"。诗中热情赞颂社会主义,歌颂美好的新生活,歌颂豪爽的林区工人,处处洋溢着对理想的执着追求和对祖国人民的无限热爱。诗中乐观豪迈的情感,热情奔放的节奏,呈现出昂扬向上的抒情风格,鼓舞读者感奋起来,吸引读者投入到奋斗洪流中来。诗作将"战斗的热情"有机融汇在有血有肉的现实生活中,毫不枯燥单调,也不矫揉造作,生活与情感达到了完美融合,成为新诗坛上风格别致的佳作。

郭小川的这种诗体被称为"新辞赋体",是诗人独特创造力的结晶。这一诗体从我国的古代辞赋中借鉴联辞结彩的特点,结合现代汉语规律,尤其便于诗人抒发豪迈、激昂的情感。诗体的基本特征是句子长,所以又被称为长句体、长廊体,一行诗至少由两个以上的短诗句构成,诗节的组合比较自由,由2、3、4行诗句构成,节与节之间的字数、句数大体整齐、押韵,写作手法上用铺陈排比的手法来表达,容量大,适宜于奔放情诗的抒发。由于短句长排、诗行大体整齐、对应的句式,以及铺饰、夸张、重叠、排比、对偶等表现手法的大量使用,再加上结构、辞藻、音韵、节奏等方面的考究,有效地增强了诗的情感浓度与语言力度,造成一种宏阔与澎湃的气势。这类诗作因较强的艺术表现力和情感渲染力,成为新诗坛别具一格的抒情力作。

第二节　浅白与晦涩

　　语言风格,是指诗人在长期的创作实践中逐渐形成的独特的语言艺术个性,是诗人的个人气质、诗歌美学观念在作品中的凝结,是具有恒定性的区别于其他诗人的艺术特色。诗歌语言的风格特色多种多样:有的清新简洁,有的古朴雅致;有的平淡无奇,有的绚丽多彩;有的浅白明净,有的含蓄委婉;有的平易自然,有的险怪奇特。不同的诗人、不同的诗作表现出不同的风格。在这里,我们将新诗的语言风格大致分为浅白与晦涩两类。浅白或晦涩,与诗人的创作追求相关,二者并无高下,均有佳作存在。

　　所谓浅白,是指诗作的语言力求明了如话,不追求华丽辞藻的语言风格,整体表达呈现出质朴无华的特点。这类诗作的内容简单易懂,表面看来句句平淡,素朴的表达蕴含着悠然自得的情趣。浅白,仅是就作品的语言风格而言,不等同于直白,并且依然要求诗作营造出有韵味的意境,做到言有尽而意无穷。以艾青的诗作《礁石》[①]为例。

礁石

一个浪,一个浪
无休止地扑过来
每一个浪都在它脚下
被打成碎沫,散开……

它的脸上和身上
像刀砍过的一样
但它依然站在那里

---

① 艾青:《艾青诗选》,人民文学出版社,1984。

含着微笑,看着海洋……

　　《礁石》创作于 1954 年 7 月。当时中国正处于建国后的困难时期,诗作通过对礁石的刻画,表达了对坚忍顽强的生命的赞美,亦对处于种种困难和重压之中的祖国人民予以深切的鼓舞。

　　全诗简短的八句,主要描绘了两个逼真的画面:一是海洋中无数浪花拍打礁石,终成碎沫;二是礁石屹立,微笑着面对海洋。两个画面其实是同一个场景的不同视角:第一个画面描绘被礁石打碎的浪花;第二个画面镜头反转,描绘在海洋中挺立的礁石。画面的视角在转变,但是展示的重心没有变化,引领读者从不同层面审视礁石这一形象的深刻内涵。在诗中,尽管被海浪"无休止"地扑来,尽管"脸上和身上"留下了"像刀砍过的一样"的累累伤痕,礁石却毫无畏惧、决不退缩,照样岿然不动,并且"含着微笑,看着海洋"。这一意象,赞颂了那种具有无比坚定的意志和英勇顽强的抗争精神的形象,是一个大无畏的英雄形象。

　　在艺术手法上,全诗用简洁的语言描绘了两幅画面,突出礁石的特点,在内涵表达上则采取"省略"的方式,整体风格简单易懂。在文学创作中,"形象大于思想"是一种常见的现象。如果作品面面俱到,把要表达的思想或情感表述得清楚明白,就不会给读者留出"填空"和"对话"的空间,使读者失去了想象的可能性,不能激发读者的"兴味"。因此,中国古典诗论中有"立象以尽意"之说,即通过对"象"的塑造表现难以言说的"意",增强诗歌的含蓄意蕴。《礁石》一诗正是"立象以尽意"的典型之作,诗作用凝练的语言,采取暗示的手法,只作形象的勾勒,不作意义的阐发,把其中所含意蕴留给读者去体会,增强了诗歌的含蓄美。

　　20 世纪末期,新诗创作出现了"口语化"的创作取向。借助网络的力量,"口语诗歌"[①]一时间成为比较明显的诗歌潮流,甚至一定程度上占据了压倒性优势。虽然从诗歌发展演变的逻辑来说,口语本身也是诗歌发展的内生性、成长性力量,体现了某种活力和生命力,但是口语的缺点和优点是并存的,将

---

　　① "口语诗歌"的概念是在 20 世纪 80 年代风起云涌的"第三代"诗歌思潮中提出的。对于这一诗歌创作主张,有赞同,有批判,争议较多;同时,对于这一概念自身的内涵和所指,也有颇多含混之处。

"口语诗歌"唯一化,信奉唯我独尊、党同伐异的观念和做派,是需要警惕的。口语并不天然具有诗性,甚至由于它的散漫、直白、浅近等特点,成为诗歌精品具有更大的难度。在当前的状况下,很难说"口语诗歌"已经成为一种成熟的诗歌"类型",也无法围绕"口语诗歌"建立一套成熟的批评理论体系。面对"口语诗歌",虽然可以肯定其具有浅白的风格,但是还是需要警惕,以防追求浅白而失去了诗美。

浅白是一种美,晦涩是另一种美。所谓晦涩,主要指文辞上隐晦,不流畅,不易懂。我们应当正视这个事实:晦涩是现代诗的重要表征。从现代诗源头上看,晦涩是现代主义诗歌与生俱来的品质。幽灵般的晦涩一直伴随现代主义文学,同时大大地影响着中国新诗。自20世纪20年代中期,以李金发为首的象征派在诗坛崛起后,晦涩便进入中国现代诗歌批评的视野,成为许多现代诗人和批评家关注的一个焦点问题。因为晦涩的存在,增加了新诗赏析的难度,同时也增加了新诗创作的趣味性。新诗的晦涩主要源自诗歌的文体特征,如意象的运用、结构的跳跃、语言的陌生化等等。这些文体特征决定了一些诗歌是难以理解的。法国象征主义诗人马拉美称:"诗永远应当是一个谜。""诗写出来原是叫人一点一点地去猜想。"诗歌是神秘的,这是诗歌的特性。正因为此,诗歌具有了意义的无限性。以穆旦[①]的诗作《春》[②]为例,可见晦涩在新诗中的存在。

春

绿色的火焰在草上摇曳,
他渴求着拥抱你,花朵。
反抗着土地,花朵伸出来,
当暖风吹来烦恼,或者欢乐。
如果你是醒了,推开窗子,
看这满园的欲望多么美丽。

---

① 穆旦(1918—1977),原名查良铮,浙江海宁人。20世纪40年代出版有《探险队》《穆旦诗集(1939—1945)》《旗》等诗集。

② 穆旦:《穆旦诗文集》,人民文学出版社,2007。

> 蓝天下,为永远的谜蛊惑着的
> 是我们二十岁的紧闭的肉体,
> 一如那泥土做成的鸟的歌,
> 你们被点燃,却无处归依。
> 呵,光,影,声,色,都已经赤裸,
> 痛苦着,等待伸入新的组合。

穆旦的诗歌创作集中在20世纪三四十年代。其诗作将西欧现代主义和中国诗歌传统结合起来,诗风富于象征寓意和心灵思辨,常呈现出晦涩的特征。袁可嘉在《诗的新方向》中认为,穆旦"是这一代的诗人中最有能量的、可能走得最远的人才之一"。20世纪80年代后,许多新诗研究者推其为现代诗歌第一人。

《春》写于1942年。作为一个被古今中外诗人写得太多的题材,提到"春",人们会自然地联想到一系列美好的风景与亮丽的诗句。但是,穆旦笔下的春天不是传统意义的春和景明、春风和畅、鸟语花香,而是一个青春生命的成长躁动、承受压抑和人生苦闷,一时难以言说。

诗作中的"春"是怎么样的呢?在第一节中,诗人描绘了眼中的春天。整体结构上,这节诗采用了倒装的结构模式。正常的结构模式是:诗人醒了,推开窗子,看到了窗外的美景,有绿草、野花,还有暖风。但诗作所描绘的春天,绝非那种简单易懂的如春暖花开、春风轻拂、鸟语花香的景象,而是有不少难以理解的地方。比如:什么是"绿色的火焰"?为什么要"反抗着土地"?暖风为什么"吹来烦恼,或者欢乐"?这些问题,提醒读者,这首诗并非写实,而是具有高度的抽象性。

为什么是"绿色的火焰"?仔细思考,我们常用"火焰"来形容生命力。那么,青草的生命力是什么颜色的?自然是绿色的。所以,看到风中飘摇的青草,我们看到了绿草萌发,而诗人看到了春天到来后绿草的旺盛的生命力,看到了一片"绿色的火焰"在绿草之上摇曳,看到了绿草"渴求着拥抱花朵"的欲望。毫无疑问,这是对春天到来后,万物勃发的旺盛生命力的最具诗性色彩的描述!

为什么要"反抗着土地"？暖风为什么"吹来烦恼，或者欢乐"？这是对春天到来后另一种生命状态的呈现。这两行诗整体上也是一个倒装的句式，正常的句式应该是：当暖风吹来烦恼，或者欢乐；花朵反抗着土地，伸出来。由此可见，诗作所强调的是"反抗着土地，花朵伸出来"。这一句诗突出了绿草拥抱花朵的现实状态，花朵受到了土地的压制，它必须"反抗着土地"，才能"伸出来"。这就是生命的存在状态：旺盛的生命力受到压制，它必须反抗，才能获得新生。"当暖风吹来烦恼，或者欢乐"一句，其实是对生命生长的外部环境的隐喻，也就是说，当花朵伸出来的时候，无论"烦恼"还是"欢乐"，其生长状态不会有显著的改变，受压制和抗争是其必然要面临的外部因素。

因此，在第一节中，诗人所呈现的是一个充满象征和隐喻的景色描写空间。诗中的春天，呈现出来的是"欲望"，是生命真实存在状态的象征，其晦涩的表现风格已经初步呈现。

诗作第二节由自然之景转到生存探索，展示了青春的成长状态。青春时期的"肉体"，"为永远的谜蛊惑着"，充满着生命的活力和对未来的向往，却无力挣脱现实的压制，只能处于"紧闭的"状态。在这里，"永远的谜"就像这几个字本身的意思一样，暗示了青春的欲望和冲动，但是又难以明晰解释，只能是处于含混的状态。这就是青春，借助"泥土做成的鸟的歌"这一意象，诗人再次对青春时期的生命状态进行形象的比喻。歌声是美妙的，是充满活力的，但是它却是由"泥土做成的鸟"歌唱出来的。因此，青春的真实状态就是："被点燃，却无处归依。"诗作形象地呈现了青春的活力与被压制。身处青春时期的生命，最终只能承受现实，在理想与现实之间痛苦抉择，"等待伸入新的组合"，实现生命的萌发。

无论从语言上看，还是从表达风格看，《春》都是一首晦涩的诗。诗作中的"春"，它是自然界的春天，也是人生的青春，是诗人成长的欲望与抗争。在诗人笔下，春天是万物醒来，是第一次的诞生和再生，但也是欲望与沉迷的诱惑；是飞扬的歌声与敞开的欢乐，也是沉滞的泥土与紧闭的肉体；是燃烧、分散、反抗，也是散乱之后新的组合与新生。由自然界的春天到成长阶段的青春，借助与"春"相关的对立意象——"绿色"与"火焰"，"拥抱"与"反抗"，"紧闭"与"赤裸"，"土地"与"花朵"，"谜"与"肉体"，"泥土"与"歌"，"卷曲"与"伸入"，呈现出对立观念的冲突——"清醒"与"沉醉"，"沉滞"与"飞扬"，"根基"

与"摆脱"。在二十岁的青春时期,赤裸的光、影、声、色,是紧闭的肉体和激荡的思想构成"新的组合",虽然痛苦,却是最为真实的生命状态。这首诗具有鲜明的现代主义特质,强调诗歌内在的张力和戏剧性,将一系列充满对抗、冲突的词语和意象互相交织,形成错综复杂而又强烈的抒情形式,表达了抽象的生命主题。

晦涩有时来自诗作的内容表达,有时也会来自诗歌的外在形式。以台湾诗人林亨泰①的诗作《二倍距离》②为例。

二倍距离

你的诞生已经
诞生的你的死
已经不死的你
的诞生已经诞
生的你的死已
经不死的你

一棵树与一棵
树间的一个早
晨与一个早晨
间的一棵树与
一棵树间的一
个早晨与一个
早晨间

那距离必有二倍距离
然而必有二倍距离的

---

① 林亨泰,1924年出生,台湾彰化人。1950年,台湾师范大学教育学系毕业。著有诗集《长的咽喉》《爪痕集》等。
② 刘登翰:《台湾现代诗选》,春风文艺出版社,1987。

林亨泰是台湾著名诗人,其作品经常有这种拗口的语法,近似于绕口令。首次见到这首诗的人都会大吃一惊,诗作在节奏上极为奇特,语言上又甚为拗口,令人不知所言。全诗的结构分为三节。第一节和第二节有相似之处,却又不同。第一节的言说主体是"你",说"你"的生与死。第二节的言说主体是"之间","之间"是两点之间的距离,有两种不同的距离:空间里的距离和时间里的距离。两倍距离之间是打通的,因为时空本是不可分的。第三节似是一个结论,强调了诗题。奇怪的诗形是这首诗独有的特征,也最能体现出诗人的用力之处。全诗的实验性质构成了晦涩的风格,令人印象深刻。

懂与不懂,晦涩与不晦涩,与读者诗歌感知能力的高低也大有关系。正如阐释学大师伽达默尔所主张的:"一首诗采取拒绝方式,不提供相当程度的明晰性,在我看来,比一切明晰性更富有意义,明确性的东西会将读者淹没在由诗人给出意图的纯粹保障中。"晦涩作为现代诗一种风格指征,使诗人与读者之间呈现出紧张的关系,在一定程度上影响了诗歌的接受度,但又是诗歌探索的价值所在。诗歌属于灵魂和灵魂之间的密语,晦涩的存在具有合法性与必须性。如果诗人向往作品在更大范围内流通,就必须杜绝过分的遥远和隔膜,考虑合理的接受途径和领域。对于读者来讲,进一步提升审美鉴赏能力,在反复咀嚼中多一点耐心,也会有柳暗花明的欣喜和豁然开朗的愉悦。

诗之美,美在可以有无限的创造力和无限的想象力。单纯意象的渗透,或者超现实的想象与创造,都可以在诗中展示。无论浅白,或是晦涩,都因其丰富的内涵和别致的形式而具备了独特的品格。这就是诗的独特魅力,让其他文学形式望尘莫及。

第三节　先锋与传统

一般而言,新文学革命是古典诗歌与新诗的分水岭。新诗已百年,成就如何,争议颇多,归根究底在于美学规范和评价标准存在分歧。是借鉴西方,还是回归传统,这始终是一个问题。因此,从诗作所呈现的美学规范看,新诗可以分为先锋与传统两类。先锋风格的诗歌,较多汲取西方现代派诗歌的理论资源,热衷于形式的创新或思想的深刻,追求诗歌的另类与晦涩。传统风格的诗歌,较多汲取古典诗学的理论资源,热衷于意境的营造或格律的运用,更多呈现出传统诗学的韵味。

先锋的风格首先体现在思想的深刻和引领。在文学发展历程中,这一类诗作因为超越或引领了同时代的思想内容,推动新思想新文化的产生,引领社会思想潮流,从而成为经典。在新文化运动中,胡适、郭沫若、冰心、徐志摩等诗人的诗作,让自由、民主、平等、爱情及个性解放等现代观念得到了广泛的传播,起到了思想启蒙的作用,因而成为新诗中的经典之作。郭沫若[①]的诗作《天狗》[②]将个性张扬和自我解放的思想表达到极致,先锋性成为其最受关注的特征。

天狗

我是一条天狗呀!
我把月来吞了,
我把日来吞了,
我把一切的星球来吞了,
我把全宇宙来吞了。
我便是我了!

我是月的光,
我是日的光,
我是一切星球的光,
我是 X 光线的光,
我是全宇宙的 Energy 的总量!

我飞奔,
我狂叫,

[①] 郭沫若(1892—1978),原名郭开贞,四川乐山人。20世纪20年代文学社团"创造社"主要发起人之一。1921年出版诗集《女神》,为新诗的重要奠基人之一。创作有诗集《女神》《星空》《瓶》《前茅》《恢复》《蜩螗集》等,历史剧《屈原》《虎符》《棠棣之花》等。

[②] 郭沫若:《女神》,人民文学出版社,2018。

我燃烧。
我如烈火一样地燃烧！
我如大海一样地狂叫！
我如电气一样地飞跑！
我飞跑，
我飞跑，
我飞跑，
我剥我的皮，
我食我的肉，
我吸我的血，
我啮我的心肝，
我在我神经上飞跑，
我在我脊髓上飞跑，
我在我脑筋上飞跑。

我便是我呀！
我的我要爆了！

　　《天狗》这首诗创作于1920年2月初。"天狗"本是中国民俗传说中一个虚幻的动物。古代人缺乏天文学知识，便把日食、月食现象说成是"天狗吃太阳"或"天狗吃月亮"，日食、月食现象出现时，人们会敲锣打鼓、放鞭炮来吓走天狗。但在这首诗中，"天狗"成为旧时代、旧传统、旧世界的叛逆者，成为吐故纳新、具有无限能量的个性解放与新世界、新社会、新未来创造者，成为诗人崇拜歌颂的个性主义英雄。

　　诗人以"天狗"自喻，抒发了否定旧的社会现实、摆脱旧的思想束缚、张扬个性、追求解放的强烈愿望，集中体现出五四时期提倡科学、民主和自由的时代精神，昂首引领了时代的思想潮流。全诗的思想主要借助气吞日月、勇敢叛逆的天狗形象而彰显。第一节，诗人以"天狗"自喻，吞月、吞日、吞一切星球，具有藐视一切的豪迈气魄。第二节，表明对具有抗争精神的"天狗"必然产生无限能量的信心，"天狗"可让山川改变，令宇宙闪光，叛逆的个性充满了力量。

第三节,塑造"天狗"反抗束缚、追求新生的战斗形象,不仅要"飞奔""狂叫""燃烧",甚至要"我剥我的皮,我食我的肉,我吸我的血",充分展示出坚决的叛逆精神和个性解放的痛苦历程。最后一节,写出"天狗"的个性充分张扬所带来的自豪感。诗中的"天狗"拥有昂扬的斗志和不屈的精神,洋溢着不尽的活力与激情,一个大写的"我"映现出来,独特个性愈加伸展,战斗精神愈加张扬。

在新诗初创时期,这首诗作在形式上也颇具先锋性。全诗运用排比句式,一气呵成,诗句或长或短,诗意或急或缓,复沓叠加,充分体现了诗情狂热激荡的内在旋律。诗中比喻新颖,如"X 光线的光""如电气一样地飞跑"等,充满现代气息。诗作的情感内涵和表达方式在当时都是具有开拓性的,具有鲜明的先锋风格。

先锋风格除了体现在思想的深刻与探索上,还体现在诗歌形式和技法的创新和运用上。新诗在形成和发展过程中,许多诗人在吸取中国古典诗歌、民歌和外国诗歌有益营养的基础上,对新诗的表现方法和艺术形式进行了多方面的探索,出现了自由体、新格律体、十四行诗、散文诗等多种形式。众多诗人的不懈探索和杰出创造,使新诗在体式和技巧上逐渐走向成熟和多样化。以李金发①的诗作《弃妇》②为例,可见新诗中对象征主义技巧的借鉴运用。

弃妇

长发披遍我两眼之前,
遂隔断了一切羞恶之疾视,
与鲜血之急流,枯骨之沉睡。
黑夜与蚊虫联步徐来,
越此短墙之角,
狂呼在我清白之耳后,
如荒野狂风怒号:

---

① 李金发(1900—1976),原名李淑良,广东梅县人。1925 年至 1927 年出版诗集《微雨》《为幸福而歌》《食客与凶年》,是中国早期象征诗派的代表,为中国新诗艺术的发展进行了有益的探索和尝试。
② 周良沛编选《李金发诗选》,长江文艺出版社,2003。

战栗了无数游牧。

靠一根草儿,与上帝之灵往返在空谷里。
我的哀戚唯游蜂之脑能深印着;
或与山泉长泻在悬崖,
然后随红叶而俱去。

弃妇之隐忧堆积在动作上,
夕阳之火不能把时间之烦闷
化成灰烬,从烟突里飞去,
长染在游鸦之羽,
将同栖止于海啸之石上,
静听舟子之歌。

衰老的裙裾发出哀吟,
徜徉在丘墓之侧,
永无热泪,
点滴在草地
为世界之装饰。

谈及中国新诗,李金发是一个必须提及的诗人。他是中国象征主义诗风的开创者,是将西方象征主义诗歌引入中国的第一人。《弃妇》是诗人与中国读者见面的第一篇诗作,大约写于 1922 年。他在法国留学期间,迷上了当时风靡法国的象征主义诗人波德莱尔、魏尔伦与马拉美,从二十岁起模仿象征主义诗歌写作,一发而不可收,连续创作了《微雨》《食客与凶年》《为幸福而歌》三本诗集。《弃妇》就是诗集《微雨》中的第一首诗。

诗作讲述了一位被遗弃的妇女的痛苦和悲哀,"弃妇"的悲情是作者的自况,也可以说是当时青年们惶惑、颓废甚至遁世心态的折射。象征主义所追求的艺术效果,并不是要使读者理解诗人究竟要说什么,而是要使读者似懂非懂,恍惚若有所悟;不追求单纯的明朗,不故意追求晦涩,而是半明半暗,明暗配合,扑朔迷离。诗的第一节,勾勒出一个愤世、厌世、隔世的弃妇形象,长发披面,内心惶恐,身处"短墙之角",夜幕降临,蚊虫袭来,一系列意象的叠印,表现世俗对"弃妇"的诋毁以及"弃妇"内心的悲凄和惶恐。第二节,写"弃妇"期冀与"上帝之灵往返在空谷里",在悲戚和苦痛的围袭中,唯有沉浸于自然,方能暂时安抚那饱经忧患的灵魂。如果说诗歌的第二节是"弃妇"的心灵告白的话,那么第三节则是诗人的直接描摹。"弃妇"一词构成了陈述者的自然转换,弃妇的哀戚和烦忧如此深重,以至时光辗转都无法将其带走。借助意象的堆积,铺缀出"弃妇"的抑郁、失望。最后一节则由失望滑入绝望,她彷徨于坟茔旁,"永无热泪","弃妇"以冰冷的泪滴来"装饰"这个冰冷的世界。诗作通过"弃妇"这一意象的营造,隐喻自身漂泊无定的孤独命运,西方象征主义的诗风较早在这里得到回应。

《弃妇》虽然失之艰涩,但不落窠臼。在诗中,诗人大胆启用了自胡适以来的中国新诗创作中没有使用的语词与意象,用隐喻、象征等表现手法营造奇特瑰丽的意象,增添了陌生化的美学魅力。诗中相邻意象之间关系的不明朗,上下诗行逻辑意义的扭断,呈现出西方象征主义诗歌的典型风貌,是现代文学中对西方现代派文学的有益尝试。

先锋是新诗中的常见风格,而传统则是与之相对应的表现风格。中国的古典诗歌中重抒情、重意境的传统,需要新诗的传承与创新。新诗发展过程中,一些诗人致力于汲取古典诗学的理论资源,继承传统文学的美学特征,展示独特的中国意味。事实上,自新诗开创以来,与古典诗歌一直保持着某种微妙的关系。尽管有的诗人主张彻底告别古典诗歌的表达方式,抛弃传统,但也有诗人主张汲取古典诗歌在意象、意境、格律及炼字、锻句、谋篇方面的艺术精髓,古为今用。回望新诗的发展历程,不少诗歌体现出鲜明的传统风格。如郑愁予①的诗作《错误》②,可以看作传统风格的典范作品。

---

① 郑愁予,原名郑文韬,祖籍河北宁河,1933 年生于山东济南,1949 年随父至台湾。他的诗作《错误》《水手刀》《残堡》《小小的岛》《情妇》《如雾起时》等备受读者关注,被称为"浪子诗人""中国的中国诗人"。

② 郑愁予:《郑愁予诗的自选》,生活·读书·新知三联书店,2000。

错误

我打江南走过
那等在季节里的容颜如莲花的开落

东风不来,三月的柳絮不飞
你底心如小小的寂寞的城
恰若青石的街道向晚
跫音不响,三月的春帷不揭
你底心是小小的窗扉紧掩

我达达的马蹄是美丽的错误
我不是归人,是个过客

郑愁予的诗作以优美、潇洒、富有抒情韵味著称,意象多变,温柔华美,自成风格。《错误》写于1954年,以江南小城为中心意象,写出了思妇盼归人的主题。这首诗虽标榜学习西方技巧的现代派,但所传达出的意蕴及其整体风格却是中国的,与中国古典诗歌美学存在着千丝万缕的联系。

诗作从主题上看可以说是承续了中国古代宫怨和闺怨类诗歌的传统。诗中女子独守空闺,夜以继日地等待着、盼望着情人的归来。一次次地等待,一次地失落,所以才有了"那等在季节里的容颜如莲花的开落"。以"容颜"指代思妇,以"莲花"比喻思妇的容颜,以"莲花的开落"形容思妇等待时的惊喜与失落,意境优美,才思惊人。时至繁花似锦的春天,东风、柳絮都不能撩动思妇的心绪,她的心"如小小的寂寞的城"。等待情人归来,她心中满是痴痴的思念。因"跫音不响",她甚至不愿意去观看窗外花团锦簇的美景,心如"小小的窗扉"一样紧掩着。刘禹锡《春词》中"新妆宜面下朱楼,深锁春光一院愁"与上述所咏的怨情似有异曲同工之妙,含蓄不露,又悠长深远。"我"骑着马周游江南,路过女子的窗边。达达的马蹄声由远而近,女子的心情陡然激动:莫不是心中思念的人儿回来了?但"我不是归人,是个过客"。伴随着马蹄声渐渐远去,无限的喜悦变成了无限的失望。"我"的无意路过,在女子心中掀起情感的波澜,造成了这"美丽的错误"。诗作在烟雨江南、明媚春天的亮丽背景下,巧妙而含蓄地写出了思妇的情感波动。雅致的意境,深婉的表达,使这次"错误"忧而不伤,诗意满怀。

从意境营造看,这首诗作具有明显的传统意味。写景色从大到小,是古诗中常用的技巧。如柳宗元的《江雪》:千山鸟飞绝,万径人踪灭。孤舟蓑笠翁,独钓寒江雪。先是"千山鸟飞绝"的大景,然后是小路,再次是孤舟,最后落墨在渔翁独钓的小景上。在《错误》这首诗中,开头两句先以广阔的江南为背景,再将镜头推移到小城,然后到街道、帷幕、窗扉,最后落在打破前面一片寂静的马蹄声。这种空间处理的手法,与古典诗歌有异曲同工之妙。诗中选用的江南、容颜、莲花、东风、柳絮、青石、向晚、跫音、春帷、窗扉、马蹄等意象,具有浓郁的古典意味。策马走江南、思妇盼归人的情景也是古诗中常见的场景和主题,与传统文人的写作意趣高度契合。诗中对闺中女子期待和失落的内心描绘,其实又是对"过尽千帆皆不是"的古诗意境不着痕迹的化用。整首《错误》中所具备的古典意蕴和传统风格,令人叹绝。

《错误》因其意境的优美深婉,被誉为"现代抒情诗的绝唱"。

新诗的创作,离不开对西方现代诗歌的借鉴和对诗歌体式的探索,从而呈现出先锋的品格;同时也离不开对中国传统诗歌的传承和对古典美学的延续,从而呈现出传统的品格。既有创新和创造,又有传承和延续,既注重先锋,又注重传统,才使新诗的发展日益繁盛,具有恒久的生命力。

第四章　诗歌是奇妙的
——新诗的技巧

> 我激动的歌声你竟不听，
> 你的脚竟不为我的颤抖暂停！
> 像静穆的微风飘过这黄昏里，
> 消失了，消失了你骄傲的足音！
> 啊，你终于如预言中所说的无语而来，
> 无语而去了吗，年轻的神？
>
> ——何其芳①《预言》②（节选）

《预言》是诗人何其芳的成名作，写于1931年秋天，其时诗人才19岁。此诗开始收入《汉园集》，是其中题为《燕泥集》的首篇。诗作主题较为朦胧，"年轻的神"到底是指什么：是爱神？是心仪的姑娘？或者是诗神缪斯？按照大多数人的理解，这是一首爱情诗。全诗分6节，以"年轻的神"的踪迹为线索来抒写，剖白式地倾诉了诗人一段珍贵的感情经历。节选的部分是最后一节，写了"你"的无语而去，弥漫着凄清的哀怨和深深的惆怅。诗人多用想象中的虚景和幻景，将现实和梦境混合在一起，意境虚幻迷离，充满神秘色彩。诗作如此魅力无穷，自然离不开诗歌创作技巧的运用。

作为文学艺术殿堂的骄子，诗歌的魅力由何而来？答案就是诗歌的创作

---

① 何其芳（1912—1977），原名何永芳，四川万县（今重庆市万州区）人。1936年，与卞之琳、李广田出版诗歌合集《汉园集》。1937年，出版散文集《画梦录》。

② 蓝棣之、龚远会编《何其芳作品新编》，人民文学出版社，2010。

技巧,包括语言提炼、结构设置、意境营造等多个方面。诗人在创作时巧妙运用相关方法和技巧,提升诗歌的艺术表现力,最终达到以瞬间表现永恒、以有限传达无限的创作目的。新诗自成立之初,便打破旧体诗的格律形式束缚,也意味着新诗要探索形成新的创作技巧。经由众多开创者的努力和提倡,新诗逐渐形成了独特的表达技法。那些经典佳作中高超精妙的创作技巧,令人拍案叫绝,引领读者进入奇妙的诗歌世界。

第一节　技法之妙

诗歌创作过程是一个观察、感受、酝酿、表达的过程,是对生活予以再现、探索、升华的过程。新诗创作过程中,综合了西方诗歌和我国古典诗歌的技法技巧,形成了新诗中常见的创作技法。本节主要介绍意象、修辞和格律等较为主要的技法,以求对新诗的创作有初步了解。正是技法的巧妙运用,为新诗的创作与发展提供了广阔的发展空间。

一、巧用意象

"意象"是中国古代诗学的重要范畴。这一概念在中国起源很早,《周易·系辞》中已有"观物取象""立象以尽意"之说,中国古典诗学对其借用并引申,"立象以尽意"的原则未变,但诗中之"象"已不是卦象,不是抽象的符号,而是具体可感的物象。诗作中精妙别致的意象,永远是诗人艺术创造力的标志。

巧用意象,是中国古典诗歌创作中的重要技法。诗人对外界的事物心有所感,便将其寄托在一个所选定的具体物象上,融入作者的主观感情色彩,从而制造出具有特定内涵的文学天地。读者在阅读诗歌时,能根据诗中的"意象"在内心进行二次创作,还原诗人所表达的情感与思想,从而实现与诗作主题的共鸣。在我国的古典诗歌中,一些意象经历代诗人的反复吟咏,形成了特定的象征意义,寄托着特定的情感,渲染特定的气氛,形成了有特定内涵的情感符号。如:菊花在古诗中作为傲霜之花,有人称赞它坚强的品格,有人欣赏它清高的气质,具备了丰富的思想内涵。屈原《离骚》中"朝饮木兰之坠露兮,夕餐秋菊之落英",以饮露餐花象征自己品行的高尚和纯洁。唐代元稹的《菊花》,以"不是花中偏爱菊,此花开尽更无花"的诗句,表达了诗人对坚贞、高洁品格的追求。其他还有"宁可枝头抱香死,何曾吹落北风中"(宋代郑思肖《寒菊》),"寂寞东篱湿露华,依前金靥照泥沙"(宋代范成大《重阳后菊花二首》),等等,都借菊花来寄寓诗人的精神品质。历经诸多诗人诗作的积淀,菊花成为古典诗歌中的一个常见意象,寓意高洁坚贞的人格。

  在新诗中,诗人不断在意象选用方面推陈出新。更多的意象、更丰富的内涵出现在新诗中,别有情趣。在新诗中,诗人艾青、卞之琳曾分别创作了以《鱼化石》为题的诗歌,均以"鱼化石"为意象,但因诗人的选材角度和诗作风格不同,两首诗的意趣迥异,将二者相对而读,也是别有趣味。首先来解读一下艾青的诗作《鱼化石》①。

鱼化石

动作多么活泼,
精力多么旺盛,
在浪花里跳跃,
在大海里浮沉;

不幸遇到火山爆发,
也可能是地震,
你失去了自由,
被埋进了灰尘;

过了多少亿年,
地质勘探队员。
在岩层里发现你,
依然栩栩如生。

---

① 艾青:《艾青诗选》,人民文学出版社,1984年。

但你是沉默的，
连叹息也没有，
鳞和鳍都完整，
却不能动弹；

你绝对的静止，
对外界毫无反应，
看不见天和水，
听不见浪花的声音。

凝视着一片化石，
傻瓜也得到教训：
离开了运动，
就没有生命。

活着就要斗争，
在斗争中前进，
即使死亡，
能量也要发挥干净。

这首《鱼化石》写于1978年，灵感来自现实生活中真实的鱼化石。诗人几十年前在延安看到林伯渠先生收藏的鱼化石，几十年后这块"鱼化石"成为触动情感的意象，借此生动表达了对历史、对人生的深刻感悟：人生需要运动，需要斗争，需要充分发挥自己的人生价值。

1957年，诗人被打成"右派"，疏离文坛近二十年。1978年，诗人复出后，深刻反思这段漫长而痛苦的生活经历，从鱼化石身上找到了情感触发点，借鱼化石倾诉自己的人生命运——活生生的人、活生生的生命竟被变成"鱼化石"。妥帖生动的意象，形象表达出诗人所经历的痛苦和灾难，令人无比震撼！

全诗共七节，在诗意上可分四层：第一层为第一节，写鱼的生命之舞；第二层为第二节，写生命毁灭的悲剧；第三层为第三至五节，写鱼化石的发现及其形态;第四层为第六、七节,写诗人获得的领悟。诗人在诗中生动联想了鱼化石的形成过程。曾经,它是一条鲜活的鱼,动作活泼,精力旺盛,在大海里跳跃浮沉,自由自在。但是,一场突如其来的大灾难,它变成了生物化石。尽管具有鱼的形状,"栩栩如生""鳞和鳍都完整""却不能动弹",生命已宣告终结。结合诗人的自身经历,"火山""地震""鱼化石"等的意蕴十分鲜明,正是"文革"时代许多人梦魇般的经历的暗示和象征。但诗人并未停留在对历史的苦涩咀嚼上,而是进一步启迪人生,昭示未来:"离开了运动,/就没有生命。//活着就要斗争,/在斗争中前进,/即使死亡,/能量也要发挥干净。"诗作结尾表现出强烈的斗争精神,直抒胸臆,令人警醒,催人奋进。

在这首诗中,诗人对"鱼化石"这一意象进行了详尽生动的描绘,充分挖掘其启示性和暗示性,拓展读者的思维空间,引导人们探索生命的意义、人生的真谛,同时用哲理性的诗句统领全篇,使意蕴更加深远。这样既避免象征、暗示的晦涩,又避免写实的枯燥,达到了现实与哲理、写实与象征的有机融合。诗作的语言简洁明了,风格朴实自然,成为一首通俗易懂、思想深刻的哲理诗。

再看卞之琳的诗作《鱼化石》①,虽然以"鱼化石"为意象,却是一首含义朦胧的爱情诗。诗作完全跳出了"鱼化石"的物体属性,而是直接运用隐喻手法,将其视为一段过往爱情的印记,赋予了这一意象含蓄隽永的意味。

鱼化石(一条鱼或一个女子说)

我要有你的怀抱的形状,
我往往溶于水的线条。
你真像镜子一样的爱我呢,
你我都远了乃有了鱼化石。

卞之琳是一个知性诗人。在这首诗中,作者在题目上就注明:一条鱼或一个女子说。这样的处理手段,直接赋予诗作以现实和象征的双重解读视角,为诗作勾画了丰富的意蕴空间。

---

① 洪子诚、奚密主编《百年新诗选:时间和旗》,生活·读书·新知三联书店,2015。

诗作共四句话,短小简洁,意趣十足。第一句是"我"对爱情的渴望,将具体的爱情具化为"怀抱",既契合了鱼化石的外形,又表现出温馨而浪漫的爱情想象。第二句说"我往往溶于水的线条",应当是指鱼曾经在水中游动,无比地欢快和愉悦;另一方面,又是形容爱情历程中的亲密无间,柔情似水。第三句用"像镜子一样的爱我"做比喻,鱼在水中,毫无间隙,情深不离,以此也暗示曾经拥有的爱情是多么的真诚,多么的纯粹!最后一句是点睛之笔:"你我都远了。"时过境迁,大自然的变化,鱼与水不得不分开,最终成了鱼化石。但是"鱼化石"的存在,恰是曾有的一段生活的印记,标示着原来曾有的鱼水深情。从最后一句来看,一场轰轰烈烈爱情的猝然逝去,并不意味着一切便悄无声息,"鱼化石"蕴含着曾经感情的最真实的记忆,鱼不再是原来的鱼,石也不再是原来的石,彼此都已经改变了对方。诗人依托"鱼化石"的外在形态和现实经历,巧妙游走于"鱼"和"女人"之间,隐秘地表达出对一段爱情的回忆和纪念。

好诗耐细读,句精寓意深。诗作的浅层意蕴很明显,结合鱼化石赞颂鱼与水的深情。鱼和水相互依存,水干后海枯石烂,鱼变成了鱼化石,切近现实而妥帖自然。更耐人寻味的是诗作的深层意蕴,那是一个女人的诉说,对过往的恋情的回忆,充满了甜蜜和眷恋。诗中既有浪漫情怀,又有现代意味;既是自然的,又是创造的;既是引鉴的,又是反讽的;风格多样,意味深长。诗中既为人间爱情这个古老话题增添了浩渺深瀚之感,也赋予"鱼化石"这一意象以新的况味。

二、巧用修辞

修辞手法的巧妙运用,使新诗的句子更加生动形象,更加富有表现力和艺术美感。在新诗发展过程中,修辞技法的运用日益娴熟,新诗的艺术性迅速提升。如:"温软的影儿恬静地来去"(梁宗岱《晚祷》),将通感(超感)与比拟融合使用,是视觉与触觉的超越或贯通,联想向度是从虚到实,比拟手法是以实拟虚。"阳光薄脆/如鸽子的红唇儿"(林贤治《三月》),通过以实喻虚的比喻及摹绘,阳光变得有形有色、可触可感且可喜可爱,历历在目,如在眼前。

再以何其芳的短诗《关山月》[①]为例。诗中娴熟运用了比喻的修辞手法,

---

① 洪子诚、奚密主编《百年新诗选:时间和旗》,生活·读书·新知三联书店,2015。

对秋夜的描绘如泣如诉、如怨如慕。

关山月

今宵准有银色的梦了，
如白鸽展开沐浴的双翅，
如素莲从水影里坠下的花瓣，
如从琉璃似的梧桐叶
流到积霜的瓦上的秋声。
但眉眉，你那里也有这银色的月波吗？
即有，怕也结成玲珑的冰了。
梦纵如一只顺风的船，
能驶到冻结的夜里去吗？

"关山月"是诗作收在《汉园集》中的名字，后来，在收入《预言》集的时候，题目改为《月下》，诗中的文字也做了部分改动。何其芳早期的诗作多以爱情和青春为主题，本诗表达的正是诗人因爱情而产生的苦闷与彷徨。

一个静静的秋夜，月色如水，缥缈朦胧。诗人睹月思人，心潮涌动，无比缠绵，而又倍感痛苦。诗作的前四行是第一部分，将比喻与通感等修辞手法综合运用，细腻形象地书写出梦的凄清与美丽，虚实交映，境界动人。在宁静的夜里，月光笼罩，诗人不由得预想着一个梦的到来。这是一个怎样的梦啊？它像白鸽展翅轻轻飞去一样，轻盈优美；像几瓣洁白的莲花缓缓滑落到水波里，随着粼粼波光一起荡漾，凄清美丽；又像秋风拂过被月光映得透明的梧桐叶，拂过屋瓦上的薄霜，所发出的飒飒秋声，凄冷清脆。诗中的本体和喻体之间，若断若连，迷离扑朔，带有很强的朦胧色彩。优美的意境为全诗渲染了淡淡的忧伤，弥漫着一种凄清之美。

诗作的后四行是第二部分，是情感的转折，也是全诗的情感重心。"渔阳"是一个地名，但在诗中已经化为一个独创性的意象，暗指那个令自己倍感痛苦的远方的恋人。因为情感的变迁，那里纵使有"银色的月波"，恐怕早已"结成玲珑的冰"了。诗人通过比喻、反问的修辞手法来表达内心的痛苦与绝望。诗中以船喻梦,以船无法驶进"冻结的夜"隐喻内心的无奈与心痛,在虚实结合的修辞技法中突显丰富的情感。诗中修辞手法的巧妙运用,既增添了古典的空灵美感,又具有现代的朦胧色彩,使其成为难得一见的诗歌佳作。

三、注重韵律

诗的语言具备音乐性,其原因在于诗歌对韵律的重视。新诗在创建之初,即废除了旧体诗的形式束缚。这从本质上来说,为新诗增添了更多的韵律上的可能性,同时也增加了作品格律的个体创造性。虽然新诗的诗体较为灵活开放,但押韵、节奏等创作技法依然存在,为新诗的形式美和音乐美进行了有益探索。20世纪20年代的诗坛出现了以闻一多、徐志摩为代表诗人的"新月派"诗歌社团,他们反对滥情主义和诗的散文化倾向,提倡新诗的格律化,并在创作上进行了认真的实践。闻一多的《死水》[1],堪称是新格律体诗的典范之作。

死水

这是一沟绝望的死水,
清风吹不起半点漪沦。
不如多扔些破铜烂铁,
爽性泼你的剩菜残羹。

也许铜的要绿成翡翠,
铁罐上绣出几瓣桃花;
再让油腻织一层罗绮,
霉菌给他蒸出些云霞。

让死水酵成一沟绿酒,
飘满了珍珠似的白沫;

---

[1] 闻一多:《闻一多诗选》,江苏凤凰文艺出版社,2018。

小珠们笑声变成大珠,
又被偷酒的花蚊咬破。

那么一沟绝望的死水,
也就夸得上几分鲜明。
如果青蛙耐不住寂寞,
又算死水叫出了歌声。

这是一沟绝望的死水,
这里断不是美的所在,
不如让给丑恶来开垦,
看他造出个什么世界。

1922年,闻一多怀着报效祖国的志向去美国留学。在异国的土地上,诗人切身体会到了华人被凌辱、被歧视的辛酸和屈辱。1925年,他怀着一腔强烈的爱国之情和殷切的期望提前返回祖国。然而,回国后呈现在他面前的却是一幅令人极度失望的景象——军阀混战、帝国主义横行,以至于诗人的感情由失望、痛苦转为极度的愤怒。《死水》一诗就是在这一背景下创作的。

诗中的"一沟绝望的死水"是诗人对眼前社会现实的高度概括。诗作第一节写了"死水"的外貌,写出了死水之"死",用反讽的语言和鲜明的意象,把"绝望"的感情表现得淋漓尽致。第二至四节分别写了死水的色彩、动作、声音,从不同的角度进行摹写,极尽讽刺之能事。最后一节照应开篇,点出主题:对黑暗不存幻想,坚信丑恶产生不了美,同时发出"不如让给丑恶来开垦,/看他造出个什么世界"的愤激之言,表达出诗人内心的强烈抗争精神。诗作娴熟运用了象征和反讽的艺术手法,不仅写了翡翠、云霞等静止的意象,还写了青蛙的叫声、偷酒的花蚊等动态的意象,动静结合,使意象相互反衬,产生张力,画面更加活泼,讽刺更为有力,作者的传统儒家知识分子的人格特征更是跃然纸上。

闻一多在《诗的格律》中提出了著名的"三美"主张,即"音乐美(音节)、绘画美(辞藻)、建筑美(节的匀称和句的均齐)"。《死水》是诗人自认为"第一次在音节上最满意的试验"的作品,同时也是其"三美"主张的完美实践。首先是音乐美,主要体现在诗作的音节和节奏上,全诗每一行均由一个"三字尺"和三个"二字尺"组成,三字尺在诗行中处于一个颤动的过程,即由第一句的第三个音尺到第二、三、四行的第二个音尺,诗句隔行押韵,最后都以双音节词收尾,读来抑扬顿挫,朗朗上口,节奏感和韵律感很强。其次是建筑美,主要体现在节的匀称和字的均齐上,全诗共五节,每节四行,每一行都是九个字,节与节之间匀称,行与行之间均齐,诗形方正,章法整饬。最后是绘画美,主要体现在辞藻的色彩鲜明上,诗中"绿酒""白沫""翡翠""罗绮"等词语,错彩镂金,色彩斑斓,让人产生一种炫目的视觉效果。"三美"手法的运用,使《死水》形成了均齐凝重的形式风格,彰显出韵律技法在新诗中的巧妙运用。

第二节　铺陈之妙

诗歌是一种抒情言志的文学体裁。"赋、比、兴"是《诗经》的主要表现手法,对后世诗歌创作影响很大。"赋"是我国诗歌创作中最基本的表现手法,赋的手法就是铺陈直叙,把思想感情及其有关的事物平铺直叙地表达出来。正如朱熹《诗集传》所注:"赋者,敷也,敷陈其事而直言之也。"在古典诗歌中,赋的手法与比、兴的手法常常综合使用,互相补充,影响深远。在新诗中,"赋"的表现手法也不断地发展创造,运用也更加灵活多变,我们称之为"铺陈之妙"。

一、以叙带情

在文学发展传统中,逐渐形成了将"诗"等同于"抒情诗"的观念,制造了"抒情诗神话",叙事的技法似乎与诗歌创作是截然分开的。事实上,朱湘、茅盾、朱光潜、闻一多等诸多现代诗论大家,很早已经开始关注新诗的叙事问题。例如:朱湘盛赞冯至"叙事诗堪称独步";朱光潜在20世纪30年代初提出了"抒情叙事诗"的概念,并认为抒情叙事诗中的事"也是通过情感的放大镜的,它决不叙完全客观的干枯的事";卞之琳提出要"更多借景抒情、借物抒情、借人抒情、借事抒情";20世纪40年代,闻一多倡导"把诗作得不像诗","说得更准确点,不像诗,而像小说戏剧,至少让它多像点小说戏剧,少像点诗"。与卞、闻形成呼应的是,袁可嘉提出的"有机综合论"、"新诗戏剧化"和"诗剧"等现代诗学观念,进一步切中了新诗叙事的深层次问题。由此,叙事成为新诗的重要创作技法,产生了不少脍炙人口的佳作。以闻一多的诗作《大鼓师》[1]为例。

大鼓师

我挂上一面豹皮的大鼓,
我敲着它游遍了一个世界。
我唱过了形形色色的歌儿,
我也听饱了喝不完的彩。

一角斜阳倒挂在檐下,
我蹑着芒鞋,踏入了家村。
"咱们自己的那只歌儿呢?"
她赶上前来,一阵的高兴。

我会唱英雄,我会唱豪杰,
那倩女情郎的歌,我也唱,
若要问到咱们自己的歌,
天知道,我真说不出的心慌!

我却吞下了悲哀,叫她一声,
"快拿我的三弦来,快呀快!
这只破鼓也忒嫌闹了,我要
那弦子弹出我的歌儿来。"

我先弹着一群白鸽在霜林里,
珊瑚爪儿踩着黄叶一堆;
然后你听那秋虫在石缝里叫,

---

[1] 闻一多:《闻一多诗选》,江苏凤凰文艺出版社,2018。

忽然又变了冷雨洒着柴扉。

洒不尽的雨,流不完的泪,……
我叫声"娘子"！把弦子丢了,
"今天我们拿什么作歌来唱?
歌儿早已化作泪儿流了！

"怎么？怎么你也抬不起头来?
啊！这怎么办,怎么办！……
来！你来！我兜出来的悲哀,
得让我自己来吻它干。

"只让我这样呆望着你,娘子,
像窗外的寒蕉望着月亮,
让我只在静默中赞美你,
可是总想不出什么歌来唱。

"纵然是刀斧削出的连理枝,
你瞧,这姿势一点也没有扭。
我可怜的人,你莫疑我,
我原也不怪那挥刀的手。

"你不要多心,我也不要问,
山泉到了井底,还往哪里流?
我知道你永远起不了波澜,
我要你永远给我润着歌喉。

"假如最末的希望否认了孤舟,
假如你拒绝了我,我的船坞,
我战着风涛,日暮归来,

谁是我的家,谁是我的归宿?

"但是,娘子啊!在你的尊前,
许我大鼓三弦都不要用;
我们委实没有歌好唱,我们
既不是儿女,又不是英雄!"

闻一多是一位伟大的诗人,也是一位杰出的学者,同时还是一位坚定的民主主义战士,他的一生就是一首美丽而又壮烈的诗。《大鼓师》这首诗用强烈的抒情语调,讲述了一个"大鼓师"的故事:"我"是周游世界、浪迹江湖的民间艺人,终于在一个夕阳西下的傍晚踏进了家门,久别的妻子迎上前来要听那首只属于"我们"的歌,重温过去的温馨,但成年累月唱惯了各式歌谣的"我"竟忘了"我们自己的歌"。大鼓师已不年轻,在流浪中以卖唱为生,没有留下什么值得歌颂的伟绩,但是他心中装着的是对家和妻子的一份真诚的情感,无声的悲哀却胜似有声的弹唱。

让人感兴趣的是,为什么大鼓师唱遍了各种各样的歌,就单单忘了他自己的歌?这可以有多种解释,但最直接的回答就是:他经受了太多的磨难,岁月的风霜、浪荡的人生把他那遥远的记忆磨蚀了,用大鼓师自己的话来说便是"歌儿早已化作泪儿流了"!从诗作的表层意思看,《大鼓师》表现了一位民间艺人的生活艰辛及对爱情的忠诚。为了生活,大鼓师不得不讨取那些围观者的欢心,一遍又一遍地重复着那些并不属于自己的歌儿,久而久之便忘记了自己的情歌。所以,面对妻子责备的目光时,大鼓师感受到一阵惶恐,为自己潜意识里的"罪孽"而忐忑不安:"这怎么办,怎么办!……"诗作中大鼓师内心的自责和沉痛的悲哀,令每个人心碎。

这首诗最为动人的应是其深层内涵,即诗人透过大鼓师的讲述所呈现的一个知识分子的内心世界。诗中的大鼓师,实质上即是诗人自身:大鼓师内心的悲哀就是诗人内心的悲哀,大鼓师的经历就是诗人自身的人生感受。与其说大鼓师是陶醉于他们夫妻的爱情,毋宁说是对整体上的"家"的眷恋。诗人闻一多一度长年漂泊在外,对"家"的思念、对祖国的眷恋在内心深处占据着最牢靠的一角,给予他生存的鼓励和勇气。诗人为应对生活做了许许多多的事,说了"形形色色"的话,是不是有点像这位大鼓师呢?历经生活的奔波和流浪,对"家"的愧疚和自责令他无奈又悲伤,却只能用炽热的内心来回应冰冷的现实。诗中大鼓师的每一句感叹与诉说都具有触动人心的情感力量,诗人内心中深沉而强烈的情感也由此得到了最为真挚的抒发。

基于此,《大鼓师》是风格特殊、格调别致的新诗,它把一件凡人小事设计成一首有吸引力的戏剧化的诗歌,线索明晰,语调灵动,情感深沉,叙事的魅力得以充分彰显。这是一首纯粹的叙事诗,追求人物性格的塑造,情节生动,情感熔铸在叙事中。与其不同,戴望舒的《寻梦者》①中的叙事则是另一种风格,更加注重诗歌的抒情性,更加注重诗歌的艺术技巧,同样显示出诗人对铺叙手法的巧妙运用。

寻梦者

梦会开出花来的,
梦会开出娇妍的花来的:
去求无价的珍宝吧。

在青色的大海里,
在青色的大海的底里,
深藏着金色的贝一枚。

你去攀九年的冰山吧,
你去航九年的瀚海吧,
然后你逢到那金色的贝。

它有天上的云雨声,
它有海上的风涛声,
它会使你的心沉醉。

---

① 戴望舒:《戴望舒诗选》,人民文学出版社,1957.

把它在海水里养九年,
把它在天水里养九年,
然后,它在一个暗夜里开绽了。

当你鬓发斑斑了的时候,
当你眼睛朦胧了的时候,
金色的贝吐出桃色的珠。

把桃色的珠放在你怀里,
把桃色的珠放在你枕边,
于是一个梦静静地升上来了。

你的梦开出花来了,
你的梦开出娇妍的花来了,
在你已衰老了的时候。

  《寻梦者》是戴望舒于1932年创作的一首诗。诗人以"寻梦者"自喻,讲述了"寻梦"的艰辛历程,一波三折,娓娓叙来,唱出了诗人历经磨难、上下求索的心路历程,也流露出青春易逝、人世沧桑的悲凉意识。诗人将铺叙的手法与整饬的诗形巧妙结合,意象繁美,音韵和谐,共同构成了一个奇妙凄美的艺术世界。

  这是一曲唱给"寻梦者"的美丽而忧伤的歌。全诗两百余字,完整叙述了一个寻梦的过程,梦的美丽、寻梦的艰难、寻梦的结果都非常充分地表达出来了。诗中的"寻梦"分为三个阶段:第一阶段是寻找"金色的贝",要找到它,必须攀九年的冰山、航九年的瀚海;第二阶段是寻找"桃色的珠",要找到它,必须将"金色的贝"放在海水里养九年、放在天水里养九年;第三个阶段是"把桃色的珠"放到怀里、枕边,终于寻找到了美丽的"梦"。诗作通过"金色的贝"和"桃色的珠"等意象,写出了梦的美丽与诱人,寻梦的艰辛与彷徨,梦想实现后的幸福与生命将老的无奈,韶华易逝,梦想难寻,弥漫着淡淡的哀伤。以"九年"为时间期限,实指历经多年,突出了寻梦的无比艰辛。结尾一节,梦想终于实现,却是在寻梦者"已衰老了的时候",陡然反转,使得诗作的伤感气息进一步加重。全诗成功塑造了一个艰难跋涉、不断追求而又倍感沧桑的"寻梦者"形象,追寻的执着与人生的困惑构成一个充满张力的复调结构,似一首舒缓的乐曲,流露出复杂而微妙的情愫。

《寻梦者》是诗人成熟期的作品,在艺术上已达到炉火纯青的地步。全篇诗形均齐严谨,风格别具。每节共三句,前两句句式相同且存在递进关系,为叙事铺垫背景;第三句为叙述句,推进故事发展进程;三句之间的巧妙关系,给人一种纵深感,一层层地潜下去,越来越深,造成了波浪状的美感,让人赞叹。诗作竭力构筑诗的象征世界,"金色的贝""桃色的珠""青色的大海""九年的冰山""九年的瀚海""天上的云雨声""海上的风涛声"等意象,既有丰富的象征意味,又有鲜明的古典神韵,实现了中西方诗歌艺术的统一。

二、工笔细描

工笔细描原是中国绘画艺术的常见技法,这里指文学作品中用工整细密的笔法来描绘事物。具体来讲,就是作者用细腻的笔触精细地描绘人物外貌和生活场景,使人或景物的形象生动逼真,给读者一种呼之欲出之感。诗人通过工笔细描的表现手法,可以抓住事物的突出特征,浓墨重彩,着意刻画,赋予日常生活或细节以生动的呈现,营造出浓郁的诗意。工笔细描的表现技法常常与比喻、象征、反复、排比等修辞手法相融合,表达诗人的情感体验和生命感悟,创作出美丽的诗篇。以台湾诗人纪弦[①]的《一片槐树叶》[②]为例。

一片槐树叶

这是全世界最美的一片:
最珍奇,最可宝贵的一片,
而又是最使人伤心,最使人流泪的一片:

---

① 纪弦(1913—2013),出生于河北清苑(今保定),原名路逾,曾用笔名路易士。抗战胜利后始用"纪弦"为笔名。1948年由上海赴台湾,于1953年创办《现代诗》季刊,在台湾诗坛享有极高的声誉。
② 纪弦:《纪弦诗选集》,江苏凤凰文艺出版社,2018。

薄薄的,干的,浅灰黄色的槐树叶。

忘了是在江南,江北,
是在哪一个城市,哪一个园子里捡来的了,
被夹在一册古老的诗集里,
多年来,竟没有些微的损坏。

蝉翼般轻轻滑落的槐树叶,
细看时,还沾着些故国的泥土啊。
故国哟,要等到何年何月何日
才能让我回到你的怀抱里
去享受一个世界上最愉快的
飘着淡淡的槐花香的季节?……

《一片槐树叶》是诗人纪弦的著名诗作,写于1954年,当时诗人已经远离大陆故土六年了。一次翻检旧书,夹在书中的一片槐树叶赫然映入眼帘,由此触动了诗人的心弦,于是挥笔写下了这首诗作。

诗作以"一片槐树叶"为意象,寄托了诗人思乡盼归的情感,谱写了一曲海外游子萦怀祖国、思念故乡的衷肠之曲。全诗的中心意象是"槐树叶",貌似单纯,实则繁复。在诗人笔下,这片槐树叶是"最美的一片",又是"最珍奇,最可宝贵的一片",还是"最使人伤心,最使人流泪的一片",多重的修饰语赋予其最为复杂的情感。诗作从颜色、外貌、地点等多角度、多侧面、多层次展开描写,既有现实感,又有历史感,既有静态美,又有动态美,既有色彩美,又有神韵美,使"槐树叶"的意象给人留下深刻的印象。诗作以"古老的诗集"和"故国的泥土"为衬托,这片"槐树叶"成为祖国、家乡的象征物,蕴含了更为深远厚重的情感。最后,诗作非常巧妙地由"槐树叶"转化并升华为"飘着淡淡的槐花香的季节",直接抒发诗人思念故国、思念家乡、思念亲人的浓郁情感,传递出游子内心的怨恨、伤感、希望、思念,情深义重,触动人的灵魂。

此诗使用了咏物抒怀的艺术手法。全诗通过工笔细描的表现技法,使"槐树叶"这一象征美好生活和理想境界的整体审美意象跃然而出。这个意象的情感意蕴指向始终是确定的,国家的分离、亲友的分离、时代的变幻、历史的反思都蕴含其中,一气呵成,情深意长。

在新诗中,工笔细描的表现手法不仅被诗人们用来描写自然界的山山水水、鲜花绿草,营造秀丽优美的意境,还被诗人们用来刻画人物的音容笑貌、言行举止,成为亮丽自然的抒情主人公。以林徽因①的诗作《笑》②为例,诗人以细腻的笔触描写了美丽的"笑"。

笑

笑的是她的眼睛,口唇,
和唇边浑圆的漩涡。
艳丽如同露珠,
朵朵的笑向
贝齿的闪光里躲。
那是笑——神的笑,美的笑:
水的映影,风的轻歌。

笑的是她惺忪的鬈发,
散乱的挨着她耳朵。
轻软如同花影,
痒痒的甜蜜
涌进了你的心窝。
那是笑——诗的笑,画的笑:
云的留痕,浪的柔波。

林徽因的诗多数以个人情绪的起伏和波澜为主题,诗句委婉柔丽,韵律自然。在《笑》这首小诗中,诗人用女性独有的柔情、独特的视角和细腻的心思,

---

① 林徽因(1904—1955),福建福州人,出生于浙江杭州,原名徽音,后改名为林徽因。在文学方面,代表作有诗歌《你是人间四月天》、小说《九十九度中》等,出版有《林徽因诗集》。
② 周良沛:《徐志摩林徽因诗选》,长江文艺出版社,2003年。

借助对"笑"的细描,刻画出一个清纯美丽的少女形象。

诗作描绘的是一个少女高雅纯洁的笑。第一节写笑的产生,是直接描写,笑从眼睛、口唇、酒窝边泛起,是"神的笑,美的笑",如同"水的映影,风的轻歌",在晶莹闪亮的意象中,描绘了一个灿烂无比、甜美绝伦的笑容。第二节中的笑由具象变为飘逸,从形的刻画上升到神的描摹,写出了笑的神态和魅力。诗中笑着的少女,是娇羞的,美丽如花影,却又透着甜蜜。这样的笑是"诗的笑,画的笑",如同"云的留痕,浪的柔波",痒痒地涌进了人的心窝。诗人精心选取一连串的比喻,既有如同"露珠""花影"的视觉感受,又有如同"轻歌"的听觉感受,凭借视觉与听觉的通感,使笑不仅有了声响,而且具有了形状,真切传神,如在眼前。诗人抓住一个稍纵即逝但可触可摸的微笑瞬间,传达出真挚的感情和细腻的感觉。

诗作中的"笑",虚实结合,生动飘逸,渲染出一种纯粹的美、神圣的美,直达人的情感深处,给人以无限美好的想象。诗作中的"笑"似沁甜的泉水,似灿然的莲花,洋溢着生命之美的纯洁与绚烂。诗作借助对的"笑"描摹,写出了诗的意境、人的意境、爱的意境、生命的意境,创造出无限美丽的瞬间。

三、寓理于境

铺叙手法被诗人巧妙运用在哲理诗中,通过叙事展示人生哲理,将形象性和抒情性有机结合,别具趣味。这类诗作以凝练的语言、丰富的情感展开叙述,以理性力量穿透现实的表象,使读者领略诗歌的理趣,品味诗歌的魅力。在新诗中,常常可以见到"寓理于境"的佳作。舒婷的诗作《双桅船》[1],便将人生哲理巧妙地融进了所营造的意境中。

双桅船

雾打湿了我的双翼
可风却不容我再迟疑
岸啊,心爱的岸

---

[1] 舒婷:《舒婷的诗》,人民文学出版社,2004。

昨天刚刚和你告别
今天你又在这里
明天我们将在
另一个纬度相遇

是一场风暴,一盏灯
把我们联系在一起
是一场风暴,另一盏灯
使我们再分东西
不怕天涯海角
岂在朝朝夕夕
你在我的航程上
我在你的视线里

《双桅船》以"船"为视角,叙写了"船"和"岸"时别时聚的生存状态,表达出"船"对"岸"的复杂情感。诗作展示出现实生活中理想和现实间的两难选择,充满了哲思意味。

舒婷被认为是"朦胧诗"的代表诗人。作为朦胧诗的代表作品,诗中"双桅船"的内涵是不确定的:既象征诗人心中的爱情与事业,又象征人的一种不断追求的精神品质;"岸"可以象征爱情的归宿,也可以象征人不断升华的生活境界和理想。全诗呈现出双重的心态与复杂的情感:一方面,是理想追求的"灯";另一方面,是爱情向往的"岸"。在执着追求理想的进程中,时而与"岸"相遇,又时而与"岸"别离,相和谐又相矛盾。同时,在前进的航程中,诗人时而感到前行的艰难与沉重,时而又传递出一种时代的紧迫感,难以停止航行。"雾打湿了我的双翼/可风却不容我再迟疑",诗中所表现的情绪与心态,既是诗人自我的、个性的东西,同时又是那个特定时代的青年们所共有的心理感受。

诗人在叙述之中讲述了"船"向"岸"的倾诉,既有依依不舍,又有昂然别离。丰富的思想内涵,使之成为一首脍炙人口的佳作。"不怕天涯海角/岂在朝朝夕夕/你在我的航程上/我在你的视线里",传递出的坚贞和信任,已经成为宣示爱情的哲理名言。

四、情景交融

新诗中的叙事与小说、散文的叙事不同,更为追求情感表达的效果,注重在叙事中的情景交融。意境是古典诗学的重要范畴,其主要特征就是情景交融。宋代诗评家严羽说:"盛唐诸公,惟在兴趣,羚羊挂角,无迹可求,故其妙处,透澈玲珑,不可凑泊,如空中之音,相中之色,水中之影,镜中之象,言有尽而意无穷。"(严羽《沧浪诗话》)自此,古人常用"羚羊挂角,无迹可求"比喻诗中超脱玄妙的意境。在新诗中,一些诗人在叙事时强调情景交融,重视意境的营造,写出了诗意盎然的佳作。如余光中的诗作《等你,在雨中》①,把一段恋人约会的经历写得清新唯美。

等你,在雨中

等你,在雨中,在造虹的雨中
蝉声沉落,蛙声升起
一池的红莲如红焰,在雨中

你来不来都一样,竟感觉
每朵莲都像你
尤其隔着黄昏,隔着这样的细雨

永恒,刹那,刹那,永恒
等你,在时间之外
在时间之内,等你,在刹那,在永恒

如果你的手在我的手里,此刻
如果你的清芬

---

① 余光中:《守夜人:余光中诗歌自选集》,江苏凤凰文艺出版社,2017。

在我的鼻孔,我会说,小情人

诺,这只手应该采莲,在吴宫
这只手应该
摇一柄桂桨,在木兰舟中

一颗星悬在科学馆的飞檐
耳坠子一般的悬着
瑞士表说都七点了。忽然你走来

步雨后的红莲,翩翩,你走来
像一首小令
从一则爱情的典故里你走来

从姜白石的词里,有韵地,你走来

  梁实秋评价说:余光中右手写诗,左手写散文,成就之高一时无两。余光中描写乡愁和爱情的诗作,细腻而柔绵,清新而优美,兼有中国古典文学与外国现代文学之精神,备受赞誉。《等你,在雨中》是余光中爱情诗的代表作,讲述了少年约会时的等待过程,意境优美,诗风灵动。
  诗作将写景与抒情、用典与比喻精巧地熔铸为一个整体,为我们展示了一个美丽的爱情故事。第一节以写景为主,背景是在莲池旁边。夏日黄昏,细雨蒙蒙,日光斜射,虹霓悬空,蛙声骤起,红莲吐焰,画面上有声、有色、有光,极富于立体感。黄昏细雨的莲池,之所以出现生意盎然、热烈欢快的景象和气氛,原因是一位少年在这里等他的"小情人"。人乐,则景物无不欣欣然而乐。第二节则以言情为主,表现少年对姑娘的一往情深。诗人很巧妙地使用移情的手法,因人取景,因情写景,借景写情,从而避免了言情的空泛和点景的雷同。在少年的心目中,竟感觉"每朵莲都像你",这让他的痴情有了依托,显得形象而真实。第三节是少年的内心独白,"述事则如其口出",十分符合人物的个性和心态。所谓"时间之内"和"时间之外",据余光中本人解释,"这是写少年等待小情人对时间的感觉,即是说,小伙子因等'小情人'心切,所以感到时间过得很慢,这就是所谓'时间之内';'小情人'误了约会时间,小伙子等了许久还不见她来,这就是所谓'时间之外'。"第四、五、六节通过对情人到来的联想,融抒情、述事于一体,情景交融,蕴藉委婉,形成一种秾丽典雅的柔美意境。第七、八节中,情人"步雨后的红莲",翩翩而至,"像一首小令",精致美好,韵味悠长。诗作至此戛然而止,给读者留下了丰富的想象空间。

这首诗具有古典诗歌的空灵境界,同时体现出诗人对现代诗风的刻意追求。诗人在回归传统时,并不抛弃"现代",而是寻求一种有深厚传统背景的"现代",或者说是一种受过"现代"洗礼的"古典"。诗人运用独白和通感等现代手法,把现代的感情与古典的品质糅合到一起,把现代诗歌和古典诗词熔为一炉,达到了一种清纯精致、唯美灵动的境界。

第三节　诗眼之妙

诗歌追求简洁凝练、言简义丰,极为重视诗眼的意义。所谓诗眼,指的是作品中点睛传神之笔。它有两种表现形式:一种是诗词句中最精炼传神的某个字,以一字为工;一种是全篇最精彩和关键性的诗词句子,是一篇诗词的主旨所在。相传南朝梁武帝时期画家张僧繇在金陵安乐寺游玩,一时兴起,壁绘四龙,形态逼真,却不点睛,大家都问他是什么缘故,他说:"点睛即飞去。"人们以为怪诞,一再要求他点睛。他刚一落墨,才点及二龙,片刻间狂风大作,电闪雷鸣,两龙破壁乘云上天,两个还没有点睛者犹在。这是大家都熟知的"画龙点睛"的故事。诗眼尤似于此。古人写诗作词,凡在节骨眼处炼得好字,使全句游龙飞动、令人刮目相看的,便是所谓"诗眼""词眼"。宋祁的"红杏枝头春意闹",张先的"云破月来花弄影",如果没有"闹""弄"二字,所写景色其实平淡无奇,有了这"闹""弄"二字,就境界全出,顿然改观。在新诗创作中,诗人们传承了锤炼字句的优良传统,通过锤炼字句,形成了"句之眼"和"篇之眼"。句中之眼,往往聚焦在遣词造句的工巧,突出意象、意境的营造;整篇之眼,有提挈全篇的作用,可以连缀全篇的内容、思路、情感。诗眼之妙,妙不可言。

一、炼字

　　锤字炼句是中国古典诗歌的优良传统。所谓炼字,是指锤炼词语,即为了表达的需要,诗人经过反复琢磨,挑选出最妥切、最精确、最形象的词语来进行创作。古有"吟成一个字,捻断数茎须"之说,有"推敲"的典故。今人也有不少关于炼字的故事。朱光潜在《咬文嚼字》一文中曾写过一个故事:"郭沫若先生的剧本里婵娟骂宋玉说:'你是没有骨气的文人!'上演时他自己在台下听,嫌这话不够味,想在'没有骨气的'下面加'无耻的'三个字。一位演员提醒他把'是'改为'这','你这没有骨气的文人!'就够味了。他觉得'这'字改得很恰当。"一般人以为更改一两个字不过是文字顺畅些或是漂亮些,其实更改了文字,同时就丰富了思想情感,内容和形式是相随而变的。

　　通过炼字,可以在有限的文字空间里传达无限的思想意蕴,使诗作更为生动传神。在新诗的发展历程中,锤字炼句作为一种常见的创作技法,仍然是诗人创作的一贯追求。如诗人臧克家在创作《难民》一诗时,为了寻求言外之意、丰富诗的意境,致力于反复推敲词语。在诗的第二句"黄昏里煽动着归鸦的翅膀"中,他对"煽动着"不满意,后改为"黄昏里还辨得出归鸦的翅膀";细琢磨后又不满意,最后改成"黄昏还没溶得尽归鸦的翅膀",方才满意。他觉得"煽动着""辨得出"等词语,尽管都可以表现天还没有完全黑下来的意思,却不具备诗的意境,韵味不足,改为"溶得尽"后,方才具有了诗的韵味。这里以冯至的诗作《我是一条小河》[①]为例,探析一下诗眼在诗中的作用。

我是一条小河

　　　　我是一条小河,
　　　　我无心由你的身边绕过,
　　　　你无心把你彩霞般的影儿
　　　　投入了我软软的柔波。

[①] 解志熙编《冯至作品新编》,人民文学出版社,2009。

我流过一座森林，
　　柔波便荡荡地
　　把那些碧翠的叶影儿
　　裁剪成你的裙裳。

　　我流过一座花丛，
　　柔波便粼粼地
　　把那些凄艳的花影儿
　　编织成你的花冠。

　　无奈呀，我终于流入了，
　　流入那无情的大海——
　　海上的风又厉，浪又狂，
　　吹折了花冠，击碎了裙裳！

　　我也随着海潮漂漾，
　　漂漾到无边的地方——
　　你那彩霞般的影儿
　　也和幻散了的彩霞一样！

　　鲁迅赞誉冯至为"中国最为杰出的抒情诗人"。《我是一条小河》写于1925年，是诗人早期的一首名作。诗作采用以人拟物的手法，写出青年男女一段情愫的产生与消逝，深情委婉，优美动人。

　　作为一首爱情诗，诗作主要以爱情的追寻、获得、失落为线索的展开。诗中的情感未采用直接倾泻的方式，而是以"小河"为喻，借助客观意象，在娓娓叙述中抒发缱绻怡然的情怀，呈现哀婉幽清的风格。诗的感情迂回曲折，层层推进，令人有曲径通幽、沁人心脾的心动感觉。首节为爱情发展的第一个阶段，将多情的男子比作柔波微漾的"小河"，偶遇彩霞般明艳的姑娘。第二、三节为爱情发展的第二个阶段，正面写出主人公的追逐和关爱柔情。柔波流过森林，便将碧翠的叶影裁成裙裳；柔波流过花丛，就将凄艳的花影编织成花冠。

以小明大,以动作表深情,表达了怀爱者心中甜蜜的情意以及对姑娘的痴爱之心。第四节为爱情发展的第三个阶段,感情陡起波澜,海上的厉风"吹折了花冠",狂浪"击碎了裙裳"。最后一节为爱情发展的第四个阶段,感情结束之后的无限怅惘与留恋,诗人依然惦记着心中的恋人,那"彩霞般的影儿"明艳如初,令人怀想。全诗曲折有致,清新亮丽,细腻地表达出一段爱情历程的波澜起伏,弥漫着对恋人一往情深的回忆和不可改易的深情,于哀伤中见真情。

诗人非常重视语词的选用,通过炼字炼句烘托一种特定的、浓郁的氛围。首节中的两个"无心",隐然传达出一种悄静、恬美的意境,描摹出主人公与姑娘间感情交流的自然、真挚、和谐,愈是"无心"愈是有情。随后诗中选用"荡荡地""粼粼地"等叠词,在水波微兴中摇曳着深情,把主人公的一腔柔情化作一片清澈、明净的艺术境界,把原来的情意向着纵深方向推进了一步。同时,它又和下面的厉风狂浪形成鲜明对照,以大海的"无情"反衬出人物的多情,营造了一个欢快而又带有悲剧意味的情调。精心的炼字使得这首诗作成为早期新诗的经典之作。

二、炼句

炼句,即锤炼句子。诗人将某一诗句进行锤炼,在整体表达中起到画龙点睛的作用,成为全诗之"眼"。炼句的意义很重要,往往巧用一句,境界大出。杜甫在诗作《江上值水如海势聊短述》曾写下"为人性僻耽佳句,语不惊人死不休"的名句,足见古人炼句的执着。因为新诗之初提倡"口语入诗",且追求自由体的诗形,似乎新诗不太注重字、句的提炼。尤其是当今诗坛的驳杂局面,更是给人随性而写、任性而为的错觉。其实不然,经典的诗作同样非常重视诗句的锤炼,有时候对于意象和意境的琢磨几近惜墨如金,毫不逊色于贾岛、杜甫等古代诗人。以曾卓①的诗作《悬崖边的树》②为例,其中可见诗人在炼句上的努力。

---

① 曾卓(1922—2002),原名曾庆冠,原籍湖北黄陂,出生于武汉。出版诗集有《门》《悬崖边的树》《老水手的歌》《曾卓抒情诗选》等。
② 曾卓:《曾卓抒情诗选》,中国文联出版公司,1988。

悬崖边的树

不知道是什么奇异的风
将一棵树吹到了那边——
平原的尽头
临近深谷的悬崖上

它倾听远处森林的喧哗
和深谷中小溪的歌唱
它孤独地站在那里
显得寂寞而又倔强

它的弯曲的身体
留下了风的形状
它似乎即将倾跌进深谷里
却又像是要展翅飞翔……

《悬崖边的树》写于1970年。诗作通过描写一棵独处悬崖边的树，表现了诗人强烈的忧患意识和执着的理想追求，亦向人们诠释了一种与命运抗争的生命主题，刻画出一代人被扭曲的生活形态和仍意欲飞翔的人格精神。

这是一篇看似平淡却蕴含悲剧意味的佳作。诗作塑造了一个极为独特的"树"的意象：一是位置特殊，被风吹到了"临近深谷的悬崖上"；二是形象特殊，"孤独地站在那里"，"寂寞而又倔强"；三是寓意特殊，"似乎即将倾跌进深谷里/却又像是要展翅飞翔……"诗人通过这棵"树"的意象，赋予其生命的意味，借此表达出对那些被生活扭曲但依然执着追求的人格的敬畏和赞美，表达了与命运抗争的生命主题。1955年，曾卓因"胡风事件"而卷入政治的惊涛骇浪之中，从1955年到1979年，他戴着"反革命"的帽子艰难生活，这是一次漫长而又严酷的考验。诗作所塑造的这棵悬崖边的树，正是诗人历经浩劫后心路历程的真实写照，充满着昂扬的斗争精神。

纵观全诗,"它似乎即将倾跌进深谷里/却又像是要展翅飞翔……"一句的意义非同寻常。在此句之前,诗作重点在描述这棵树遭遇的悲惨命运和艰难处境,它孤独、寂寞、倔强,呈现出忍辱负重、顽强生存的形象。结尾的一句,点明了这棵树"展翅飞翔"的形象,使其在生存感悟的基础上展示出对未来的向往,不沉沦于过往,不屈服于现实,昂然向前,活出梦想,使全诗思想更深刻,境界更深远。诗眼之妙,正在于此。

三、炼意

由炼字、炼句至炼意,不只是语言的雕琢凝练,更是运用一定的创作技巧尽量扩充诗歌的意蕴空间,以有限的语言表达最为丰富的情感内容。语言辐射强度的大小,取决于语言和诗意的纯度。因此,从某种意义上说,诗歌写作类似于炼金术,"炼意"实质上是对诗作整体意蕴的凝练提升。以顾城的诗歌《一代人》[①]为例,短短两行诗作成为新诗的经典之作。

一代人

黑夜给了我黑色的眼睛
我却用它寻找光明

《一代人》是诗人顾城的代表作品,1980年在《星星》第3期发表后震动了整个诗坛。1968年,诗人辍学在家,1969年,随父亲下放到山东一部队农场,在那里度过了五年。"文化大革命"的经历令诗人感到痛苦。这首诗中的"一代人"当然是指在那个特定历史阶段中成长起来的一代知青。

这首诗虽短,却呈现了内容简约而内涵丰富的艺术世界。诗人抓住黑夜与光明的对立统一,通过浅白生动的语句,表达了深刻的历史反思,传递出浓郁的悲剧意识。"黑夜给了我黑色的眼睛",此中的两个"黑"是关键词,颇值玩味。"黑夜"是生活环境、社会现实的抽象概括,是一种令人窒息的特定时代象征,然而"黑色的眼睛"是黑夜浸染的结果,是因为生存环境而自然形成的。

[①] 顾城:《顾城的诗》,人民文学出版社,1998。

因为曾经身处黑夜而向往光明,因为一双"黑色的眼睛"而渴求光明,这是这"一代人"悲剧性生存的根源所在。从黑夜中浸染出黑色的眼睛,但是,这"一代人"并未屈从于黑夜的淫威,也并不沉沦在黑夜里无所作为,他们期待"光明",从而去努力"寻找光明"。由特定的黑色时代中走来的"一代人",他们的人生是悲剧的,但是他们的追求是悲壮的。这些在荒谬现实中扭曲着成长起来的年轻一代,那埋藏在心底的潜能所爆发出的顽强求索的精神,是无限可贵的,是震撼人心的。全诗既有对于悲剧过去的感慨,又有对于光明未来的向往,将思维与表现、形式和内容、标题与诗体之间在大小、深浅、形象等方面的一系列矛盾融入18个字中,高度浓缩对历史的感悟,更有对人生的深沉喟叹。

  这首诗在美学原则上是令人赞叹的。它避开了情感的直接抒发,摒弃了景象的现实描叙,没有着意建构完整的意境,只是用意象、隐喻,在浓重的黑色背景上浓缩了"一代人"的人生历程,宛如一幅有立体感的版画。关于诗中所表现的历史或者人生,毫无疑问会有丰富的表达内容和多样的审视视角,但诗人最终只选择了这两行诗句,充分显示了提炼诗意的卓越能力。诗作以简练的语言,丰富的思想,营造出坚毅、悲壮的情感世界,有限中表现出无限,单纯中包孕着深厚。如果突破时空界限,我们很容易在屈原、杜甫、鲁迅等等不同时代的人物身上看到"一代人"的形象,他们都在"黑夜"中生存,他们都具有特别敏锐的"黑色的眼睛",他们都在用伟大的实践来"寻找光明"。

第五章　诗歌是愉悦的
——新诗的鉴赏

> 欢乐在我们的内心爆裂，
> 把我们炸成了一片轻尘，
> 看那像灿烂的陨星洒下，
> 半空中弥漫有花雨缤纷。
>
> ——朱湘①《热情》②(节选)

在星光辉映的中国现代文学史上，朱湘并不耀眼，却令人印象深刻。他被鲁迅誉为"中国的济慈"。沈从文在《论朱湘的诗》中曾经说：能以清明无邪的眼观察一切，能以无渣滓的心领会一切，大千世界的光色，皆以悦目的调子为诗人所接受，各样的音籁，皆以悦耳的调子为诗人所接受……《热情》不是朱湘很知名的一首诗作，但是从节选的部分可以看出，诗作意境美丽和谐，气氛轻婉柔和，词汇华丽清新，将内心的欢乐表达的细腻优美。如同节选诗句中的欢乐，新诗的鉴赏总是能够带给读者类似的情感体验。

在文学鉴赏中，诗歌的鉴赏是最充满乐趣和挑战的阅读活动。诗歌语言的跳跃性、主题的含蓄性、意境的灵动性，使得诗歌鉴赏往往成为一次奇妙的文学之旅。它洋溢着阅读的趣味，是一种对诗歌品读能力的自我挑战，也是一种征服、破解之后的美的享受。这种品读的思考和情感的共鸣，会给读者带来

---

① 朱湘(1904—1933)，字子沅，原籍安徽太湖，生于湖南沅陵。1925年出版第一本诗集《夏天》，1927年出版第二本诗集《草莽》，诗作形式工整，音调柔婉，风格清丽。
② 方铭主编《朱湘全集》(诗歌卷)，安徽文艺出版社，2017年。

无可比拟的愉悦与快乐。

第一节 品读之乐

所谓品读,是指通过对诗作的反复阅读和思考,把握诗歌的主题内涵,体味诗歌的情感,领略诗歌的独特魅力。与古代诗歌相比,新诗的品读更为复杂,尤其那些以晦涩为风格的诗作,需要投入更为持久的关注和深入的思考,方能领会诗作的内涵和魅力。

一、字句解读

字句解读是诗歌鉴赏的基础。刘勰《文心雕龙·知音》中提出:夫缀文者情动而辞发,观文者披文以入情,沿波讨源,虽幽必显。这段话揭示了文学创作和阅读欣赏的规律,也为文学阅读欣赏提供了方法。其意思是说:作家因为客观现实的感发而产生内在情感,这种情感激发作家通过辞章表达出来;阅读文章的人通过文辞来了解作者所要表达的感情,沿着文辞可以找到文章的源头,即使深幽的意思也将会得到显现。因此,鉴赏诗歌,要注意关键字词出发,把握文句之意;要注意品味"诗眼"和"词眼",把握全诗内涵关键;还要注意分析诗中的表达方法与技巧,把握诗作的特色与创造。把握了词、句的精妙之处,可以领会诗歌的神韵,解开诗歌艺术世界的奥秘。以海子的诗作《亚洲铜》[①]为例,词句的品读可以引领读者进入到诗作最为幽深的情感空间。

亚洲铜

亚洲铜,亚洲铜
祖父死在这里,父亲死在这里,我也会死在这里
你是唯一的一块埋人的地方

亚洲铜,亚洲铜

[①] 海子:《海子的诗》,人民文学出版社,1995。

爱怀疑和爱飞翔的是鸟,淹没一切的是海水
你的主人却是青草,住在自己细小的腰上,守住野花的手掌和秘密

亚洲铜,亚洲铜
看见了吗?那两只白鸽子,它是屈原遗落在沙滩上的白鞋子
让我们——我们和河流一起,穿上它吧

亚洲铜,亚洲铜
击鼓之后,我们把在黑暗中跳舞的心脏叫做月亮
这月亮主要由你构成

《亚洲铜》是海子的成名作。"亚洲铜",指的就是中国广阔的黄土地。但以亚洲铜为题,却别有深意:"亚洲"的背后回响着东方文明的悠久历史;"铜"是历史与传统的神圣延续,是气势恢宏、悲壮崇高的代名词。这一诗题奠定了全诗抒情与述说的基调:生命、土地和历史。全诗凝聚了深邃丰富的历史文化,蕴含了深沉厚重的情感内涵,使其在海子的众多抒情诗篇中愈加耀眼夺目。

全诗共四节。第一节中,诗人在深情呼唤"亚洲铜"之后,点出这是接纳"祖父""父亲"和"我"的"唯一的一块埋人的地方"。这片灰黄的土地,是诗人祖祖辈辈成长于斯、生活于斯、耕作于斯的地方,无论贫瘠还是富饶,始终承载着人类的繁衍生息。"埋人的地方",这一个悲怆的结语揭示了诗人和黄土地、人类和土地之间根深蒂固的情感关系。情感浓烈而真挚,表达含蓄而有力。

第二节描绘了这片土地上的景象。在这片土地上,有"鸟",还有"海水",而其主人却是"青草"。为什么主人是青草?诗人又表达了什么样的情感呢?这里涉及关键的一句,即"住在自己细小的腰上,守住野花的手掌和秘密"。小草是柔弱的,称之为"细小的腰"是可以理解的。但为什么是"住在自己细小的腰上"呢?这是诗歌创作的"无理"之处,在情理之中又在情理之外,看似不合常理的一句话,却形象地写出了小草生命力的顽强,恰是体现了独特而奇妙的诗人之思。诗人在这一节中写出了这片土地的热闹与纷扰,也写出了这片

土地的生意盎然,赞颂了这片土地的旺盛生命力,激荡着深沉的爱意。

诗作第三节顺承第二节的思想脉络,写到了生活在这片土地上的生灵——纯洁可爱的"白鸽子",进而抒发了自己的热爱之情。诗人将"白鸽子"联想成"屈原遗落在沙滩上的白鞋子",一方面引入屈原投江的历史故事,赋予了诗作浓烈的历史感;另一方面借助屈原的爱国情感,拓展了诗歌的情感空间。这一联想大胆巧妙,超凡脱俗,丰富了诗作的情感主题。诗人呼唤穿上这只"白鞋子",生动表达出诗人对屈原崇高人格的由衷敬慕与礼赞。以屈原为代表的无数先驱们为祖国和人民而不断斗争,甚至勇敢殉身。诗人借助对先驱们的赞颂,表达出对这片土地深沉而浓烈的挚爱。

诗作第四节进一步升华了主题。通过一场想象的"击鼓"舞蹈(仪式舞),倾诉自己对于这片土地的无限热爱之情。诗作由"心脏"到"月亮",再到"你"(亚洲铜),曲折而含蓄地传达出诗人内心的炽烈情感。在这一节中,月亮、击鼓、跳舞等因素描绘出一片狂欢的场景,在满心畅快的背后,抑制不住的是那颗怦怦跳动的心脏,对"亚洲铜"——这片土地的爱喷薄而出。爱之深,情之切,令人动容。

理解《亚洲铜》这首诗,必须要深入进行字句解读,进而才可以领略诗作的炽烈情感,分析其艺术特征。诗作意象生动,如"青草""白鸽子",内涵丰富且形象生动,必须细细品味方能领会诗人所表达的情感。在技法上,诗中的联想丰富而大胆,由"白鸽子"联想到屈原的"白鞋子",由"在黑暗中跳舞的心脏"联想到"月亮",令人眼前一亮,击节赞叹。整体来看,全诗场景阔大,地域上俯瞰世界,历史上囊括古今,时间上跨越昼夜,显示出诗人磅礴宽广的胸襟。全诗节奏张弛有度,形式简约而情感深厚,字字珠玑,意境深远,品读愈细愈能领略其经典意味。

二、意象品味

鲜明生动的意象,是诗作艺术成就的重要标志。古语有"立象以尽意"之说,诗人通过选择有意味的意象来表达深刻的思想和丰富的情感。因为意象的运用,新诗达到了"言有尽而意无穷"的表达效果。在鉴赏诗歌时,可以通过品味分析诗歌的意象,体会诗意之美,进而探知诗作所表达的情感和思想。

以余光中的《乡愁四韵》①为例,美丽的意象成就了美丽的诗篇,令人读后如含甘饴,回味在心。

乡愁四韵

给我一瓢长江水啊长江水,
酒一样的长江水,
醉酒的滋味,
是乡愁的滋味,
给我一瓢长江水啊长江水。

给我一张海棠红啊海棠红,
血一样的海棠红,
沸血的烧痛,
是乡愁的烧痛,
给我一张海棠红啊海棠红。

给我一片雪花白啊雪花白,
信一样的雪花白,
家信的等待,
是乡愁的等待,
给我一片雪花白啊雪花白。

给我一朵腊梅香啊腊梅香,
母亲一样的腊梅香,
母亲的芬芳,
是乡土的芬芳,
给我一朵腊梅香啊腊梅香。

---

① 余光中:《乡愁四韵:余光中精选集》,北京燕山出版社,2020。

乡愁是余光中诗作的重要主题,这首《乡愁四韵》是诗人写"乡愁"的一首名作。诗作选取了"长江水""海棠红""雪花白""腊梅香"等意象,抒发了对祖国母亲细腻缠绵、至真至纯的思念之情。全诗因意象而情深,因意象而经典。

诗作共分四节,每节选取一个中心意象,表达诗人对祖国母亲的血脉相连、忧思难忘的真挚感情。第一节,以"长江水"为意象,直抒胸臆,点明主题。诗人深情呼吁"给我一瓢长江水啊长江水",以呼告开篇,情深满怀,溢于笔端。长江是中华民族的生命之河,滋养华夏文明,哺育中华儿女。诗人身处台湾,以"长江水"为意象,愈发呈现出思念祖国的执着和痴迷、漂泊天涯的焦灼和痛楚。第二节,以"海棠红"为意象,以"血一样"修饰"海棠红",鲜艳的颜色,醒目的字眼,书写出心中乡愁的无限冲击力。这一份情感炽热而强烈,带给诗人的是"沸血的烧痛"。第三节,以"雪花白"为意象,不仅契合了生活实际,与"家信"所用的白纸极为相符,同时,这一意象有着丰富的隐喻意义,雪花是晶莹剔透、洁白无瑕的,所隐喻的感情必定是至真至纯的,由此表达出诗人内心"乡愁"之深、之真。第四节,以"腊梅香"为意象,清新淡雅,极富古典韵味,由腊梅的香气联想起母亲的芬芳、乡土的芬芳,贴切自然,将乡愁的感觉写得缠绵悠远。诗人借助四个中心意象,各成境界,集为"四韵";但同时又各有侧重,写出乡愁的百般滋味,可谓是别具匠心,自成高格。

《乡愁四韵》除意象选取的高妙之外,其围绕中心意象层层铺垫、循环往复的抒情笔法,也令人叹绝。以第一节为例,五句之中,层层推进,步步深入,如吟如诵,字斟句酌,形象写出了深沉厚重、悠远绵长的乡愁滋味。第一层,由"长江水"联想到"酒",以酒喻水,情景交融,浩浩荡荡的长江水,似酒醇厚,可见乡愁之深之重。第二层,由"酒"联想到"醉酒的滋味",顺理成章,更见情思之深,乡愁的滋味萦绕心头。第三层,把"乡愁的滋味"比为"醉酒的滋味",将抽象的"乡愁"转化为具体的"醉酒",使得诗人心中的乡愁变得真切可感,虽为路人也身临其境。结尾为第四层,以"给我一瓢长江水啊长江水"收束本节,呼应开头,形成了回环往复、一唱三叹的音乐节奏,余音袅袅,不绝于耳,更显得诗人情感的至真至深。

《乡愁四韵》中"海棠红""雪花白""腊梅香"等意象的选择,初读在意料之外,细品又在情理之中,恰是诗家之语,别出心裁。诗人不说"红海棠"而用

"海棠红","红"字后移,既有海棠花开之盛,又有花朵颜色之艳,同时又以"血一样"来修饰,情景交融,景美情深。"雪花白""腊梅香"的意象,在用法上均有如此趣味,显示出诗作在抒情手法上的独到之处。借助对诗中意象的品味,使我们更加切近诗作《乡愁四韵》的主旨,也可领略诗人的生花妙笔。

三、整体把握

诗歌的简约含蓄决定了诗歌品读的整体性。一首诗歌是一个统一的有机的意义整体,每一节都是一个不可分割的组成部分,共同汇聚起整体的意义。这就要求我们必须从整体出发,把握诗歌的内涵,理解表达的情感,领略诗歌的魅力。以一首短诗《班扎古鲁白玛的沉默》①为例,唯有从诗作整体出发,方能品味这首诗作的玄妙深远。

班扎古鲁白玛的沉默

你见或者不见我
我就在那里
不悲不喜

你念或者不念我
情就在那里
不来不去

你爱或者不爱我
爱就在那里
不增不减

你跟或者不跟我
我的手就在你手里

---

① 扎西拉姆·多多:《当你途经我的盛放》,中信出版社,2011。

不舍不弃

来我的怀里
或者
让我住进你的心间
默然相爱
寂静欢喜

  这首诗因电影《非诚勿扰 2》而红遍大江南北,作者曾被认为是 17 世纪诗人仓央嘉措,后经历一场版权纠纷,法院判定,其作者为当代女诗人谈笑靖①,笔名是扎西拉姆·多多。据谈笑靖陈述,她于 2007 年 5 月创作了《班扎古鲁白玛的沉默》,又名《见与不见》。
  这是一首缠绵悱恻、铭心刻骨的情歌,蕴含着一种直抵思绪、触及心灵的情愫。诗中没有一句华丽的辞藻,质朴的语词,均齐的形式,舒缓的节奏,如同一个女子在娓娓诉说,在朴实无华的情感里却也凝聚着坚定的情感力量,永生不变,给人以感动。全诗共 5 节,前四节撷取相恋过程中的相见、相念、相爱、相随几个细节,以"不悲不喜""不来不去""不增不减""不舍不弃"等短语书写"我"在情感上的淡然态度,同时又写出少女的端庄与矜持。到第五节,情感愈加浓烈,"我"却偏以淡然处之,收束全诗,简洁而不失力度,更凸显了"我"对这份感情的认真和执着。"默然,相爱;寂静,欢喜",简单的词语,细腻地表现了少女外表的恬静与内心的炽烈,余味悠长。5 个小节共同营造了一个简单纯粹的意境,言语委婉,主旨深远,不急不躁地渗入读者的心灵。
  依据作者自述,这首诗的灵感来自莲花生②大士非常著名的一句话:"我从未离弃信仰我的人,或甚至不信我的人,虽然他们看不见我,我的孩子们,将会永远永远受到我慈悲心的护卫。"即使这首诗和爱情没有关系,仅仅如作者所言表达对禅的理解与追寻,也依然纯粹得令人心动。
  无论怎样,这首至真至纯的诗,如璞玉般晶莹透亮,如天籁般震颤灵魂。

---

  ① 谈笑靖,笔名扎西拉姆·多多,汉族,广东人。出版有诗集《当你途经我的盛放》《喃喃》《小蓝本》等。
  ② 莲华生,印度僧人,建立藏传佛教前弘期传承的重要人物,常被尊称为大师、大士等。

这种浑然一体的美,纯粹真挚,激荡人心。

第二节　涵泳之趣

　　涵泳是古代文论的常见术语,主要指文学艺术鉴赏的一种态度和方法。具体而言,即是文学作品鉴赏时应该沉潜其中,反复玩味和推敲,以获得其中之味。宋代陆九渊在《陆象山语录》中诗云:"读书切戒在慌忙,涵泳工夫兴味长;未晓不妨权放过,切身须要急思量。"这几句话的意思是:读书时,一定不要匆匆忙忙,不要只求速度,而是学会"涵咏";在读不懂的时候不妨先跳过去,等到上下文都读过之后,或是日后重新阅读时,慢慢地就会领悟了。读新诗,也要反复诵读以潜入诗歌意境中,在抑扬顿挫中玩味咀嚼诗的妙处,品味诗的悠远韵味。

一、知人论世

　　知人论世是中国古典文学的重要批评方法,是切入诗歌思想、品味诗歌内涵的一个有效途径。诗歌是由诗人创作的,了解诗人的人生经历和诗歌创作背景,更有利于把握诗歌的内涵,增加鉴赏的乐趣。这里以徐志摩的诗作《山中》[①]为例,说明理解诗作的创作背景更有利于品读诗歌。

山中

庭院是一片静,
听市谣围抱;
织成一地松影——
看当头月好!

不知今夜山中
是何等光景;

---

①　徐志摩:《志摩的诗》,作家出版社,2000。

想也有月，有松，
　　有更深的静。

　　我想攀附月色，
　　化一阵清风，
　　吹醒群松春醉，
　　去山中浮动；

　　吹下一针新碧，
　　掉在你窗前；
　　轻柔如同叹息——
　　不惊你安眠！

　　这是诗人徐志摩的一首名作，是为病中的好友林徽因女士而作。当时，林徽因在香山因病疗养，徐志摩去探望，看到憔悴不堪的友人，心疼不已，回到寓所后，在一片深夜的静谧之中，写下了这首脍炙人口的诗作。徐志摩和林徽因之间的感情较为亲密。1921年春，徐志摩在剑桥大学留学时，为美貌才女林徽因所倾心，虽最终无缘结为伉俪，但却是真情永驻。了解作者的心境，才更有利于读懂此诗的深情。

　　诗作细腻地表达了诗人对昔日恋人、今日好友超乎友情又异于爱情的真挚情感。诗作第一节写自己所处庭院的夜色，月色如水，树影婆娑，市谣环抱，四周静寂，写出在月夜下独自徘徊的诗人形象。"听市谣围抱"，以动写静，借商贩的叫卖声反衬庭院的静寂。"织成一地松影"，将静景写出动感，充满了诗情画意。此节之中，思念之情虽未提及，但已初露端倪。

　　诗人睹月思人，在第二节中便遥想到身处香山寓所的友人：想必今夜的山中，应是同样的月白风清吧！无以倾诉的万语千言都落在"不知"两字上，表面写景，实为念人。病中的人啊，同一轮明月下，你应知道我在默默地想念你吧！联想山中之景，将思念之情徐徐展开。

　　第三、四节中，诗人直抒胸臆，想象自己前去探望。思念如潮，不能自已，怎么办？诗人便联想到"攀附月色"，化作春风，去山中探望自己思念的友人。

"群松春醉",词美,景美,情更美。第四节中,见到友人,诗人却并不想一诉衷肠,而是"吹下一针新碧"落在友人窗前。为什么呢?这恰恰是诗作的高妙之处:一是友人正在休养,诗人非常关心体贴,不愿意来惊醒友人;二是诗人心中思念深重,只要来到窗前看望一眼,陪伴友人,并不想得到友人的感激。所以,"轻柔如同叹息/不惊你安眠",推动情感涌向巅峰。诗人心中的思念异常浓烈,但却没有直白的宣泄,而是节制有度,含蓄委婉,将心中情思一丝一缕地倾诉,真切动人,沁人肺腑。

品读这首《山中》,必须结合诗作的创作背景,了解诗人曾经的情感历程,才能更真切地体会诗作表达的细腻情感,才能充分了解诗作的无限魅力。知人论世对新诗鉴赏的重要性,由此可见一斑。再看一首和徐志摩相关的诗作,即林徽因①的《别丢掉》②,从中可以读出更为特别的况味。

别丢掉

别丢掉
这一把过往的热情,
现在流水似的,
轻轻
在幽冷的山泉底,
在黑夜,在松林,
叹息似的渺茫,
你仍要保存着那真!
一样是月明,
一样是隔山灯火,
满天的星,
只使人不见,
梦似的挂起,

---

① 林徽因,即林徽音。
② 周良沛:《徐志摩林徽因诗选》,长江文艺出版社,2003。

>   你向黑夜要回
>   那一句话——
>   你仍得相信
>   山谷中留着
>   有那回音！

　　众所周知，作为现代文学史上的两位著名诗人，林徽因和徐志摩一生始终保持着深厚的友情。1931年，徐志摩接受林徽因的邀请参加她的建筑学报告会，从上海搭乘邮政飞机奔赴北京，不幸遇难。林徽因在极度的悲痛中怀念着这位能够以心相交的朋友，珍藏飞机残骸碎片作为永恒的纪念。《别丢掉》写于徐志摩去世后的1932年，发表于1936年3月15日的《大公报》文艺副刊，是诗人为怀念与吊唁徐志摩而写的。

　　林徽因的诗如其人，宛如一阵清新的风，温暖而纯净，绵软而轻柔，极富女性的细腻与深情，让人从心底感受到一种愉快和舒适。作为林徽因非常知名的一首诗作，《别丢掉》以独特的感情和凄清的格调而显得与众不同。友人已逝，诗人独自枯坐，思念心重，却阴阳两隔，再难相聚，不免黯然神伤。诗作采用倾诉的形式，表达对逝去情感的追忆和怅惘。很无奈，思念的友人已经逝去，所以诗人的思绪是在一个虚无缥缈的空间，仿佛是和另一个世界的友人倾心而谈："那过往的热情"像流水似的，在山泉底，在黑夜，在松林，轻轻流淌。诗人心中眷恋着那一番"热情"，期望友人"别丢掉"，"仍要保存着那真。"诗作的前一部分表达诗人对友人的思念和期盼。

　　接下来，诗人向友人倾诉自己的心声。"一样是月明，一样是隔山灯火。"这两句是否与徐志摩的《山中》有关，不得而知，但至少可以看出，这是诗人和友人曾经共同知晓的场景。如今虽然一样有"满天的星"，但是天人两隔，世事如梦，所以感觉如"梦似的挂起"。随后的诗句，采用了问答的形式："你向黑夜要回/那一句话——"诗人以"山谷中留着/有那回音"作答。"那一句话"，虽不能确知其具体内容，但又不难猜出个一二；而诗人的回答也极为妙绝，"回音"二字，既是对诗中山谷意境的回应，又是诗人名字"徽因"二字的谐音。诗作在结尾用肯定的回答表达了自己的真切情感。诗中既有一种"无可奈何花落去"的惆怅，又在缅怀与追忆之中抒发了内心的追思之情，传达出一种思绪渺茫与心意零落的伤感情绪。

将徐志摩和林徽因的这两首诗作放在一起赏析、涵泳,通过知人论世,了解了文坛名人之间的感情典故,同时增加了对诗作情感的深刻把握,使得诗歌鉴赏也增添了不少品读的乐趣。

二、分析比较

分析比较是诗歌鉴赏的较高层次。它要求读者跳出作品本身,通过与诗人的其他作品或与同其他诗人的相关作品进行比较分析,从文学史或诗歌史的视角进行综合研判,从而对这一作品进行更高层次的把握。以戴望舒的短诗《萧红墓畔口占》①为例,只有通过对诗中所涉及的作家萧红的分析,才能更好地品味这首诗的主题。

萧红墓畔口占

走六小时寂寞的长途,
到你头边放一束红山茶,
我等待着,长夜漫漫,
你却卧听着海涛闲话。

这首诗是戴望舒拜谒萧红墓时所作,写于1944年。萧红在1942年因病客死香港,葬在浅水湾,年仅31岁。诗人在1938年去香港,1941年香港沦陷,他因宣传抗日而被捕入狱,并受伤致病。1944年诗人虽获释出狱,但祖国山河破碎依旧,心情仍然是十分沉重的。"口占",说明这首诗是出口吟成。全诗共四行,用词平易,但字外有音,语淡情浓。

品读这首诗,需要读者具备一定的文学史知识。首先,要对萧红的人生经历和创作成就有所了解。萧红作为现代著名女作家,恰逢时局动荡,一生颠沛流离,命运多舛,英年早逝。她才华横溢,其代表作品《生死场》《呼兰河传》《小城三月》等小说,受到鲁迅、茅盾等文坛巨匠的极力赞誉,也让众多读者为

---

① 戴望舒:《戴望舒诗精编》,长江文艺出版社,2014。

之倾倒。其次，要明白戴望舒和萧红没有血缘和亲情关系，甚至生前未曾谋面，却不惜长途跋涉，独自至墓前凭吊。诗人并没有像传统的悼亡诗那样，大肆渲染死者的品貌，而是传达出一种钦慕之情，其情感至深至真，令人感动。第三，需要具备一定的诗歌鉴赏力。读者阅读这首诗时，要能够透过诗人的悼念之情，探寻到诗作所表达的深层意蕴。这首诗中，诗人在抒发钦慕和哀思的同时，更蕴含着对世事变迁、人生无常的感叹，以及对于动荡社会的犀利批判。

  诗的前两行构成了一个非常巧妙的对比。首先是路程的陈述"走六小时寂寞的长途"。耗费六小时去祭奠死者，而且完全是步行，看似平淡的叙述却暗示出对逝者的敬仰和怀念。六小时的行程，表示一种时间的长久和路途的漫长，诗人独自一人，踽踽而行，心中的沉痛与感念可想而知。在这个"长途"中，包含着一种"重"，即它通过寂寞给人带来了内心的伤感，指涉我们内在意识中思考生与死的关系。"到你头边放一束红山茶"，诗人轻轻地将一束美丽的鲜花轻放在墓畔，时间转瞬，动作轻盈。这句诗和上句诗对比鲜明，时间上一长一短，动作上一重一轻，愈加突出诗人内心情感的强烈。"红山茶"非常生动地传达出诗人对萧红的赞美与激赏。"茶花"一直被赋予高洁、自然、清纯、朴素、秀逸的内涵。鲜艳的色彩，纯朴的内涵，高洁的品性，恰恰是萧红在现代文学史上给人们留下的印象。选用这一意象，贴切传神，充分显示出诗人对萧红的无限敬仰和怀念，在细腻、深沉、节制、委婉中蕴涵着深情。

  后两行的转折句法，可以理解成一个特殊的悖论。"我等待着"，这是诗人对哀悼情景的现场说明，也是诗人对自己在时代与人生中所处的位置的一种解释，更进一步，还是诗人对自己所展现的人文姿态的一种省察。诗人"等待着"什么呢？问题就在眼前，可能与人生、自我、生与死、时代的前景、个人的前途、内心的渴望等均有关系，虽然纷繁复杂，却也大体明确。这些问题的答案何在？它似乎存系于茫茫天地间。"长夜漫漫"代表了一种特殊的时间现象。它独自流逝，超然于人生，拒不回答诗人在他心灵里的追问与等待。表面上，"长夜漫漫"，而"你"身处冥界，也无法应答诗人内心的疑问。但在另一个层面，诗人期待的是一个倾听者，并非是人生导师。在某种意义上，他所寻求的答案已存在在"你却卧听着海涛闲话"的情景之中。这种情景的安详、恬淡、超然，甚至某种冷淡，都构成了一种生存态度，引领读者延展到对生与死的领悟中。"闲话"一词，既有人生的超然，还有对社会、人生的反讽意味。这种反讽，揭示了诗人内心的成熟,特别是在面对命运多舛的人生、动荡混乱的社会的时候,内心依然保存着那份坦然和从容。

虽然从类型上说,这首诗仿效了悼亡诗的传统,但由于诗人的巧妙表达,它仅仅借助了悼亡诗的基本情景,同时迅速偏离了悼亡诗的典型图式,转而探询人生的奥义,带给读者别开生面的阅读感觉和情感体验。

鉴赏新诗时,除了运用分析的方法,还可以使用比较的方法。诗歌鉴赏中的比较,既可以是古典诗歌与新诗之间的比较,同一诗人不同时期作品之间比较,也可以是不同作家诗作的比较。通过比较的方法,增强对不同诗歌风格的感悟和理解。这里以两首同题诗作《山民》的比较为例,可以看到比较所带来的阅读体验。首先是韩东的诗作《山民》[①],这是诗人较为知名的诗作。

山民

小时候,他问父亲
"山那边是什么"
父亲说"是山"
"那边的那边呢"
"山,还是山"
他不作声了,看着远处
山第一次使他这样疲倦

他想,这辈子是走不出这里的群山了
海是有的,但十分遥远
他只能活几十年
所以没有等他走到那里
就已死在半路上了
死在山中

---

① 韩东:《韩东的诗》,江苏文艺出版社,2015。

> 他觉得应该带着老婆一起上路
> 老婆会给他生个儿子
> 到他死的时候
> 儿子就长大了
> ……
> 他不再想了
> 儿子也使他很疲倦
> 他只是遗憾
> 他的祖先没有像他一样想过
> 不然,见到大海的该是他了

理解《山民》,必须回到当时的社会情境和文化生态中去。20世纪80年代后期,继朦胧诗之后,诗坛出现了被称为"第三代诗人"的诗歌潮流,以反崇高、反英雄、反理性、反文化为创作追求。韩东作为"第三代诗人"的代表之一,提出了"诗回到生活""诗回到生命"的口号,其创作回归生活本身,对传统文化持质疑的态度。韩东的诗作多关注平凡琐屑的生活,消解诗人的启蒙姿态,不再扮演文化精英的形象,拉近诗人与作者的距离。在诗作风格上,主张"诗到语言为止",多选用直白式的、口语式的、生活式的语言,没有意象,没有形象,语言简单朴素而明快,通俗易懂。

《山民》是一首体现韩东创作观点的短诗,带有寓言的性质。在诗中,世居山区的父辈只知山外是山,对群山以外的世界茫然无所知,使人很自然地联想起封闭性社会中传统农民安于命运、固守乡土的保守、惰性力量。这使人"疲倦"、沮丧,缺乏奋发向上的精神力量。值得注意的是,诗中的主人公——"他",和父辈稍有不同:知道群山外面有广阔的世界,有过走出群山去看大海的想法,甚至还有过即使自己走不出群山也会有儿孙辈继续走下去的筹划,但开拓性征程的遥远、艰辛,使"他""疲倦"而怯于前行。在诗作的结尾,"他"的遗憾,具有浓厚的反讽意味。父辈不知而不为,他却知而不为,耽于幻想而怯于行动,不愿"种树",只想"乘凉"。他和父辈实质上并无两样,都缺乏冲破传统的开拓意识和披荆斩棘闯新路的实干精神。诗作并不想表现出强烈的批判精神,而是漠然陈述,只有那一丝轻描淡写的嘲讽。

这首诗具有典型的"第三代诗人"的特点。在取材上,去崇高而趋世俗,力求以生活的本色直接切入,呈现普通人的生存状态及精神面貌。在语言上,不追求华丽的辞藻,而纯以民俗口语出之,使语言回归生活本身。在立意上,淡化精英立场,降低姿态,呈现出生活的原态。

比韩东创作《山民》的时间稍早时候,在20世纪60年代,闻捷①和袁鹰②合著的诗集《花环》③中,也有一首以《山民》为题的诗作。通过这两首诗的比较,可以领略到不同时期、不同诗人所呈现出的不同诗作风格。

山民

皮帽,毡衫,
长枪斜挂在肩,
山民跨上骏马,
涉水,翻山。

夹镫,挥鞭,
纵马奔如闪电,
山民举枪一击,
火花,硝烟。

林地,山巅,
严防野兽侵犯,
山民护卫家乡,
黑夜,白天。

---

① 闻捷(1923—1971),原名赵文节,江苏镇江人。创作主要以诗歌为主,出版有诗集《天山牧歌》《生活的赞歌》和长诗《复仇的火焰》等。
② 袁鹰,1924年出生,原名田钟洛,江苏淮安人。20世纪40年代中期开始文学创作,以散文影响最大。主要作品有散文集《第一个火花》《红河南北》《风帆》等,诗集有《江湖集》《花环》(与闻捷合著)等。
③ 闻捷、袁鹰:《花环》,作家出版社,1963。

1963年7月到8月,闻捷和袁鹰有机会应邀联袂访问巴基斯坦。旅途的见闻,异国的风情,盛情的接待,友谊的交流,都深深地打动了诗人,使他们一路上诗兴大发,灵感频现,作品不断。访问行程刚一结束,他们合著出版了诗集《花环》。

20世纪60年代中期,新诗的创作以叙事诗和政治抒情诗为主,提倡写实风格,重在抒发豪迈情感。诗集《花环》在总体创意上采用了新格律诗的风格,诗集中的所有诗题都设计成整齐划一的两字题,诗行和诗句基本上都统一规整,节奏明快,工整对称,语言朗朗上口,有鲜明的诗歌形式美。具体到《山民》这首诗,可以看到诗人注重形式上、韵律上的追求,整体诗形均齐,韵律严谨;内容上抓住山民的特征进行点睛描写,刻画了山民勇敢善战的形象;在风格上,重在写实,赞美山民保家卫国的豪迈气概。

将两首同题诗作放在一起进行比较分析,可以看到不同时代诗歌所呈现出的不同的诗学追求和文学品格,其主题内涵的丰富性、情感表达的细腻性、艺术表达的独特性显著不同,便于我们对不同时代、不同风格的诗作的全面把握,品味诗歌鉴赏的无限乐趣。

三、仿写迁移

仿写,即站在前人创作的基础上,按照原诗,只改动几个句子或几个词来表达另外的意思。通过仿写,可以实现心理学意义上的迁移。在心理学中,迁移指的是一种学习对另一种学习的影响。通过仿写迁移,可以使诗歌鉴赏能力和水平得到更高程度的提升。也可以说,仿写迁移是新诗鉴赏的更高境界。

从模仿到创造,是学习的一般规律。唐代诗人王勃在《滕王阁序》中有句名言:"落霞与孤鹜齐飞,秋水共长天一色。"这句脍炙人口的诗句其实源自于对庾信诗作的化用,运用的也正是仿写的方法。庾信的《马射赋》中有一句:"落花与芝盖齐飞,杨柳共春旗一色。"王勃借用这一句的句式,结合滕王阁的真实情境,只换用了其中的几个词语,境界更为阔大。这句仿写,至今仍被世人传为佳话。

如果将诗词的仿写进行分类,可分为仿词、仿句、仿形,仿意四种形式。仿词是指读者读到某个作品中精彩的词或短语,产生共鸣,有所感悟,然后从这个词或短语展开联想,把这个词或短语运用到自己的诗句中。仿句即仿写精彩的句子。仿句可以完全引用,也可化用。引用即是写文章时直接引用成语、诗句、格言、典故等,以表达自己的思想感情,说明自己的见解;化用就是将他人作品中的句、段或作品化解开来,根据表达的需要,重新组合,灵活运用,形成一个有机的整体。它是作者对素材积累的浓缩与升华,是作者情感酝酿的奔突与发展。仿形即模仿原诗的表现形态进行创作,如借鉴创作手法、模仿结构形式等。仿意即用原作的意境或主题改写成新的诗词。

通过仿写的方法,既可以通过与原作的比较分析,提高自己新诗鉴赏能力和技巧,同时还可以锻炼和提升鉴赏者的创作能力。以舒婷的诗作《致橡树》①的第一节为例,说明如何进行仿写迁移。

致像树

> 我如果爱你——
> 绝不像攀援的凌霄花,
> 借你的高枝炫耀自己;
> 我如果爱你——
> 绝不学痴情的鸟儿,
> 为绿荫重复单调的歌曲;
> 也不止像泉源,
> 常年送来清凉的慰藉;
> 也不止像险峰,
> 增加你的高度,衬托你的威仪。
> 甚至日光。
> 甚至春雨。

诗中连续用了两个"如果"、两个"绝不"、两个"也不止"的句式,组成意象群。但后面的两行,诗人只列出了"日光""春雨"的意象,整饬的句式突然中断。这中间的空白如何填充?可以运用仿写的方法,对诗句做如下延续:"甚

---

① 舒婷:《舒婷的诗》,人民文学出版社,2000。

至不像日光/终生献出炽热的激励/甚至也不像春雨/滋养你的秀色,灌注你的英姿。"补充的部分与前文句式契合,意象相连,有助于对诗的意境的整体把握,同时又可以将其与原作进行比较,获取更高层次的鉴赏趣味。

通过仿写,还可以引导人们学会新诗的写作,进一步提会到新诗创作的乐趣。新诗写作中较难把握的是意象的选择与意境的营造,可以借鉴一些意象单纯、易于模仿的新诗,如前面讲到的余光中的诗作《乡愁》、艾青的诗作《礁石》、舒婷的诗作《双桅船》等等,这些诗作意象具体,形式单纯,可以进行仿写创作。只要多读多写,尽量找到自己情思和外在物象的共通点,融入真实的情感体验,就能写出情景交融、有独特生活体验的诗作。日积月累,由易入难,在不知不觉中受到熏陶启发,慢慢学会新诗创作的技法与技巧,最终就能创作出属于自己的新诗作品。

需要注意的是,诗歌仿写易受原作品的影响,容易落入窠臼,很难写出新意,所以一定要融入自己的思想、情感,在仿的基础上进行创新,才能有所突破,写出好的作品来。伴随写作能力的提升,鉴赏能力也会同步提升,并行发展,更有助于领略诗歌世界的无穷魅力。

第三节 朗诵之美

诗歌是最适合朗诵的文学体裁。朗诵,是用清晰、响亮的声音,结合各种语言手段完美表达作品思想感情的一种语言艺术。诗歌具有感情浓烈、富有韵律、文学性强、流传广泛、影响深远等特点,特别适于进行有声语言艺术创作。在诗歌朗诵中,朗诵者用多种语言表达技巧以及身体姿态,把诗歌作品有感情地向听众吟诵出来,传达诗歌的思想内容,引起听众的共鸣。通过朗诵,可以帮助聆听者更好地体验诗歌的情感和艺术,真挚生动地体味诗歌魅力,还可以培养鉴赏者对语词、技法的分析能力,提高鉴赏者的阅读力和创造力。

一、解题入诗,领悟情感

准确把握作品内容,透彻理解其内在含义,是朗诵的前提和基础。在诗朗诵中,首先要充分体味诗作表达的感情,深刻把握诗歌的主题。只有在此基础上,朗诵者才能借助适当的声音技巧,细腻生动地演绎诗作。因此,在朗诵的准备过程中,朗诵者首先要解题入诗,领悟情感。

解题入诗,是指正确分析和深入理解诗的思想感情,探索诗人的创作动机及诗篇的构思。一是解标题,从多方面搜集材料,把握作者对诗篇的创作理念及整体构思,从诗歌的写作背景、标题入手,对诗歌的情感和主题形成整体印象。二是品词句,在把握作者的创作意图和动机的基础上,进而分析诗中每节、每句的意思,品味重点词句,对诗歌的内容和节奏进一步熟悉掌握。三是悟主旨,充分把握整首诗主题内涵、情感体验的呈现方式,确定诗歌的感情基调,如忧伤的、愉快的、励志的、哀恸的等,为朗诵奠定基础。以徐志摩诗作《再别康桥》的第一节和结尾一节为例,虽然两节诗句用词相似,句式相同,但因一个开端一个结尾,在朗诵时就应该进行细致的分析:第一节起到交代缘由、开篇入题的作用,应该以轻盈的语气来朗诵;最后一节是在诗人表达留恋、伤感之后收束全诗,因此就应该要用舒缓、低沉的语气来朗诵,达到渲染情感、余味无穷的表达效果。

移情入诗,是指朗诵者用诗作的感情调动自己的感情,实现与诗作的情感共鸣。朗诵者需要做好三个方面的准备:一是熟悉诗作内容,做到字音正确,词句流畅;二是理清情感表达脉络,分析清楚情感之间的起承转合,并明确相应的朗诵技巧与方法;三是抓住诗眼,扭住关键,在朗诵中对诗作中最能表现主旨的关键点予以重点表现。朗诵的关键在于贴切生动地表达诗作的情感,彰显诗歌的无限魅力。作为声音的艺术,朗诵者必须能够移情到诗歌的情感世界,把诗内所含的思想情感,逐渐变成自己情感表达的冲动,以待在朗诵时脱口而出。譬如,朗诵艾青的诗作《太阳》,首先需要将自己的情感调动起来,仿佛一轮太阳在眼前滚滚而来,给万物以生命,给世界以新生,内心充满澎湃的热情和昂扬的斗志。只有如此,朗诵者才能充分调动自身的情感力量,成为诗作情感的呈现者和传递者,感动自己,感动听众,与听众一起体验美妙的诗作意境。

二、运用技巧,完美呈现

恰当运用朗诵技巧,完美呈现诗作的主旨,是诗歌朗诵的重点和关键。声音是有"表情"的,我们经常在别人说话的声调与语气中,感受到他的喜、怒、哀、乐,这就是声音的"表情"。朗诵者要借助朗诵技巧,运用好声音的"表情",进而完美呈现一首诗的独特艺术世界。

(一)做到字正腔圆。

"字正腔圆"原本多用于戏曲、曲艺,形容吐字准确,腔调圆润。所谓字正,是指吐字清楚,发音正确,是对声音的基本要求;所谓腔圆,是指声音饱满、圆润、厚实,是对声音的再要求。诗朗诵也应当做到"字正腔圆"。若朗诵者只做到了"字正"而无"腔圆",即使所发出的字音十分准确,也会造成单调乏味的感觉,缺乏感染力、创造力。

做到"字正腔圆",朗诵者必须使用标准的普通话进行朗诵。朗诵者可以依据发声的基本理论,依靠科学、勤奋的练习掌握发声的基本技能,提升自己的普通话水平。

在这里,主要介绍一下与朗诵发声相关的两个技巧:正确的呼吸方式和气息的补充方式。

正确的呼吸方式,主要是指"胸腹联合式呼吸"的方法。这是歌唱中最科学、最完美和最理想的呼吸方法,但也是最难掌握的一种呼吸方法。其要领是:操纵气息的部位在胸部和腹部的连接处,即横膈膜。吸气时,胸部放松,腰部周围明显扩张,两肺底部的横膈膜向下运动,气息自然充分地吸入身体;呼气时,胸腔扩张挺起,小腹向内向上收缩,横膈膜向上运动,将气息由肺部挤出,完成发声过程。"胸腹联合式呼吸"区别于正常生活中的自然呼吸,是由身体内部各器官协调对抗的结果,必须采用一定的手段、经过一定时间的训练才能获得。朗诵时最好能使用"胸腹联合式呼吸",吸入的气息最深,呼出的气息最强最长,可以为朗诵提供充足的气息动力。

气息的补充方式,主要是指在朗诵时学会运用"换气""偷气"的气息补充方式。这两种气息补充方式主要是歌唱时使用,但同样适用于朗诵中。"换气"通常指一句唱完之后、下句开始唱之前,利用自然停顿的时间进行吸气,由于两句之间停顿的时间较长,所以"换气"时吸入的气息较深、较多;"偷气"通常指歌唱进行之中气息不足时,利用字音的收声或音高、感情等的变化转折,在刹那间急速吸进少量气息。"偷气"时吸入的少量气息较浅,仅到上胸部。在遇到一些节奏急迫、语句较长的诗歌朗诵时,运用到这些气息补充技巧,会让诗歌朗诵更加从容。

(二)运用朗诵技巧。

朗诵时，在把控好语速的基础上，同时运用好朗诵的基本技巧。首先，要处理好整体语速的问题。如果诗歌的内容是欢快的、激动的或紧张的，语速要稍快一些；表现的内容是悲痛的、低沉的或抒情的，语速要稍慢一些；表现的内容是平铺直叙的，语速要不紧不慢。其次，要注意基本技巧的运用。常用的朗诵技巧有停连、重音、语气、节奏。

朗诵语流中声音的中断和延续，称为停连。简单地说，就是朗诵时诗句中的"停顿"与"连接"，要注意的是，"停顿"并不是"休息"。

停顿和连接都是有声语言行进中显示语意、抒发感情的方法。无论停或连，都是思想感情发展变化的要求，而不是任意的。停连常分为"大停顿""小停顿""紧连""缓连"四种。朗诵时，这四种方法是综合运用的。"大停顿"是因诗意的需要，在字与字、词与词、句与句、段与段之间作收音，停留时间较长的呈现，从舒缓角度看就是"缓连"。与其相反，"小停顿"就是"紧连"，是指在字与字、词与词、句与句、段与段之间作收音，停留时间较短的呈现。当然，在朗诵中，停连并不能单独起作用，还必须和"重音""语气""节奏"相结合，才能完整展现语言表达的丰富性。

诗歌中语流的停顿和延续，既受标点和诗行的制约，又不完全被标点和诗行所控制。诗歌分行，客观上就造成了每个诗行间的停顿。因此，诗朗诵时，在自然口语中没有停顿的地方，如果是在换行的位置，自然也会有停顿。例如戴望舒的诗作《雨巷》第一节的朗诵：

> 撑着油纸伞，独自
> 彷徨在悠长、悠长
> 又寂寥的雨巷
> 我希望逢着
> 一个丁香一样地
> 结着愁怨的姑娘
> ……

节选部分的诗句，既有标点符号的停顿，又有分行的停顿。但比较特殊的是，第一行结尾的"独自"和第二行具有较为紧密的连接，第二行结尾的"悠长"和第三行具有较为紧密的连接。因此,这部分行与行之间的停顿就要恰当处理,要读出似断实连的感觉。这种感觉与诗人在雨巷里踟蹰徘徊的情景是相一致的。

诗朗诵时,在自然口语中有停顿的地方,如果存在分行,每一行的末尾停顿的时间可以更长一些。例如台湾诗人纪弦的《一片槐树叶》。

> 这是全世界最美的一片,
> 最珍奇,最可宝贵的一片,
> 而又是最使人伤心,最使人流泪的一片:
> 薄薄的,干的,浅灰黄色的槐树叶。
> ……

这段节选的诗句中,每一行的停顿都应长于自然口语。通过停顿的延长,可以更为细腻地表现出诗人悱恻缠绵的思乡之情。朗诵中恰当的停顿和延续,能够恰到好处地表现出诗作蕴含的感情。

在朗诵时需要强调或突出的词或词组,甚至某个音节,叫作重音。同样的一句话,重音不同,表达出来的意思也就不同。表现重音,可采用"强中加强""低中见高""快中显慢""实中转虚""连中有停"等方法呈现。朗诵者通过重音的高低层次及对比效果,就可达到利用重音来体现诗意的目的了。以余光中的诗作《乡愁》第一节为例:"小时候,乡愁是一枚小小的邮票,我在这头,母亲在那头。"在这一节中,依据诗作表达的情感,重音应当落在"乡愁""小小""这头""那头"上,需要在朗诵时加以适当的强调。需要注意的是:着意重读的词或词组不需要在读音的音强上太过夸张,而是要和重读部分前后的文字在声音高低强弱上有一个自然流畅的衔接。

语气是指在一定的具体思想感情支配下具体语句的声音形式,是语言表达的重要技巧之一。同样一句话,因语气不同,会产生不同的意义。朗诵者可以通过不同的声音和气息表达不同的语意和感情,做到"声气传情"的表达效果。比如:"爱"的语气一般是"气徐声柔"的,给人以温和感,发音器官宽松,用声自如,气息深长,出语轻软;"恨"的语气一般是"气足声硬"的,发音器官紧,气猛而多阻塞,似忍无可忍,咬牙切齿,给人以挤压感。透过语气的变化,可以表达出爱、憎、悲、喜、惧、欲、急、冷、怒、疑等情感,使得诗中的情感得到充分体现。

与语气一并提及的,还有语调。语调是指一句话中声调高低抑扬轻重的配制和变化,包括整句话声音的高低、快慢、长短、轻重的变化。语气主要是从情感表达的角度而言,而语调主要是从表达技巧的角度而言。恰当地使用语气、语调,会使朗诵者对诗歌情感的呈现愈加生动传神。

节奏,是指朗诵者依据诗歌生发出来的思想感情的波澜起伏所采取的轻重缓急、抑扬顿挫的声音形式。首先,节奏体现在重音、连顿上,朗诵时,通过强调语句中的一些词或短语,从而达到表达目的,突出思想感情。其次,节奏还体现在速度上,即字距或句距的长短。若在单位时间内朗诵较少的字,速度就慢;若朗诵较多的字,速度就快。一般来讲,朗诵时可以采取"欲扬先抑,欲抑先扬;欲快先慢,欲慢先快;欲重先轻,欲轻先重"的原则,让节奏在对立统一中得到展现。

新诗的诗形比较自由,没有旧体诗那样有规律的节奏,但朗诵时依然要注意其节奏感。由于新诗每一句长短不同,所以每一句的语节数目不定,每个语节的字数也不一样,更应花时间去分析,明确节奏。以徐志摩的诗作《再别康桥》中的两节为例,朗诵时的基本节奏是这样的。

那树荫下的/一潭,
不是/清泉,是/天上虹,
揉碎在/浮藻间,
沉淀着/彩虹似的梦。

寻梦?/撑/一支长篙,
向青草更青处/漫溯,
满载/一船星辉,
在星辉斑斓里/放歌。

《再别康桥》全诗共七节,每节四行,每行两顿或三顿,不拘一格而又法度严谨,韵式上严守二、四押韵,抑扬顿挫,朗朗上口。这优美的节奏像涟漪般荡漾开来,既是虔诚的学子寻梦的跫音,又契合诗作感情的潮起潮落,体现出新诗的独特美感。

以上这四类朗诵技巧往往不会单独使用,而是有机结合,缺一不可。新诗的朗诵,具有很大程度的表演性,需要掌握一定的朗读技巧,投入真情,反复吟咏,方能呈现出诗歌的感染力,用诗歌特有的魅力打动听众。

(三)做到以情带声。

新诗不注重展示完整的故事情节,而是注重情感抒发,以情为主。即使像艾青的《大堰河,我的保姆》这样的叙事诗,虽然具有较为鲜明的故事情节,但更注重强烈情感的抒发。诗歌朗诵时,朗诵者要代诗人倾吐心声,表达情感,所以一定要准确把握诗情,沉浸于诗的情境中,把握作者的情感世界,达到与诗人的情感共鸣。

在朗诵准备时,朗诵者要集中思想,深切感受诗歌中所蕴藏的巨大能量,设身处地去体验诗人所熔铸的情感,唤起内心不可抑制的表达欲望。

在朗诵过程中,朗诵者要调动内心的情感,移情入诗,以情带声,通过生动细腻、富于表现力的声音,将诗中情感予以淋漓尽致的体现。情到深处自然浓。朗诵者只要心中情感充盈,再辅以恰当的朗诵技巧,其朗诵便具有了浓烈的情感渲染力。如果朗诵者心中无动于衷,即使使用再多的技巧,其朗诵也只能是无源之水,难以感动听众。

三、善用仪态,巧妙衬托

任何需要在舞台上表演的艺术形式,如戏剧、舞蹈、相声等,表演者的体态所传达出来的肢体语言都是十分重要的。诗歌朗诵也是如此,运用恰当的表情和动作进行烘托,可以对诗歌朗诵起到锦上添花的作用。

与戏剧、舞蹈等舞台艺术不同,戏剧表演中表情和动作是"主",而诗朗诵中的表情和动作是"宾"。诗朗诵是语言表达的艺术,表情和动作只能是辅助手段,绝不能喧宾夺主,损害了朗诵的本义。朗诵者所选择的表情或者动作都要做到适可而止,恰到好处。在表情上,朗诵者要避免呆板而毫无表情,同时也要避免表情不当或者表现度不足,尤其应避免过火的夸张。在动作上,不论脸部,还是身体、四肢,都不能动作过于频繁,也不能动作幅度过大,必须要表现适度,随着内在情绪而自然呈现。

在整体仪态中,眼神最为重要。眼神生动是所有肢体动作最基础的要求。眼神的生动、专注,需要经过严格训练。生动的眼神,可以起到丰富的表达效果。

(一)引领观众。

在舞台上,朗诵者处于观众关注的焦点位置,其眼神可以引领观众沉浸到诗歌的情境中。若朗诵者眼神恍惚、四处飘荡,便会分散观众的注意力,极大削弱诗歌朗诵的表达效果。只有朗诵者眼神坚定、十分专注,才可以充分吸引观众的注意力,带领观众全身心地进入诗境。

(二)传递情感。

诗朗诵时,诗作的情感虽然主要通过有声语言来表达,但是眼神可以起到很好的烘托作用。如果朗诵时眼神不当,就会影响诗作情感的传递,进而影响观众的情感体验。如果诗歌情感处于慷慨激昂的时刻,朗诵者的眼神却是柔弱无力的,或者诗歌情感处于哀凄悲痛的时刻,朗诵者的眼神却是炯炯有神的。那么,不论朗诵者的声音呈现如何丰富恰当,眼神与情感不相符,整体的朗诵都失去了美妙的感觉。现场观众会感觉到声情与诗情格格不入,甚至会产生笑场的现象。因此,眼神要配合诗歌情感的呈现,恰当传递诗歌的情感意蕴。

(三)品味情境。

对朗诵而言,舞台上的道具布景并不是重点,朗诵者才是整个舞台的焦点。善用眼神的暗示,可以引发观众的想象。借助观众的想象,不但可以使舞台的表现空间无限广阔,而且很容易使观众进入诗中的幻象世界。譬如:朗诵到"高山"时,朗诵者的眼神应该自然地往上看,如果诗歌意在强调山的巍峨雄伟,还要将视线不断地、慢慢地向上延伸,以展现高耸入云的感觉。台下的观众会随着朗诵者的眼神,联想到大自然的巍巍高山,自然而然地进入诗歌的意象世界。

实际上,如果眼神生动灵活,并不需要特意的设计肢体动作,仪态自然便能适当地传达诗情。有了深刻的诗歌理解,丰富的声音表情,再辅以适当的仪态,朗诵者可以生动传神地传达诗作的内涵,引领读者领略诗歌的意蕴,更加深刻地品味诗歌的无穷魅力。

下编

诗人创作论

第六章　翩翩的在空际云游
——徐志摩诗歌创作论

> 悄悄的我走了，
> 正如我悄悄的来。
> 我挥一挥衣袖，
> 不带走一片云彩。
>
> ——徐志摩《再别康桥》（节选）

《再别康桥》是诗人徐志摩的名作。2008年7月2日，这首诗的首行和末行镌刻在了英国剑桥大学国王学院后园的白色大理石碑上，以此来纪念曾经在此求学的中国诗人徐志摩。在新诗发展历程中，徐志摩是一个特殊的诗人。他生性纯良，诚以待人，却英年早逝，令众多仰慕者感伤不已。他率性而为，天真自然，留下了众多脍炙人口的诗篇。他的诗歌如同"翩翩的在空际云游"，清新流丽，俊逸潇洒，成为新诗坛一道亮丽的风景。

一、赤子之心："单纯的信仰"

胡适在忆及徐志摩时曾谈到：他的人生观真是一种"单纯的信仰"，这里面只有三个词：一个是爱，一个是自由，一个是美。……他的一生的历史，只是他追求这个单纯信仰的实现的历史。① 可以说这是对徐志摩人生历程的一个经典概括，切中了他人生追求的真谛。

---

① 胡适：《追悼志摩》，载林乐齐选编《胡适散文》，浙江文艺出版社，2007。

1897年1月15日,徐志摩出生于浙江省海宁硖石镇,按族谱排列取名"徐章垿","志摩"是他在1918年去美国留学时父亲徐申如另取的名字。据说是小时候有一个名叫志恢的和尚替他摩过头,并预言"此人将来必成大器"。父亲望子成龙,即为他更名为"志摩"。父亲徐申如是实业家,是当地远近闻名的首富。徐志摩作为徐家的长孙独子,自小过着舒适优裕的生活。

徐志摩1915年考入北京大学预科,1918年赴美国克拉克大学历史系留学,选读社会学、经济学、历史学等课程,1919年到哥伦比亚大学经济系学习,一年后获硕士学位,1921年成为英国剑桥大学国王学院特别生。剑桥时期是徐志摩一生中最愉快的时期,留给他许多美好的记忆。在剑桥,他确立了自己的社会理想和艺术理想;在剑桥,他把"爱、美、自由"三者结合,形成了自己的人生理想;也是在剑桥,他开始了新诗创作。从其诗学背景看,他的诗歌创作深受英风浪漫派和唯美派诗歌影响。虽然他也曾经接触过象征派诗歌和未来派诗歌,但这些诗歌还没有达到足以影响其致思方式和诗艺追求的地步。

徐志摩于1922年回国,1923年创办新月社,成为重要组织者之一,1924年与胡适、陈西滢等创办《现代诗评》周刊,1926年4月1日在北京主编《晨报副刊·诗镌》,和闻一多等致力于中国新格律诗的创作和关于诗艺的探讨,成为新月诗派的代表诗人。徐志摩一生追求"爱、自由和美"相统一的人生,也因此爱情和婚姻受尽了挫折和困扰,他的离婚和再婚是他一生中最受非议的两件事,他和林徽因的情感纠葛在文坛上众说纷纭。这都与他所寻求的"单纯的信仰"有关。

1931年11月19日,徐志摩因飞机失事遇难,时年34岁。

徐志摩的文学创作主要集中在诗歌和散文领域,尤其以诗歌影响最大。

1922年到1924年,可以称为徐志摩创作的"浪漫期"。他热情支持反封建的民主运动,积极开拓当时还很稚嫩的新诗园地,成为新诗坛上颇有影响的诗人。他的第一本诗集《志摩的诗》是这一时期的艺术结晶。

1925年至1926年,是徐志摩思想和创作的"高峰期"。这一时期,他发表了诗集《翡冷翠的一夜》、散文集《自剖》《巴黎的鳞爪》《落叶》以及大量的文艺和社会论文、小说、游记等作品。同时,他以《晨报·诗镌》为阵地,掀起了新诗格律运动,成为"新月派"的主要骨干和代表诗人。

1927年到1931年,是徐志摩思想和创作的"消沉期"。他曾这样回顾:

"最近这几年生活不仅是极平凡,简直是到了枯窘的深处,跟着诗的产量也尽'向瘦小里耗'。"①事实也确是如此。这个时期他的作品主要收在《猛虎集》以及《云游》(由新月诗人陈梦家编)中,数量和质量与此前不可同日而语。

从本质上来说,徐志摩是依靠天赋和灵感进行诗歌写作的。他的诗作字句清新,韵律和谐,比喻新奇,意境优美,神思飘逸,具有鲜明的艺术个性。他是一个单纯而多情的理想主义者,是一个浪漫而多才的诗歌创作者。他的理想追求,他的人生经历,他的文学才华,都为后人津津乐道,成为言之不尽的传奇。

为便于论述,我们将徐志摩诗歌创作以1927年为界分为前后两期,前期主要是涵盖其"浪漫期"和"高峰期"的作品,后期主要包括其"消沉期"的作品。

二、前期诗歌创作

在前期的创作中,徐志摩主张建立一种"真纯艺术",对人生和艺术充满真挚的向往。他满怀英国康桥式的人生理想,期望在中国实现他的理想主义,并为之进行乐此不疲的斗争。这一时期的众多诗作既是抒情诗又是爱情诗,表现出他对自由人生的向往和对自由恋爱的渴望。

这一时期,徐志摩的诗歌创作风格主要有三个特点。

其一,诗风轻灵,情感缠绵。徐志摩诗作大多源自内心的真实情感。这一时期,他热烈地追求个人的理想和美好的事物,生活、事业都处于上升期,心境较为舒缓和乐观。他将个人的生命追求和情感体验灌注于笔端,诗作自由流畅,欢快舒放,生动传达出个人的喜与乐。以诗作《雪花的快乐》②为例。

---

① 徐志摩:《猛虎集》,新月出版社,1931。
② 韩石山编《徐志摩全集》(诗歌卷),商务印书馆,2019。本章所选诗歌均以此版为参考。

雪花的快乐

假如我是一朵雪花,
翩翩的在半空里潇洒,
　我一定认清我的方向——
　　飞飏,飞飏,飞飏——
这地面上有我的方向。

不去那冷寞的幽谷,
不去那凄清的山麓,
　也不上荒街去惆怅——
　　飞飏,飞飏,飞飏——
你看,我有我的方向!

在半空里娟娟地飞舞,
认明了那清幽的住处,
　等着她来花园里探望——
　　飞飏,飞飏,飞飏——
啊,她身上有朱砂梅的清香!

那时我凭藉我的身轻,
盈盈地,沾住了她的衣襟,
　贴近她柔波似的心胸——
　　消溶,消溶,消溶——
溶入了她柔波似的心胸!

　　《雪花的快乐》是诗集《志摩的诗》中第一首诗。诗人运用轻盈柔美的笔调,写出了内心抑制不住的快乐,以雪花的飘飞隐喻了诗人对爱情或者理想的追求,表达了诗人对一切美好事物的执着向往。
　　诗作描绘了雪花的优美灵动,营造了晶莹剔透、美轮美奂的自然世界。诗中的雪花纷纷扬扬,潇潇洒洒,飞向"我的方向",消溶到"她柔波似的心胸",回旋飘飞,优美无比。全诗综合运用了借物抒情、对比、拟人等表达手法,主观感情与客观景象交融互渗,化实景为虚境,创造出情景交融的优美意境,其飞动飘逸的诗风令人叹绝。诗形上,全诗分四节,依诗人充满欢乐的追寻而展开,呈现出起承转合的结构之美。诗节与诗行十分均齐,每个诗行基本三顿;每个诗节的三四行都退后一格,句后加上破折号,从视觉上赋予诗节错落有致的动感;每一节都有三词重叠,带来循环往复的音乐美。均齐而跃动的结构,缠绵而快乐的心情,诗形与情感完美契合,充分显示出徐志摩前期诗作的艺术风格。

其二,构思别致,意象新颖。从本质上来看,诗歌中的艺术形象都是浸透了诗人审美感情的意象。徐志摩早期诗作善于从瞬间的感受、印象甚至幻觉中激发灵感,将内在的诗情转换成可感的意象,使平面化的主题呈现为立体化的雕塑,其构思常常令人拍案叫绝。诗中的意象别致新颖、风格独具,甚至有"徐志摩的意象"之称。以《偶然》一诗为例。

偶然

我是天空里的一片云,
偶尔投影在你的波心——
　　你不必讶异,
　　更无须欢喜——
在转瞬间消灭了踪影。

你我相逢在黑夜的海上,
你有你的,我有我的,方向;
　　你记得也好,
　　最好你忘掉,
在这交会时互放的光亮!

《偶然》是诗人1926年5月创作的,收入诗集《翡冷翠的一夜》。诗作表达了对爱与美的消逝的感叹，也透露出对人生美好情愫的眷恋之情。

诗人以"偶然"为题，抽象化的题目，形象化的表达，不仅盎然有趣，而且给读者留下了丰盈的想象空间。第一节以"云"自喻，以景喻理。"偶尔"一词，既契合了诗题，又写出了二者相遇的"偶然"。因为只是无心的相遇，所以"你不必讶异，更无须欢喜"，形象阐释了人生中的哲理："偶然"无处不在。第二节回归到现实情境的"偶然"相逢。"黑夜的海"既有写实的成分，也有隐喻的意味。"你"与"我"因为方向不同而彼此错过，成就了一次旅途中的偶然相逢。很无奈，二者只能擦肩而过，心中的失落在所难免。这样的"偶然"，不仅是爱情，还有人生，如人世遭际挫折，如理想阴差阳错，难免令人无奈苦笑、怅然若失。面对这样的"相逢"和"交会"，虽然有"互放的光亮"，但彼此或者"记得"，或者"忘掉"，都是合理的存在。这就是"偶然"，是诗人对人生瞬间的别致注解。

其三，韵律和谐、章法整饬。徐志摩对新诗体有独特的追求，他把闻一多提出的"三美"主张有机融合为一体，并根据自己"真纯的诗感"去锻造适合内容表达的诗形。他的诗不仅章法整齐，意象鲜明，而且流动着一种美妙和谐的音律。诗形美、音乐美、辞藻美，成为其诗作最显著的艺术特色。

以前文引述的诗作《偶然》为例，颇能看出徐志摩在格律上的功力与匠心。全诗共两节，格律严谨，音乐性强。每节的第一句、第二句、第五句都是用三个音步组成，如："偶尔/投影在/你的波心""在这/交会时/互放的光亮"。每节的第三句、第四句则都是两音步构成，如"你不必/讶异""你记得/也好"。诗中的音步安排严谨中不乏洒脱，较长的音步与较短的音步相间，纡徐从容，委婉顿挫，读起来朗朗上口。正如卞之琳所说：这首诗在作者诗中是在形式上最完美的一首。新月诗人陈梦家认为：（徐志摩）用整齐柔丽清爽的诗句，来写那微妙的灵魂的秘密。

徐志摩的诗歌多是真情流露，并不刻意追求技巧。正如他自己所说："大部分还是情感的无关联的泛滥，什么诗的艺术和技巧都谈不到。"也正因此，有些诗作尚存在争议，被认为洋味较浓，民族化不足；有的诗句显得生涩和矫揉造作，在韵式和韵的运用上尚有不规整之处。但整体而论，其前期的诗作字句清新，韵律谐和，比喻新奇，想象丰富，意境优美，其过人的才华和独特的风格，独步诗坛，无人替代。

三、后期诗歌创作

1926年,徐志摩与陆小曼结婚。这段婚姻是其生命中闪耀的"吻火",也是其生命中忧郁的深渊。社会的非议,家庭的反对,使他饱受煎熬,生活梦想渐行渐远。当时的中国,社会动荡,民众生活穷苦多艰,梦寐以求的社会理想也杳无讯息。由此,徐志摩陷入了深深的绝望和颓丧,这样的精神状态和情感体验都体现在其诗集《猛虎集》《云游》中。

与前期诗歌的清新、欢快不同,后期诗歌创作呈现出较为复杂的状态,艺术风格和情感内涵发生了很大的改变。这一时期的大部分诗歌情感哀婉,格调低沉,重在表达内心的矛盾与痛苦。一些影响深远的诗歌佳作,如《再别康桥》《云游》等,显示出徐志摩在诗歌创作上日臻佳境。这里以诗作《云游》为例。

云游

那天你翩翩的在空际云游,
自在,轻盈,你本不想停留
在天的那方或地的那角,
你的愉快是无拦阻的逍遥。

你更不经意在卑微的地面。
有一流涧水,虽则你的明艳
在过路时点染了他的空灵,
使他惊醒,将你的倩影抱紧。

他抱紧的只是绵密的忧愁,
因为美不能在风光中静止;
他要,你已飞渡万重的山头,
去更阔大的湖海投射影子!

>　　他在为你消瘦，那一流涧水，
>
>　　在无能的盼望，盼望你飞回！

　　《云游》写于 1931 年 7 月，初以《献词》为题辑入同年 8 月上海新日书店出版的诗集《猛虎集》，后改为此题载于同年 10 月 5 日的《诗刊》第 3 期。

　　《云游》延续着徐志摩诗作中基本一致的诗歌形象和抒情风格，意象优美，情感真诚。诗中不仅有优美瑰丽的想象、空灵洒脱的意境，而且隐约展示着对人生的理解与生命的把握，构筑着"爱、自由、美"的单纯信仰的世界。如同《沙扬娜拉》《再别康桥》等诗作一样，《云游》是其诗作中的一颗耀眼明珠。

　　"那天你翩翩的在空际云游"，诗歌开头以第二人称起始，以"云"比拟心中的情人——诗人思念的对象，写出了"你"的惊艳与洒脱，写出了抒情主体的无限钦慕与向往。诗作以"一流涧水"来比拟自己，倾诉对"云"的一往情深。"你"在空中"云游"，空无依傍，自在逍遥，适性而往，不拘一地。"一流涧水"不经意地"点染了他的空灵"，顿时"惊醒"，产生了"绵密的忧愁"。"明艳"一词极富主观色彩，一方面写出"云"与"涧水"不同的生存形态，另一方面又暗示着抒情主体内心的焦灼与忐忑，弥漫着一种凄清的韵味。当"涧水"被注入新的生命活力，满怀欣喜地等待幸福降临，"云"已经飞越重山，奔向那"更阔大的湖海"。所谓的欣喜，只是如梦幻般稍纵即逝。"他在为你消瘦，那一流涧水，在无能的盼望，盼望你飞回！"诗句中流露出哀怨缠绵的情调，使人不禁黯然泪滴。"涧水"被"云"吸引，"云"的明艳与"水"的卑微，"云"的洒脱与"水"的深情，对照鲜明，韵清而味长。如此，生动呈现出徐志摩诗歌温柔婉转的审美风格。

　　在诗艺上，《云游》一诗呈现出中西合璧的意味。诗人对古文颇有根底。"云"的意象在其诗作《再别康桥》《偶然》中都有呈现，在古典诗词中也是常见的意象，如"云想衣裳花想容"（李白《清平调》）、"闲云潭影日悠悠"（王勃《滕王阁诗》）。同时诗人在欧洲留学期间接触了许多大家作品，特别对华滋华斯、雪莱、拜伦、济慈等 19 世纪英国浪漫派诗人推崇备至。"云"的比喻以及由此引出抒情主人公的情感，可以明显地看出雪莱、济慈等诗人的影响。在诗作风格上，前期诗作的简洁明快隐去了，呈现出舒缓稳重的风格。

　　整体而言，后期诗歌的情感充满了忧郁、失望的情绪，甚至呈现出颓废色彩。动荡黑暗的社会现实动摇了诗人的社会理想,内心产生的一些恐惧和抵触,使他陷入深深的矛盾和绝望。与前期诗歌相比,较少见欢快明朗的情感体验,更多是对现实的失望和格调的阴沉。以其诗作《生活》为例。

生活

阴沉,黑暗,毒蛇似的蜿蜒,
生活逼成了一条甬道,
一度陷入,你只可向前,
手扪索着冷壁的黏潮,

在妖魔的脏腑内挣扎,
头顶不见一线的天光,
这魂魄,在恐怖的压迫下,
除了消灭更有什么愿望?

《生活》是一曲"行路难"。诗作第一节主要描写诗人所处的生活状态。一开始便点明对"生活"蓄愤已久的态度,直接采用感情色彩非常明显而强烈的形容词对"生活"进行直接概括,更甚者是将其比喻为"毒蛇似的蜿蜒",充满了曲折、险恶、恐惧,足见诗人对"生活"的不满、压抑甚至仇恨。然而更可悲的是,人无法逃避这种"生活",只要活着就必须走进这条"甬道","手扪索着冷壁的黏潮",无可选择地在绝望中经受痛苦的煎熬。诗作第二节诗人直接抒发内心的情感。在这条"甬道"中,没有温情、正直、关怀,像在妖魔的脏腑内一样令人窒息,一切丑恶在这里滋生、繁衍。美好与黑暗无缘,而丑恶总是与黑暗结伴而行,正如诗中"不见一线的天光"。气氛的恐怖、信仰的毁灭、前途的绝望,可以轻而易举地摧毁人的精神。最后两句诗揭示了诗人痛苦的人生感叹:"这魂魄,在恐怖的压迫下,除了消灭更有什么愿望?"诗人直面惨淡的人生,没有反抗黑暗、奋起挣扎的勇气,而是以无奈的反问抒写出内心的无奈和绝望。这种类似的情感主题与表达风格,在诗人的前期诗作中是不可能看到的。

这首诗很短,却极富感染力。诗人把"生活"比喻成"甬道",然后以这一意象为出发点,把各种丰富的人生经验浓缩为生动的艺术形象。"陷入"——"挣扎"——"消灭"的历程,再现了诗人改变现状的努力和最终的绝望;而"毒蛇""冷壁""妖魔""天光"等意象,则是揭示"甬道"的真实状态;这些意象独立看并无更深的意义,但在"甬道"这一大背景下组合起来,构成了阴森恐怖的诗歌意境,强化了对"生活"的质疑和否定。诗虽短小,却如七宝楼台,层层叠叠,构成一个完整、精美的艺术世界。诗中的情感之深、之痛,令人不忍回味。

在艺术手法上,后期的诗歌创作侧重直接抒情,意象在情感表达上的重要性减弱。与前期相比,徐志摩此期强调不在感情强烈时作诗,而在"感触已过,历时数月,甚至数月以后",将记忆的"最根本最主要的情绪的轮廓"用想象来表现。因此,后期诗风不再有前期的飘逸灵动,而是节奏沉滞舒缓,情感较为空泛甚至呈现矫揉造作的倾向。以诗作《别拧我,疼》为例。

别拧我,疼

"别拧我,疼,"……
你说,微锁着眉心。
那"疼",一个精圆的半吐,
在舌尖上溜——转。

一双眼也在说话,
睛光里漾起
心泉的秘密。

梦
洒开了
轻纱的网。

"你在哪里?"
"让我们死,"你说。

在一定程度上,《别拧我,疼》这首诗表现出了诗人情感的匮乏和诗艺上的退化。诗作表达的是情人之间的调笑,描摹虽然细腻,却缺乏了前期诗作的真诚情感,似乎是文字的游戏。诗中虽有意象,却给人以平淡无奇的感觉,远远比不上前期意象的精妙绝伦。如果不是在众多选本中出现,很多读者都难以相信这是徐志摩的诗作。对于徐志摩的整体创作来讲,这类诗作属白璧微瑕,不宜专注于此,以点代面。在一定意义上,可以把这些诗作理解为这一时期诗人精神危机的一种体现。在现实与理想之间巨大的反差中,诗人苦苦挣扎,努力地寻找或等待一种"真的复活"。

在诗形上,后期诗作越来越追求形式的整饬和美观。徐志摩积极实践新月派所倡导的"三美"主张,即追求诗歌的音乐美、绘画美和建筑美。在后期,他着重强调诗歌内在的音节和音律,继承古典诗词的精髓而又有所创新,在诗行的排列、音韵的铿锵、节奏的明晰、用词的推敲上都较前期诗歌有了变化和发展。以诗作《我不知道风是在哪一个方向吹》为例。

我不知道风是在哪一个方向吹

我不知道风
是在哪一个方向吹——
我是在梦中,
在梦的轻波里依洄。

我不知道风
是在哪一个方向吹——
我是在梦中,
她的温存,我的迷醉。

我不知道风
是在哪一个方向吹——
我是在梦中,

甜美是梦里的光辉。

我不知道风
是在哪一个方向吹——
我是在梦中,
她的负心,我的伤悲。

我不知道风
是在哪一个方向吹——
我是在梦中,
在梦的悲哀里心碎!

我不知道风
是在哪一个方向吹——
我是在梦中,
黯淡是梦里的光辉。

《我不知道风是在哪一个方向吹》写于1928年,初载同年3月10日《新月》月刊第一卷第1号。当时的诗人经历了感情的挫败,加上事业上的种种挫折,陷入了深深的痛苦与迷茫中。

诗作的情感基调在第一节中便已确定,弥漫着"梦"一般的迷茫和伤感。全诗共六节,每节的前三句相同,第四句推进情感向深层发展,最终落脚到"黯淡",逐层深化了诗作的情感意味。诗作每一节的字数以及句式都相同,整齐中又有变化,辗转反复,余音袅袅。茅盾对此有过很恰当的评论:"圆熟的外形,配着淡到几乎没有的内容,而且这淡极了的内容也不外乎感伤的情绪,——轻烟似的微哀,神秘的象征的依恋感喟追求;这些都是发展到最后一阶段的现代布尔乔亚诗人的特色,而志摩是中国文坛上杰出的代表者。"(茅盾《徐志摩论》)

从前期至后期,情感由欢快转为失落,诗风由飘逸转为沉滞,鲜明的对比,呈现出诗人诗作品格的巨大转变,令无数读者唏嘘不已,为之叹息。

四、独特的诗美

在新诗的发展历程中，徐志摩是独特的：他不是革命者，没有写出像殷夫那样阶级鲜明、斗志昂扬的政治诗篇，没有写出像郭沫若那样狂飙突进、激情澎湃的引领风气之作，也没有像田间那样写出呼唤战斗、热血沸腾的"鼓点"诗篇；他也不是理论家，没有像胡适、闻一多那样提出鲜明的理论主张，擎起大旗成为诗坛的领袖人物，也没有像李金发、卞之琳那样醉心于诗艺的探索，写出标新立异、晦涩难懂的诗篇。他只是徐志摩，只是写他自己，只是写自己的内心，用富有天才意味的创作来实践、拓展新诗的艺术，确立起别具一格的诗歌艺术个性。

首先，独抒性灵，真挚自然。这里所说的"性灵"，实际上就是一种发自内心的真情实感，一种诗人所独有的真情性。徐志摩的诗歌是独抒性灵的，正如他自己所言：我要筋骨里迸出来的，血液里激出来的，性灵中跳出来的，生命里震荡出来的真纯的思想。由此，徐志摩在诗中尽情倾诉对理想和美好事物的追求，表达对自然和爱情的热爱，情感坦荡而率真。他的诗总是显得那样自然天成，绝少人为的斧凿之痕，散发出清新自然的活力。如那些怀人念旧的诗篇《再别康桥》《山中》等，都是性灵深处的名篇佳作。《再别康桥》中，因为记忆中的美好和心灵深处的那一份情感，所以景物都不再是纯客观的自然物，云彩、金柳、青荇、波光、艳影因情感而着色，因情感而美。诗人将真诚的情感灌注笔端，毫不掩饰，才得以使每一片风景都浸染着情感，情与景融合无间，才可能表现出那一份洒脱和无奈。

其次，意象之美，艳若天成。许多人喜欢徐志摩的诗歌，大都是被其新颖别致的意象所吸引。这些意象，虽然是人们在自然中、在生活中、在英国浪漫派诗人的诗作中似曾相识的，但经过徐志摩的提炼和描摹，又具有了独特而新颖的韵味。其诗歌意象的常用构建方法有：第一，通过情感化赋予客观物象以感情色彩，由平常入神奇，如《黄鹂》一诗，写黄鹂"冲破浓密，化一朵彩云"，"像是春光，火焰，像是热情"，之所以让人觉得新颖，是因为诗人赋予了浓郁的情感体验，这既贴合了读者经验范围以内的事和景，又因情感而赋予了崭新的意趣；第二，巧用比喻，如《沙扬娜拉》中"最是那一低头的温柔，像一朵水莲花不胜凉风的娇羞"，以花喻人，以人拟花，奇妙的比喻技法，可谓神来之笔；第三,抓住刹那间的感受、印象,将其定格下来作为意象,如《灰色的人生》中"我一把揪住西北风,问他要落叶的颜色",诗人极为敏感,"揪住"一词将自然界中的平常景象拟人化,抓住瞬间的感受营造了独特的意趣。这些看似信手拈来的意象,实则是徐志摩苦心孤诣的结果。遍览新诗坛,如徐志摩这般意象清新亮丽,诗感独特别致,无出其右者。

  再次,追求韵律,飘逸灵动。徐志摩对音乐美的追求到了一种近乎痴迷的程度。他曾经说:诗的真妙不在他的字义里,却在他不可捉摸的音节里。他致力于追求音节的自然和谐:一方面,使音节与诗作要表达的思想、情绪的变化相一致;另一方面,大量运用叠字、重句、复沓等技巧,创造出所期待的音乐效果。如《再别康桥》中首段和尾段中的"轻轻的"和"悄悄的",运用叠字营造出舒缓的节奏,赋予读者一种身临其境的特殊感觉。又如《沙扬娜拉》的节奏和旋律都很轻柔舒缓,最后一句不用汉语中干脆果断的"再见",而用日本语中的"沙扬娜拉",把它处理成柔和的尾音,既显得温柔缠绵,又符合东方女性的神韵。因为对音乐美的追求,徐志摩的诗作中弥漫着优美的旋律,回旋往复,似乐曲萦绕,带给读者极为美妙的阅读体验。

  徐志摩是新诗坛一位特殊的诗人,留下的是属于他自己、不可复制的诗歌创作之路。他的诗歌既尊重现代汉语的表述习惯,又有对现代汉语语言习惯的某些突破;既有中国古典诗词的浸润,又有英国诗歌的影响;既有对闻一多"三美"主张的有力实践,又有自己的独特艺术创造。他依靠自己"真纯的诗感",倾心创作,静静前行,为新诗坛做出了独特的贡献。他的诗歌创作像"翩翩的在空际云游",一切都那么美丽,一切都那么悠然,温暖而舒服,让人不舍得离开。

第七章 把芦笛自矜的吹
——艾青诗歌创作论

> 在那里
> 我曾饿着肚子
> 把芦笛自矜的吹，
> 人们嘲笑我的姿态，
> 因为那是我的姿态呀！
> 人们听不惯我的歌，
> 因为那是我的歌呀！
> ——选自《芦笛——纪念故诗人阿波利内尔》①

在新诗发展史上，艾青的诗歌创作跨越现代文学和当代文学时期，他历经了动荡悲壮的抗战时期和曲折发展的新中国建设时期，"把芦笛自矜的吹"，追求时代性与艺术性的完美结合，坚守现实主义的诗风，吟唱最深沉有力的时代强音。他的诗歌创作弥漫着对民族、对国家的忧患意识，和淳朴善良的中国农民血肉相连，具有独特的艺术个性，是中国新诗史上为时代歌与呼的一位伟大诗人。

一、行吟诗人：为生命而写作

对于艾青来说，写作就是生活的全部意义。他在《诗论》中说：我生活着，

---

① 艾青：《艾青诗选》，人民文学出版社，1979。本章所选诗作均参照此版本。

故我歌唱。① 他的一生与民众同呼吸，与国家共命运，体味着民众的苦难、民族的抗争和光明的向往，吟诵着自己心中最真挚而炽热的情感。他的诗歌创作深深地根植在中国的土地上，始终与其人生足迹相伴，可谓是新诗史上的行吟诗人。

艾青，浙江省金华人，原名蒋正涵，字养源，号海澄，曾用笔名莪加、克阿、纳雍、林壁。1933年创作《大堰河——我的保姆》时第一次使用笔名"艾青"。

艾青出生于1910年3月27日，在辛亥革命前一年。他的父亲是一个地主，艾青出生时难产，被算命先生测为"克星"，因而父亲把他寄养在本村一位贫苦农妇大堰河（大叶荷的谐音）的家里。5岁时，艾青才回到自己的家里，"做了生我的父母家里的新客了。"童年的经历使诗人对以大堰河为代表的农民心生挚爱，但也因亲生父母的疏离而心怀忧郁。

艾青少年时期酷爱绘画。1928年，中学毕业的艾青考入了杭州的西湖艺术学院绘画系。念了不满一个学期，在院长的鼓励下，艾青于1929年春天和几个同学一起赴法国巴黎求学。不久，家里经济支援中断，艾青只能边做工边学习，他喜爱后期印象派的画家和作品，阅读了大量哲学书籍和批判现实主义的作品，同时阅读了较多的诗歌，度过了"精神上自由、物质上贫困的三年"。在这里，诗人的爱国主义思想更加强烈，参加了反帝大同盟的一次集会，其第一首诗《会合》就是这次集会的记录。② 这首诗预示了诗人后来创作的主要基调：为时代、为民族、为受压迫的人们而歌唱。

1932年春，艾青归国。5月，诗人来到上海加入了中国左翼美术家联盟，和几个美术青年办了一个"春地画会"，7月12日晚被法租界巡捕房的密探逮捕。被关进监狱后，困苦的生活使他与绘画绝了缘，开始转向诗歌创作。在狱中，艾青创作了《芦笛》《大堰河——我的保姆》《透明的夜》《巴黎》《马赛》《叫喊》《九百个》等26首诗歌。诗人1935年10月被释出狱，继续进行诗歌创作，创作了《太阳》《黎明》《春》等作品。1936年，诗人编选了1932年到1936年的9首诗，自费出版了第一本诗集《大堰河》。诗集出版后引起广泛关注，尤其得到胡风和茅盾的大加赞扬，奠定了艾青在新诗坛的重要地位。

---

① 娄东仁、夏晓非编：《艾青散文》，中国广播电视出版社，1994。
② 艾青：《我的创作生涯》，载《艾青诗选》，人民文学出版社，1979。

1937年7月,抗日战争爆发。抗日战争期间,艾青的内心徘徊在两种情绪状态:一方面是面对抗战形势的变化,自觉地为民族、为时代而歌唱;另一方面是自己的内心陷入寂寞、孤独和茫然的状态。1937年12月,诗人在武汉写出了忧思时局、悲愤满怀的传世之作《雪落在中国的土地上》。1938年,诗人在从武汉到山西临汾的途中创作了《手推车》《乞丐》《补衣妇》等短诗和长诗《北方》。随后又辗转于武汉、桂林、重庆等地,写了长诗《向太阳》《吹号者》《他死在第二次》等和一些短诗。1940年,诗人在湖南新宁衡山乡村师范任教,创作的一些短诗回归到个人的内心世界,同时创作了歌颂光明的优秀长诗《火把》。1941年3月,诗人来到延安,随后参加了延安文艺座谈会,主编《诗刊》,他的创作思想和风格发生变化,尝试用老百姓喜闻乐见的形式创作了长诗《雪里钻》《吴满有》,褒贬不一,但是此期的《少年行》《献给乡村的诗》《野火》等仍是备受赞誉的成功之作。在抗战的滚滚硝烟中,艾青诗情勃发,步入诗歌创作的高峰时期,先后有《向太阳》(1940)、《北方》(1942)、《火把》(1941)等9部诗集出版。这些诗作具有强烈的时代色彩,忧郁的诗绪、悲壮的情感、以及激昂向上的战斗精神,使其成为当时诗坛上最为耀眼的诗人。

　　20世纪50年代,艾青因承担行政事务,创作相对减少。1950年秋出访苏联写了组诗《宝石的红星》,自认为多是"浮泛的颂词"。随后出访巴西、智利等国家,写了大量的"国际题材"的作品。这期间创作的《礁石》《珠贝》等作品,在现实中寄寓象征的意味,显示出艾青艺术探索上的多元性。1957年后,艾青因"右派"问题,先后在黑龙江的北大荒国营农场和新疆生产建设兵团接受改造。1973年,艾青被批准到北京治眼疾。1975年,艾青再次到北京治眼疾。1978年4月30日,上海的《文汇报》发表诗人创作的短诗《红旗》,随后又发表了《鱼化石》,标志着诗人重返文坛。1978年,艾青创作了长诗《在浪尖上》和《光的赞歌》。1979年11月,艾青在政治得到平反,恢复名誉,因工作关系先后访问了德意志联邦共和国、奥地利、意大利、法国、美国、日本、新加坡等国,诗歌创作再掀高潮。重返文坛后,艾青共创作长短诗200多首,其中影响较大的有《光的赞歌》《鱼化石》《古罗马的大斗技场》等,出版的诗集有《归来的歌》(1980)、《彩色的诗》(1980)、《雪莲》(1983)和论著《艾青谈诗》(1982)等。1985年3月12日,艾青被授予法国文学艺术最高勋章,显示了其诗歌创作在世界文坛的极高声誉。

1996年5月5日凌晨4时15分,艾青因病逝世,终年86岁。

　　艾青是一个视写作为生命的人,诗歌创作伴随了他的一生。他的创作历程大体上可以分为四个阶段:一是1932年至1937年的创作准备期,艾青步入文坛并备受关注;二是1937年至1945年的创作成熟期,艾青创作了大量艺术娴熟、情感深沉的佳作,达到了诗歌创作的高峰;三是1945年至1978年的创作沉寂期,虽偶有佳作但整体上成就不高;四是1978年至1984年的创作复出期,诗歌创作数量较多且不乏佳作。诗歌创作成为艾青生命中最闪光的组成部分。

　　艾青的诗歌创作深深根植于中国的社会现实,与人民血脉相连,与民族休戚与共,始终坚守着为国家、为民族、为人民的现实主义创作道路。正如诗人所言:"个人的痛苦与欢乐,必须融合在时代的痛苦与欢乐里;时代的痛苦与欢乐也必须柔和在个人的痛苦与欢乐中。"[1]他的成名作《大堰河——我的保姆》,发表后不久即被译为日文。他的诗歌创作成为七月派青年诗人的旗帜,并引领中国新诗走向世界。他的诗作被翻译介绍到英、法、德、西班牙、日、俄等十多个国家,在世界范围内广泛流传。智利诗人、诺贝尔文学奖获得者巴勃罗·聂鲁达称其为"中国诗坛泰斗"。

二、吹芦笛的诗人:真挚深沉的情感世界

　　艾青在诗坛崭露头角之时,胡风称其为"吹芦笛的诗人"[2]。在诗作《芦笛》中,诗人宣称这"芦笛"是从"彩色的欧罗巴"带回的,其诗歌创作一开始就汇入了世界近现代诗歌的潮流。诗人宣告,要"自矜的吹",不在意他人的"嘲笑"和蔑视,坚持"我的姿态",唱出"我的歌",表现出极强的独立意识和自觉意识。从一开始,艾青的诗作就将时代情感、社会需求与个人内心形成共鸣,用心拥抱生活,用爱点亮梦想,塑造出真挚深沉的情感世界。

　　(一)深沉的家国之爱。

　　家国情怀是中华民族的文化传统,已经成为我国仁人志士心灵深处的文化基因。《礼记·大学》中即提出"修身、齐家、治国、平天下"的人生信条;春

---

[1] 艾青:《诗论》,载娄东仁、夏晓非编《艾青散文》,中国广播电视出版社,1994。
[2] 胡风:《吹芦笛的诗人》,载《胡风评论集》,人民文学出版社,1984。

秋时期的伟大诗人屈原更是为国家而坚守"路漫漫其修远兮,吾将上下而求索"的信仰;范仲淹《岳阳楼记》中的"先天下之忧而忧,后天下之乐而乐"更是被人们奉为经典;自古至今,家国情怀始终在传承,在延续。艾青自少年时期即萌发了爱国意识,自觉地把诗歌创作与国家、民族、时代紧密融合,把家国之爱倾诉在一行行的诗句之中,成为诗作之中最深沉的情感主题。

艾青的家国情怀首先表现在对淳朴、善良、坚忍的中国农民的热爱和赞美上,这在其踏入诗坛之初即有所呈现。早期诗作《大堰河——我的保姆》中,诗人生动形象地讲述了大堰河的人生经历,尽情抒发了对大堰河这样的淳朴善良、勤劳坚忍的中国农民的挚爱深情。这首诗虽为叙事诗,但所呈现的情感汪洋恣肆、真切感人,令人深受感染。这里节选诗中的两节予以分析。

《大堰河——我的保姆》(节选)

…………
大堰河,为了生活,
在她流尽了她的乳液之后,
她就开始用抱过我的两臂劳动了;
她含着笑,洗着我们的衣服,
她含着笑,提着菜篮到村边的结冰的池塘去,
她含着笑,切着冰屑悉索的萝卜,
她含着笑,用手掏着猪吃的麦糟,
她含着笑,扇着炖肉的炉子的火,
她含着笑,背了团箕到广场上去,
晒好那些大豆和小麦,
大堰河,为了生活,
在她流尽了她的乳液之后,
她就用抱过我的两臂,劳动了。

大堰河,深爱着她的乳儿;
在年节里,为了他,忙着切那冬米的糖,

>   为了他，常悄悄地走到村边的她的家里去，
>   为了他，走到她的身边叫一声"妈"，
>   大堰河，把他画的大红大绿的关云长
>   贴在灶边的墙上，
>   大堰河，会对她的邻居夸口赞美她的乳儿；
>   大堰河曾做了一个不能对人说的梦：
>   在梦里，她吃着她的乳儿的婚酒，
>   坐在辉煌的结彩的堂上，
>   而她的娇美的媳妇亲切的叫她"婆婆"
>   …………

这是一首带有自传色彩的叙事诗。1933年1月，身处狱中的艾青，目睹窗外飘起的大雪，想起了自己的人生经历，想起了曾经给自己诸多关爱而今长眠于地下的保姆，于是写下了这首著名的诗作《大堰河——我的保姆》。

情感，是《大堰河——我的保姆》最为动人的特质。诗作以"我"的人生经历为线索，生动塑造了大堰河淳朴、勤劳、善良的形象，倾诉了对大堰河的感激和思念之情，起伏跌宕，催人泪下。这种感情是真实的，朴实的，平实的叙述背后抒发的是血一样真挚浓郁的情感。诗作描绘了诸多翔实而生动的细节，充盈着浓郁的生活气息，又蕴含着强烈的情感因素，极具感染力。比如诗中写到大堰河对"我"的关爱，就选用了诸多生活细节的罗列：写大堰河"搭好了灶火之后""拍去了围裙上的炭灰之后""尝到饭已煮熟了之后""把乌黑的酱碗放到乌黑的桌子上之后"等等一系列的生活细节，一方面生动描绘出"大堰河"朴实、勤劳的形象，另一方面又生动呈现了"大堰河"对"我"的无私的爱。而如此细致入微的描绘，恰又表明了诗人对"大堰河"的刻骨铭心的挚爱和思念。

节选的这两节主要写了在"我"离开以后，大堰河"含着笑"继续开始辛勤的劳作，进一步展示了大堰河的贫困生活以及她的勤劳、淳朴和善良的形象特征。她的生活是贫苦的，但她并不抱怨，也不退缩，始终"含着笑"忙碌着，照顾着一家人的生活。虽然"我"只是寄养在她家的别人家的儿子，但她无怨无悔，依然"深爱着她的乳儿"，甚至做着"乳儿"结婚的美梦！这是多么淳朴、善良的情感。诗人抓住生活的微小细节，采用了质朴的语言和形式，写出了朴实的

人物、生动的情节,抒发了真挚深厚的感情。

《大堰河——我的保姆》是一首献给大堰河、也是献给中国农民的伟大诗篇。诗作讲述大堰河平凡而坎坷、贫困且不幸的一生,其背后正是对千千万万的普通中国妇女的命运的呈现;诗人抒发对大堰河的感恩之情,其实质上是抒发了对所有勤劳善良的伟大母亲的感恩之情。正如诗中所言,这首诗是呈给大堰河的"赞美诗",同时也是"呈给大地上一切的,我的大堰河般的保姆和她们的儿子,呈给爱我如爱她自己的儿子般的大堰河"。很明显,诗人不仅是在赞美大堰河,更是在赞美千千万万的中国母亲。而对于读者来说,母亲的意象很容易和祖国联系起来。我们时常把祖国比做母亲,因为伟大的祖国拥有如同慈母一样宽阔的土地,如同慈母一样真挚地关爱我们。诗作由赞美"大堰河"到赞美伟大母亲,再到赞美伟大祖国,家国情怀尽在其中,深沉真挚,绵延不绝。

艾青诗作中的家国情怀还表现在诗人对土地的描写和倾诉上。作为一个有着浓郁乡土传统的国家,"土地"往往成为国家的象征,具有极为丰富的内涵。艾青诗歌中具有浓郁的土地情结,意象在他的诗中被反复描写,成为其诗作的中心意象。这一意象在《雪落在中国的土地上》《手推车》《北方的乡村》《我爱这土地》等诗作中都有极为鲜明的体现。通过"土地"的意象,诗作传递出对祖国、对人民最伟大、最深沉的爱,这种爱刻骨铭心、至死不渝,充满了强烈的感染力。这里以诗作《我爱这土地》为例加以分析。

我爱这土地

假如我是一只鸟,
我也应该用嘶哑的喉咙歌唱:
这被暴风雨所打击着的土地,
这永远汹涌着我们的悲愤的河流,
这无止息地吹刮着的激怒的风,
和那来自林间的无比温柔的黎明……
——然后我死了,
连羽毛也腐烂在土地里面。

> 为什么我的眼里常含泪水？
> 因为我对这土地爱得深沉……

  1938年10月，日本侵占武汉，中国大地惨遭践踏，民不聊生。艾青受形势所迫，离开武汉，暂居于桂林。奔波一路，目睹国家动荡，民众流离失所，诗人满怀悲愤，怀着对祖国的挚爱和对侵略者的仇恨，写下了这首《我爱这土地》。

  《我爱这土地》虽然短小，却是一首臻于完美的抒情佳作。诗人以"土地"为意象，原本是一个难以驾驭的意象，却因巧妙构思而取得了极佳的艺术效果。诗作以假设开篇，从虚处落笔，通过想象把自己虚拟为"一只鸟"，借鸟儿的歌唱来抒发情感，抒情脉络自然流畅，浑然一体。"用嘶哑的喉咙歌唱"，是一句令人动情、石破天惊的诗句。本来，鸟的歌声是优美清脆的，作者却选取了"嘶哑的"一词来修饰"喉咙"，这一方面应和了诗歌创作时期的悲壮氛围，另一方面从中传递出诗人作者对土地执着、坚贞的爱，大大提升和强化了诗歌的情感表现力。对于歌唱的内容，诗作围绕"土地"的意象展开，分别是土地、河流、风、黎明，动静结合，远近俱有，境界阔大，气势恢宏。对于这些意象，诗作都以繁复的、感情色彩浓郁的词语来修饰，如"被暴风雨所打击着的""无止息地吹刮着的激怒的"等，形成了一幅幅极具象征意味的画面，如同电影艺术中的蒙太奇手法，一个个特写镜头依次呈现，笔法奇妙，表现力强。即使如此，诗人的情感抒发并未止步。第一节的结尾，这只深情歌唱的鸟儿，即使死亡到来也不会停止对土地的爱，连羽毛也要"腐烂在土地里面"。借助"鸟"的意象，诗人强烈地倾诉自己对这片土地的挚爱之情：诗人出生在这片土地，歌唱这片土地，最终也将埋葬于这片土地，这是一种生死相依的至真挚爱，忠贞不渝的至纯情感！在第一节中，诗人描绘了这片土地所承受的苦难和悲愤，也传递出对"黎明"的向往；面对这样一片历经苦难的土地，诗人依然不知疲倦、竭尽全力地歌唱，真挚深沉的感情令人动容。

  诗作第二节宕开一笔，回到诗人自身，另辟诗境。与第一节从"鸟"的视角展开联想不同，第二节转换成现实的视角。诗作从诗人自身的视角来写，以设问的句式直抒胸臆，点明主题。第一节含蓄深沉，句式繁复；第二节直露浅白，简洁明了。截然相反的句式和语言风格，截然相反的抒情方式，对比鲜明却又相反相成，构筑了全诗独特的完整的艺术空间。

《我爱这土地》以绝妙的构思传递出诗人最伟大、最深沉的爱国主义感情。这一主题是艾青诗歌创作的情感触发点和最终指向,也是其家国情怀的精彩呈现。

(二)炽烈的理想追求。

在艾青的情感世界中,除了沉郁悲壮的家国情怀,还有对理想的执着追求。他认为:"诗是人类向未来寄发的信息,诗给人类以朝向理想的勇气。""凡是能够促使人类向上发展的,都是美的,都是善的,也都是诗的。"①正是这种美学思想,推动诗人在诗作中热情歌颂太阳、光明、春天、黎明、生命与火焰,如诗作《太阳》《火把》《向太阳》《光的赞歌》等,追求理想与光明是这些诗作的重要主题。长诗《向太阳》是艾青诗作中的光明颂歌,诗人借助对太阳的赞美和歌颂,传递出对美好未来的无限向往。

向太阳(节选)

············

八　今天

今天
奔走在太阳的路上
我不再垂着头
　　把手插在裤袋里了
嘴也不再吹那寂寞的口哨
不看天边的流云
不彷徨在人行道

今天
在太阳照着的人群当中
我决不专心寻觅
那些像我自己一样惨愁的脸孔了

---

① 艾青:《诗论》,载娄东仁、夏晓非编《艾青散文》,中国广播电视出版社,1994。

今天
太阳吻着我昨夜流过泪的脸颊
吻着我被人世间的丑恶厌倦了的眼睛
吻着我为正义喊哑了声音的嘴唇
吻着我这未老先衰的
啊！快要佝偻了的背脊

今天
我听见
太阳对我说
　"向我来
　从今天
　你应该快乐些呵……"

于是
被这新生的日子所蛊惑
我欢喜清晨郊外的军号的悠远的声音
我欢喜拥挤在忙乱的人丛里
我欢喜从街头敲打过去的锣鼓的声音
我欢喜马戏班的演技
当我看见了那些原始的，粗暴的，健康的运动
我会深深地爱着它们
——像我深深地爱着太阳一样

今天
我感谢太阳
太阳召回了我的童年了

…………

长诗《向太阳》创作于抗日战争初期,情感激越而丰厚,格调高昂而明朗,显示出作者对时代主题和诗歌艺术不断探求的精神。它是我国抗日战争时期优秀诗歌作品的代表,而且标志着艾青的诗歌创作道路迈向了新的高度。

《向太阳》是艾青三十年代诗歌创作最长的一首,分为九章,既相互独立又前后呼应,显示出诗人诗歌创作技巧达到了新的高度。第一至三章,写太阳出来之前的"我"。"我"生活在"精神的牢房里",灵魂永远唱着"一曲人类命运的悲歌","流着温热的眼泪,哭泣我们的世纪。"诗人长期郁结于心的种种感情,如一粒粒火种爆燃起来,生动传递出历史的沉重和命运的酸痛。第四至五章,写太阳升起时的景象。日出之后,世界变了模样,"我所呼吸的城市"也变了模样,诗人心中的太阳,"是美的,且是永生的。"日出意味着一个新的时代的诞生,人类的历史和空间出现了瑰丽壮观的景象,诗人的内心因太阳而激荡,诗作的境界因太阳而宏阔。第六至七章,描绘了太阳照耀之下世界发生的巨大变化,诗人着重描写了伤兵、少女、工人及士兵的形象,塑造了他们乐观向上、昂扬奋进的崭新精神面貌,这些沐浴着太阳光辉的人物,和他们积极的斗争精神,使得艾青的诗作也呈现出前所未有的理想主义色彩。第八至九章,抒写诗人自己内心的感受,诗人向往昔那些痛苦而寂寞的生活做最后的告别,义无反顾、满心欢喜地奔向太阳,即使在"光明的际会中死去"也毫无遗憾,对太阳的赞颂之情溢于笔端。这首诗以"我"的情感脉络为主线,通过对太阳的热烈赞颂和执着追求,体现了诗人呼唤民族新生的理想主义精神,崇高而激越的情感,具有极强的感染力。

节选部分是《向太阳》的第八章。在本章中,诗人"奔走在太阳的路上",将自己往昔与当下的灵魂状态鲜明对比,烘托出对太阳的赞颂。在太阳照耀下,诗人不再无聊、不再寂寞、不再彷徨,决心向过去的生活作最后的告别,"决不专心寻觅,那些像我自己一样惨愁的脸孔了。"诗人"被这新生的日子所蛊惑",变得满心欢喜,那些细微嘈杂的生活细节,都让诗人"深深地爱着它们"。诗人用简单、朴素、亲切的语言,抒写出心中最真挚最炽烈的情感。

《向太阳》之所以强烈而持久地令人感动,源自于其宏阔的艺术境界和丰厚的情感世界。诗人在面对民族命运而身陷忧郁、悲伤的同时,从伤痛中站起来,谱写出一曲太阳的赞歌,闪烁着耀眼的理想的光芒。充满着乐观主义的情感格调,纯粹质朴的抒情语句,为中国新诗带来了极为难得的诗坛佳作。它虽有悲愤,却积极向上;虽有赞美,却毫不浅薄;给人以史诗的厚重感,同时又是一曲激荡人心、荡气回肠的理想之歌。

《黎明的通知》和《向太阳》经常被一同提起,被认为是抗战时期的"光明颂",可以称之为艾青表达理想追求的典范作品。诗作所赞颂的"黎明",象征着革命的胜利,象征着民族的新生,象征着一个崭新天地的来临。在诗中,诗人尽情挥洒内心的欢悦,充满热情,轻松欢快,但又不乏深沉的反思和坚强的抗争,蕴含着厚重的历史感和敏锐的感知力。

黎明的通知

为了我的祈愿
诗人啊,你起来吧

而且请你告诉他们
说他们所等待的已经要来

说我已踏着露水而来
已借着最后一颗星的照引而来

我从东方来
从汹涌着波涛的海上来

我将带光明给世界
又将带温暖给人类

借你正直人的嘴
请带去我的消息

通知眼睛被渴望所灼痛的人类

和远方的沉浸在苦难里的城市和村庄

请他们来欢迎我——
白日的先驱,光明的使者

打开所有的窗子来欢迎
打开所有的门来欢迎

请鸣响汽笛来欢迎
请吹起号角来欢迎

请清道夫来打扫街衢
请搬运车来搬去垃圾

让劳动者以宽阔的步伐走在街上吧
让车辆以辉煌的行列从广场流过吧

请村庄也从潮湿的雾里醒来
为了欢迎我打开它们的篱笆

请村妇打开她们的鸡坿
请农夫从畜棚牵出耕牛

借你的热情的嘴通知他们
说我从山的那边来,从森林的那边来

请他们打扫干净那些晒场
和那些永远污秽的天井

请打开那糊有花纸的窗子

请打开那贴着春联的门

请叫醒殷勤的女人
和那打着鼾声的男子

请年轻的情人也起来
和那些贪睡的少女

请叫醒困倦的母亲
和她身边的婴孩

请叫醒每个人
连那些病者与产妇

连那些衰老的人们
呻吟在床上的人们

连那些因正义而战争的负伤者
和那些因家乡沦亡而流离的难民

请叫醒一切的不幸者
我会一并给他们以慰安

请叫醒一切爱生活的人
工人,技师以及画家

请歌唱者唱着歌来欢迎
用草与露水所掺合的声音

请舞蹈者跳着舞来欢迎

披上她们白雾的晨衣

请叫那些健康而美丽的醒来
说我马上要来叩打她们的窗门

请你忠实于时间的诗人
带给人类以慰安的消息

请他们准备欢迎,请所有的人准备欢迎
当雄鸡最后一次鸣叫的时候我就到来

请他们用虔诚的眼睛凝视天边
我将给所有期待我的以最慈惠的光辉

趁这夜已快完了,请告诉他们
说他们所等待的就要来了

《黎明的通知》创作于1942年初,是艾青从重庆奔赴延安的第二年。这一年,虽然抗日战争正处于最艰苦的阶段,但来到一个新的天地,感触到延安昂扬向上的氛围,诗人的心豁然敞亮了。他以诗人的敏感,看到了即将到来的曙光,感悟到黎明即将来临。因此,诗人写下了这首著名的诗作,呼唤全国人民准备迎接革命的伟大胜利。

诗作主题极为鲜明,以"我"比拟黎明,采用拟人化的手法请诗人转述黎明到来的消息,他要告诉人们:"所等待的已经要来。""我将带光明给世界,又将带温暖给人类。"所有的人都应该欢迎黎明的到来,因为他是"白日的先驱,光明的使者"。接下来,诗作描述了黎明到来的欢快场景,要打开窗子和门,鸣响汽笛,吹起号角,打扫街衢,搬去垃圾,生动表达出黎明到来时无限的欢欣和愉悦。随后,黎明要诗人叫醒"一切的不幸者"和"一切爱生活的人",他们无论是幸运的人,还是不幸的人,黎明都将为其带来"慰安的消息"。在诗作结尾,黎明宣称"将给所有期待我的以最慈惠的光辉",并坚定地宣告:"趁这夜已快完了,请告诉他们,说他们所等待的就要来了。"全诗洋溢着对黎明的真诚赞美,想象着黎明到来的美好景象,表达出诗人对于革命胜利的期盼与欢呼。

《黎明的通知》的构思甚为精妙。一是抒情角度新颖别致。诗人敏感觉察到黎明即将到来,但是不从常规的思维逻辑入手,直接抒写祈盼或迎接黎明到来的喜悦,而是从"黎明"的视角着手,抓住黎明到来前激动人心的时刻,以"黎明"的口吻展开,展示黎明带给人们和社会的巨大变化。独特的抒情角度,巧妙的艺术构思,增强了诗作的陌生感。二是抒情画面清新生动。在诗中,诗人用简洁的语句生动展现了许多生活细节,如"请清道夫来打扫街衢,请搬运车来搬去垃圾,请村妇打开她们的鸡埘,请农夫从畜棚牵出耕牛",简短的话语呈现出一个个生活画面,亲切感人,真实生动,充分显示出诗人与生活的紧密相连,传达出诗人心中的那种抑制不住的欢悦之情。

《黎明的通知》是一首具有崇高意味的诗作。艾青是怀着从期盼革命胜利、实现民族新生的热情来写这首诗的。他认为:"没有完成的革命事业需要着诗,新中国的创造需要着诗——需要高度的表现了的现实的,表现了战斗的英勇与坚强的,深刻的,感人的诗。"①诗人始终遵循着这一创作理念,将诗歌与革命事业、与民族命运血肉相连,并最终成为其标志性的艺术品质。

(三) 睿智的哲理沉思

新中国成立后,历经风雨洗礼的艾青在诗歌创作上更加成熟老练,境界愈加凝重深远,显示出诗人宏阔的创作视野和深刻的思想内涵。尤其在1954年的南美之行期间和80年代初的复出文坛,艾青的创作视野延展到国际题材领域,注重对历史和人类的思考,呈现出鲜明的哲思品格。

哲理诗在艾青的诗歌创作中占据着一定的比重,并且深受众多读者的喜欢,如《礁石》《鱼化石》《盼望》《虎斑贝》等。这一类诗歌从日常生活中发现生活哲理,从写实走向象征,形成了更为广阔、更为深刻的意蕴空间。这里以诗作《虎斑贝》为例加以分析。

---

① 艾青:《祝——写给〈诗刊〉》,载娄东仁、夏晓非编《艾青散文》,中国广播电视出版社,1994。

虎斑贝

美丽的虎斑
闪灼在你身上
是什么把你磨得这样光
是什么把你擦得这样亮

比最好的瓷器细腻
比洁白的宝石坚硬
像鹅蛋似的椭圆滑润
找不到针尖大的伤痕

在绝望的海底多少年
在万顷波涛中打滚
一身是玉石的盔甲——
保护着最易受伤的生命

要不是偶然的海浪把我卷带到沙滩上
我从来没有想到能看见这么美好的阳光

虎斑贝生养在海水里,因身上的虎斑纹而得名,其独有的风貌和绚烂的色彩成为人们喜爱的工艺品。诗人由珍藏的虎斑贝有感而发,写下了这首沉思生命的诗作《虎斑贝》。

作为一首咏物诗,《虎斑贝》首先从虎斑贝的美丽写起,第一、二节主要描写虎斑贝的外貌及质地,"美丽的虎斑,闪灼在你身上。"写出了虎斑贝的闪光发亮,美丽无比,它是稀有的、宝贵的,它"比最好的瓷器细腻,比洁白的宝石坚硬,像鹅蛋似的椭圆滑润,找不到针尖大的伤痕"。接连几个比喻,生动形象,简洁传神,为下文的命运反思形成鲜明对比。诗作第三节由写实进入象征,转入对命运的沉思。对于虎斑贝而言,幽深的海底是它"绝望的"生存处所,"万顷波涛"中它只能随波逐流,"玉石的盔甲"之下却是"最易受伤的生命"。这就是虎斑贝的命运,身陷险境,环境恶劣,虽品质高洁却只能小心翼翼地守护着自己的生命。诗作第四节进入到哲理沉思的概括。"偶然的海浪"把虎斑贝带到沙滩上,于是它看见了"这么美好的阳光"。虎斑贝命运的巨大转折是源自"偶然",但它终于走出"绝望的海底"可以看见"美好的阳光",进入了充满光明的人生境界。这里既有难以抑制的惊喜,又有对命运无常的喟叹,想来也是五味杂陈,感慨颇多。回望整首诗作,诗人借助独特的"虎斑贝"的意象塑造了一个令人回味无穷的哲思境界:表面写虎斑贝的人生命运,实际上隐喻着诗人自身的心路历程,诗人对人生经历的感慨和历经风雨之后重获自由、重返文坛的喜悦尽在其中。独特的意象,绝妙的隐喻,显示出诗人哲理表达的深刻性。

《虎斑贝》的最后一节尤为发人深思,增加了诗作主题的复杂性。人们常以为"要不是偶然的海浪把我卷带到沙滩上/我从来没有想到能看见这么美好的阳光"两行诗表达了诗人重获自由的欢悦之情,其实细思并非这么简单。在海水里的虎斑贝是有生命的,当海浪把它带到沙滩上,当它看到"美好的阳光"的时候,它的生命却面临着逝去的危险。这不由得令人联想到鲁迅散文《死火》①中"死火"的意象,是甘于无生命的存在,还是选择有生命的消亡,这是死火抉择的一个悖论,也是其命运面临的悲剧处境。由此看来,《虎斑贝》的哲理世界不仅有诗人对于自身人生命运的感慨,而且还具有更为广泛的生命哲学的意蕴了。

新中国成立后,艾青在国际题材领域的诗歌创作更加关注历史的变迁和人类的命运,呈现出鲜明的反思意识,愈加令人赞叹。在诗作《维也纳》中,诗人把维也纳比作"患了风湿病的少妇""坏了的钢琴",对维也纳二战后的困境寄予了深切的同情。诗作《一个黑人姑娘在歌唱》中,诗人对种族歧视予以反抗与谴责,表达了对不公世界的揭露和控诉。诗作《在智利的海岬上——给巴勃罗·聂鲁达》是对中国和智利两国人民美好友谊的赞歌。诗作《古罗马的大斗技场》则是作者对人类历史上那段残忍时期的反思,用以警醒当下的统治者。这里以诗作《维也纳的鸽子》为例予以论述。

---

① 鲁迅:《死火》,载《鲁迅全集》(第二卷),人民文学出版社,2005。

维也纳的鸽子

早晨,所有的鸽子
都高兴地鼓动着翅膀

维也纳是鸽子的城
在高高的钟楼上
在古老建筑物的窗檐上
在灰色城堡的岗楼上
在十七世纪的教堂——
　皇家的陵墓上
到处都有鸽子鼓动着翅膀……

维也纳的鸽子
从来不怕人
在公园的菩提树下面
在林间小道上

在喷水池边
在旅游者走过的地方
维也纳的鸽子
自由自在地迈着步子
毫不惊慌
维也纳的鸽子
显得多么镇定
显得漠不关心
好像没有听见过枪声
也没有看见过火灾
永远那么安详

维也纳的鸽是健忘的
　　它们也曾被打散
　　逃亡到别的地方
　　然后又回来
　　在劫后的废墟上寻找食粮
　　看着维也纳的鸽子
　　　踌躇满志的模样
　　的确给人以梦
　　给人以幻想

　　维也纳的鸽正飞到
　　　施特劳斯雕像的提琴上
　　平静地合上了翅膀

　　维也纳的鸽子
　　是我们这时代的天平上的
　　　一颗小小的砝码
　　维系着千百万人对于和平的愿望

　　奥地利的首都维也纳，一座美丽的城市，为世人所瞩目。这首诗是诗人重访维也纳所作，与1954年所作的《维也纳》相比，境界更悠远，反思更含蓄，显示出诗人在思想内涵和艺术境界上都更进一层。

　　在《维也纳的鸽子》一诗中，"鸽子"是和平的象征，诗作通过描摹鸽子的意象表达了对人类历史的深沉反思，营造了发人深省的哲思境界。第一至二节是实写，描绘了维也纳城里鸽子飞舞的景象。所有的鸽子在"高兴地鼓动着翅膀"，这座美丽的城市"是鸽子的城"，在钟楼、窗檐、岗楼、教堂上"到处都有鸽子鼓动着翅膀"，塑造了一片和平祥和的城市风景。第三至五节则是由实写转向虚写，对"鸽子"进行拟人化的描写，逐渐转入历史沉思的境界。诗作突出了维也纳鸽子三个方面的特点：一是"从来不怕人"；二是"永远那么安详"，它

"自由自在地迈着步子",非常的"镇定"和"漠不关心",好像从来没有听见"枪声",没有见过"火灾";三是"健忘的",它们曾被"打散""逃亡",但是却依然一幅"踌躇满志"的样子。这三个特点引领读者进入沉思的境界。鸽子表面的亲和、安详其实是源于"健忘":它们曾经被"打散",也应该听见过"枪声",看见过"火灾",但是它却"永远那么安详",那么"踌躇满志",沉浸在"梦"和"幻想"之中。这是一种对历史的遗忘,也是自欺欺人的洋洋自得。诗人意在提醒人们,不能满足于暂时的平静和安宁,要牢记历史,要牢记曾经的灾难,决不能让历史的悲剧重演。第六至七节极为含蓄地点明诗作的主题。当鸽子飞到钢琴上"平静地合上了翅膀",冷静的笔触嘲讽了鸽子的故作优雅。当鸽子"维系着千百万人对于和平的愿望",表达了诗人对"和平"的祈盼,呈现出对过往历史的沉思。全诗由日常生活中的鸽子写起,却更为深刻地表达了勿忘历史、祈望和平的主题,可谓是见微知著,发人深省。

《维也纳的鸽子》是艾青诗作中较为特殊的作品。一是与社会现实的疏离姿态。诗人重访维也纳,并没有关注更为重大的社会题材,反而被城市中的鸽子激发了创作灵感。诗作的主题也并不关注当时的热点问题,而是在俯视人类的历史和未来,选择了"和平"这一永恒的主题。二是冷静含蓄的哲理反思。诗作并未直接提出所要表达的观点,而是用了很含蓄的语句引发读者沉思。如在诗作的最后一节,把维也纳的鸽子称为"时代的天平上的,一颗小小的砝码",这颗"小小的砝码",却"维系着千百万人对于和平的愿望"。"时代的天平"和"小小的砝码"形成鲜明对比,再与"千百万人"相联系,更可见和平的脆弱和宝贵。诗中的历史沉思是冷静含蓄的,很微妙地表达出作者对于历史、对于和平的谨慎乐观的心态。三是略带嘲谑的语言风格。诗作中的嘲谑风格在艾青诗作中是难得一见的,"高兴地鼓动着翅膀""踌躇满志的模样"等词语都显示出明显的嘲谑意味。尤其是诗中写到"维也纳的鸽正飞到,施特劳斯雕像的提琴上,平静地合上了翅膀",画面感极强,与前面所塑造的"健忘的"鸽子形成反讽,更加突显了诗作的主题,深化了诗作的哲思意味。

三、开一代诗风的诗人:独特的艺术风格

在新诗发展史上,艾青的地位是至关重要的,他超越多种流派而达到自由

体诗的高峰,被称为"开一代诗风的诗人"①。诗歌走出古典到达现代,经历了诸多的波折和探索,最终在艾青这里得到完成。正如研究者所指出,在新诗的发展史上,胡适是光辉的起点,郭沫若传达了五四时代的浪漫激情,而中国白话新诗文体的完成则是艾青。② 这里从艾青诗作的情感品格、意象谱系、语言风格予以分析。

(一)诗绪的"忧郁美"。

在艾青的诗歌创作中,"忧郁"是弥漫其中的情感基调,也是解读其诗歌作品的关键点。尤其在一系列书写家国情怀、表现人民苦难的作品中,传递出浓郁的哀伤、忧郁的情感,呈现出诗绪的"忧郁美"。抗日战争时期,诗人辗转于北方,亲眼见识了北方农民所承受的现实苦难,目睹了中华民族所遭遇的践踏凌辱,致使其诗作展示出忧郁的情感品格。比如诗作《雪落在中国的土地上》中,"雪落在中国的土地上,寒冷封锁着中国呀"的诗句贯穿全诗,循环往复,使悲愤和同情成为情感主旋律。这种永远摆脱不掉的忧郁,是艾青诗歌独特的艺术特质,并成为其诗歌创作的重要标志之一。

艾青诗作的"忧郁",并非是消沉的悲苦与感伤,实际上源自于他对现实主义精神的坚持和发展。他的创作始终植根于中华大地,坚持忠于现实、描绘现实的笔调,将自己的所见所思所感和民族存亡、人民苦难紧密结合,体现出清醒的现实主义态度。正是因此,他的诗作中对"苦难"的描写,对"忧郁"的呈现,具有强烈的情绪感染力。"忧郁"的背后,传递出的是对美好未来的执着追求和英勇不屈的现实斗争精神。诗作的"忧郁美",带给读者的是一种深沉的力量,丰富了新诗的情感主题。

艾青诗作中的"忧郁"诗绪源自三个方面:一是个人的经历和性格,包括童年的寄养经历和青年时期在法国的漂泊生活;二是留学法国时期所感受到的象征派、印象派文学思潮的影响;三是来自于时代情绪和社会形势的影响。正是基于这一认识,这种"忧郁美"是时代情绪、民族传统、西方文化影响与个人气质的契合而成。这样丰富而独特的情感品格,推动新诗中的现实主义创作提高到一个新的水平。

---

① 吴晓东:《战争年代的诗艺历程》,载《中国新诗总系(1937-1949)》,人民文学出版社,2010。
② 谢冕:《中国新诗史略》,北京大学出版社,2018。

(二)意象的谱系化。

诗歌重在意象。意象是诗人抒发情感的重要手段,独特的意象是诗人创作走向成熟的重要标志。土地和太阳是艾青诗歌世界的两个中心意象。

"土地"的意象出现在艾青一系列表达家国情怀的诗作中。在艾青的诗作中,爱祖国、爱人民以及这片土地上的一切生命是情感主线。在诗作《雪落在中国的土地上》《手推车》《我爱这土地》《旷野》等诗作中,土地、旷野、乡村、乞丐、农夫等意象形成了"土地"意象的谱系化。诗作《大堰河——我的保姆》中,"大堰河"是生活在这片土地上的一个农村妇女,她是千千万万中国农民的化身。《乞丐》中对乞丐的刻画,是对战争中农民饱经苦难的画像,他们在这片土地上奔波、挣扎。这些意象凝聚着诗人对祖国和勤劳人民真挚深沉的爱,也有对祖国命运的深沉忧思。通过"土地"的意象的营造,艾青赋予了"土地"更加丰富的内涵,是对新诗的意象体系的重大贡献。

在《太阳》《黎明》《向太阳》《火把》《黎明的通知》《光的赞歌》等诗作中,除了太阳的意象外,还有光明、春天、黎明、火把等意象,共同构成了以"太阳"为中心的意象谱系。在诗作《太阳》中,苦难和光明在心里交织,表达了诗人对于光明的无限向往,洋溢着理想主义精神。在诗作《黎明的通知》中,诗人为黎明的到来而欢欣跳跃,营造了一个明朗、欢快的意象世界。诗人笔下的"太阳",蕴涵着诗人对光明、理想和美好生活的向往和追求,催人奋发,气势磅礴,这充满力度的情感表现在新诗的情感世界中是罕见的。

借助土地和太阳的意象,艾青的诗作有别于当时一些革命诗歌的直白呐喊,也不同于现代派注重内心迷茫情绪的抒发,显示出一种对大众诗歌与纯诗融合倾向,创立了属于诗人自己的独特的艺术世界。

(三)诗体的"散文美"。

艾青在诗歌创作中始终追求散文美,这是其最突出、最稳定、对独特的艺术特征。所谓诗的散文美,绝不是散文化,不是要求诗歌具有散文的文体特征,而是有着具体的含义和追求,主要体现在:一是追求朴素、洗练、亲切的风格,反对韵文的雕琢,保持诗的自然本色;二是追求诗歌的口语化,主张用生活的、形象的自由的口语写诗;三是借助色彩、感觉的呈现,创造出具有画面感且象征意味鲜明的视觉形象。

艾青创作了一系列文章提倡"散文美"。在《诗论》中,他提倡语言的明朗、纯粹。在《诗的散文美》中,他对"散文美"的特征进行了更为详尽的说明。"散文美"的主张在其诗作中得到了充分的实践,为诗作带来了生动、活泼、自然、潇洒的艺术特征。

"散文美"理论的提出和实践,在新诗发展史上意义重大。在初创时期,新诗因口语化、不押韵而出现散漫、平淡和缺乏凝练的散文化现象。随后新月派的出现,为了克服这种散文化倾向,进而提倡"新格律体",成了"戴着镣铐的舞蹈"。艾青对新诗现代化进程进行了理性思考,探寻自由体诗和格律体诗之间的平衡。其诗作对"散文美"的完美实践,呈现了稳定、成熟的美学品格,实现了新诗创作规范化,推动自由体新诗的创作日益成熟。

艾青是新诗发展史上最优秀的诗人之一。他的诗是真诚的内心自白,是人生体验的心血结晶,满含着热血和深情。他讴歌所深爱的土地和人民,祈盼祖国和民族的美好未来,充盈着诚挚而热烈的激情,与时代和现实同呼吸共命运,为我们留下了感人至深的美丽诗篇。诗人以坚定的现实主义精神,丰盈的诗歌艺术创造,为中国新诗探索了前行的道路,留下了值得铭记的伟大成绩。

第八章　麦地的心上人
——海子诗歌创作论

> 在夜色中
> 我有三次受难：流浪、爱情、生存
> 我有三种幸福：诗歌、王位、太阳
>
> ——海子《夜色》①

《夜色》创作于1988年，短短三行，高度概括了海子的一生。"流浪、爱情、生存"，这些现实的人生经历为诗人带来了痛苦，所以因此而"受难"；"诗歌、王位、太阳"，这些非现实的、理想层面的追求，是诗人的"幸福"所在。海子，是一个在诗歌王国里苦苦寻觅、执着求索的诗歌王子。

作为20世纪80年代后期的代表诗人，海子在中国当代诗歌发展历程中的地位十分重要且极为特殊。当整个诗坛都在高呼放逐抒情、逃避崇高的时候，他执着于歌唱"麦地"，歌唱爱情，做"麦地的心上人"，营造属于自己的诗歌王国。他被称为"海子神话"，成为一个诗歌时代的传奇。

一、年轻的海子

怀宁县位于安徽省西南部，是一个历史悠久、名人辈出的地方：这里是被誉为京剧之父的徽剧和全国五大剧种之一的黄梅戏的发祥地，这里是古诗《孔雀东南飞》的故事发生地，这里曾涌现出陈独秀、邓稼先等历史名人。1964年

---

① 海子：《海子的诗》，人民文学出版社，1999。本章所引用的海子的诗作均参考此诗集。

3月24日,诗人海子出生在怀宁县高河镇查湾村。村子坐落在城郊一片田野之中,海子的童年和少年在此度过。这是一个普通的农民之家,作为家里的长子,父亲为他取名查海生。虽然家境贫寒,但是海子自幼聪颖伶俐,学习成绩极好。1979年,15岁的他考入北京大学法律系,成为这个家庭乃至这个县城的骄傲。1983年,海子大学毕业后被分配至中国政法大学工作。1984年,海子创作了成名作《亚洲铜》和《阿尔的太阳》,第一次使用"海子"作为笔名。在此期间,他与外界很少往来,生活方式封闭,这种"围城"似的自闭生活使他陷入一种孤独的生命状态,性格愈加孤僻。1989年3月26日,海子在河北省山海关附近卧轨自杀,随身书包里装着四本心爱的书:《新旧约全书》、梭罗的《瓦尔登湖》、海涯达尔的《孤筏重洋》和《康拉德小说选》。就这样,年轻的诗人离开了我们,离开了他所挚爱的"麦地"。

海子生前寂寞而贫穷,独自蜗居在中国政法大学的青年教师宿舍里。虽然成了大学教师,生存的痛感却始终挥之不去。1983年秋天,海子为家中汇款60元,一度成为查湾村的头号新闻。1988年春节,海子为家里添置了一部十四英寸的黑白电视,兄弟几个不再抢那个盒式收音机了。这一年,他带母亲去北京游玩,临别硬塞给母亲300元钱,据说还是从朋友处借的。贫穷的乡村养育了海子,也在海子心中烙下深深的痕迹。一生的拮据,让他面对自己的家庭,面对自己的家乡,深感愧疚,内心焦灼。

诗人在短暂的生命里,虽一直籍籍无名,却无限狂热于诗歌创作。短短七年间,他凭着过人的才华、敏锐的直觉和奇迹般的创造力,在贫困、单调的生活环境里创作了将近200万字的诗歌、小说、戏剧、论文。从1983年的练笔诗集《小站》开始,海子先后自费打印了诗集《河流》《传说》《但是水,水》及《太阳·断头篇》《太阳·诗剧》等单行本。这些单行本最初只在校园诗歌爱好者中间流传,并未得到主流诗歌界的认可。直到1988年,《诗刊》第九期发表了海子《重建家园》《五月的麦地》《幸福的一日——致秋天的花楸树》三首诗。这是他的诗歌第一次在权威的诗歌刊物上发表。

海子去世后,作品发表数量呈井喷式跃升。在《人民文学》《十月》《花城》《北京文学》《草原》为代表的文学期刊上,除为人熟知的"麦地"外,村庄、草原、太阳等题材类型也得到了展现。与此同时,他的作品被收入各类诗歌选集,并且占据重要地位。他的个人诗集也正式出版,种类颇多。这使他的诗歌威望与日俱增。1997年,上海三联书店出版了《海子诗全编》,这是海子作品第一次系统成书。诗集封面漆黑,中间有一个墨蓝色的圆,圆的上下环绕着两条由诗句组成的弧线:为自己的日子,在自己的脸上留下伤口/因为没有别的一切为我们作证——《我,以及其他的证人》,扉页上是海子那张广为流传的照片:展开双臂,眼望天空,似一个超越而无畏的诗歌英雄。1999年,人民文学出版社出版了《海子的诗》,这是海子抒情短诗最全面的结集,编选非常精粹,基本反映了海子短诗创作的全貌。2001年4月28日,海子与诗人郭路生(即食指)共同获得第三届人民文学奖诗歌奖。

海子的诗歌世界是庞大而驳杂的,包含了抒情短诗、文化史诗、大诗、诗剧、小说和神秘故事等多种类型,那种企图容纳古今寰宇的广博形态常常令一些研究者产生近乎"盲目"的惊叹!海子是以生命写诗的诗人,其率真的诗风、丰富的思想、纯粹的抒情,推动当代诗歌创作迈向澄明高深之境。他以及他的诗歌创作闪烁着智慧的光芒,创造出新诗坛中不可思议的"神话",成为一道靓丽的风景。

二、抒情的海子

20世纪80年代中后期,新诗坛上逐渐涌起放逐抒情的"后新诗潮"。在躲避崇高、放逐抒情的新诗潮流中,海子的出现堪称一种"奇迹"。海子在诗作中表现出自我理想的极度张扬以及对于庸常生存的深刻摒弃与蔑视,洋溢着坚定的理想主义和强烈的浪漫精神。其彻底的抒情姿态,成为那个时代诗坛上最为独特的存在。

(一)田园情怀。

在这里,田园既指乡村生活环境,又指整个自然界。所谓田园情怀,是指一种未被现代都市工业文明浸染的乡村情感与自然情感。海子深深眷恋着生养自己的那片土地、那个家庭,所以他的诗作中执着抒写对乡土的赞美、眷恋和挚爱,以及对"麦地"的自责和愧疚,蕴含着浓郁的田园情怀。这使得海子的诗歌扎根乡村、扎根现实,延续着中国文学悠远的乡土田园传统。

诗歌中的田园情怀与海子的出生背景不无关系。海子在农村生活了十五年,乡村的自然景色、风俗人情、道德伦理给童年及少年时代的海子在观念、情趣上留下了深刻的烙印。他对于传统的乡土文化和乡村生活有着炽烈的眷恋之情,并且熔铸成内在的文化心理结构。在他的诗作中,充满对乡村风景的细腻描绘、对乡村生活的生动展示、对乡村情感的真挚表达,吟唱出了一曲清新浪漫、情真意切的田园颂歌。诗作《麦地》是展示诗人田园情怀的一首名篇。

麦地

吃麦子长大的
在月亮下端着大碗
碗内的月亮
和麦子
一直没有声响

和你俩不一样
在歌颂麦地时
我要歌颂月亮

月亮下
连夜种麦的父亲
身上像流动金子

月亮下
有十二只鸟
飞过麦田
有的衔起一颗麦粒
有的则迎风起舞,矢口否认。

看麦子时我睡在地里
月亮照我如照一口井
家乡的风
家乡的云

收聚翅膀
睡在我的双肩

麦浪——
天堂的桌子
摆在田野上
一块麦地

收割季节
麦浪和月光
洗着快镰刀

月亮知道我
有时比泥土还要累
而羞涩的情人
眼前晃动着
麦秸

我们是麦地的心上人
收麦这天我和仇人
握手言和
我们一起干完活
合上眼睛，命中注定的一切
此刻我们心满意足地接受

妻子们兴奋地
不停用白围裙
擦手

这时正当月光普照大地

我们各自领着
　　尼罗河,巴比伦或黄河
　　的孩子　在河流两岸
　　在群蜂飞舞的岛屿或平原
　　洗了手
　　准备吃饭

　　就让我这样把你们包括进来吧
　　让我这样说
　　月亮并不忧伤
　　月亮下
　　一共有两个人
　　穷人和富人
　　纽约和耶路撒冷
　　还有我
　　我们三个人
　　一同梦到了城市外面的麦地
　　白杨树围住的
　　健康的麦地
　　健康的麦子
　　养我性命的麦子!

　　《麦地》这首诗是海子对生养自己的这片土地所吟唱的一曲颂歌。乡村随处可见的"麦地",成为生命和希望的象征。借助歌颂"麦地",诗人向我们展示了乡村世界的美丽,倾诉了对这片土地的感恩和热爱。
　　诗作开篇以简洁的话语刻画出一个乡村常见的夜晚场景:夜晚,人们坐在院子里吃饭;月亮静静地照在他们的身上,照在手中端着的大碗里,静谧而美好。但诗人跳出了写景的常规思维,把农民称作"吃麦子长大的",同时把碗中的晚饭也以"麦子"来指代,既表达了乡村生活的真实图景,又突出了麦子对农民生活的无比重要,表达含蓄,技法新颖。由此,诗人要"歌颂月亮",生动描绘出月亮照耀之下的农村美景:一是父亲连夜种麦;二是鸟儿在月夜飞过麦田;三是"我"睡在地里看麦子;四是月夜里收割麦子。歌颂月亮,实际是描绘美丽的乡村景色,歌颂"麦地"。如:月夜下的父亲"身上像流动金子";家乡的风和云"收聚翅膀/睡在我的双肩";在收割季节"麦浪和月光/洗着快镰刀"。这一个个场景,从种麦到收割,充满诗情画意,清新优美。麦子成熟了,诗人把麦浪称为"天堂的桌子",对麦地的挚爱之情溢于言表。诗中这纯净、质朴、祥和、美丽的"麦地",洋溢着浓郁的浪漫气息,令人陶醉。

在诗人笔下,麦地不只是美丽的,而且是令人欢乐的。在收麦子这一天,"我和仇人/握手言和";妻子们也是兴奋异常;全世界的孩子都品尝到麦地的馈赠:"纽约和耶路撒冷/还有我"一同梦到了麦地,它成为联系全世界的情感纽带。在这里,诗人由自己到人类、由乡村到世界,赋予了"麦地"更为丰富的内涵。正如结尾所说"健康的麦地/健康的麦子/养我性命的麦子","麦地"给人们以生命,给人们以希望,才会有仇人之间的握手言和,才会有女人和孩子的欢声笑语,才会使全世界的人们拥有共同的梦想。至此,"麦地"不只是诗人自己的,也不只是哪个乡村的,而是属于全世界、全人类的。它是永恒的,是绵延不息的。诗作的情感更加醇厚,意境更加深远,由此步入更为抽象而厚重的艺术境界。

在海子的诗作中,"麦地"象征着一种至为圣洁而美好的情感,给诗人以"爱"的勇气和生存的慰藉,成为诗人精神世界的栖居地。但是,面对"麦地",海子的情感处于复杂的状态。一方面,"麦地"的"温暖"和"美丽"使诗人感受到母亲般的关怀与呵护;另一方面"麦地"的养育和馈赠让诗人时常陷入无以回报的深深自责与愧疚。在诗作《麦地与诗人》中,可以进一步感受到诗人内心中这份复杂的情感。

麦地与诗人

询 问

在青麦地上跑着
雪和太阳的光芒

诗人,你无力偿还
麦地和光芒的情义

一种愿望
一种善良
你无力偿还

你无力偿还
一颗放射光芒的星辰
在你头顶寂寞燃烧

答 复

麦地
别人看见你
觉得你温暖,美丽
我则站在你痛苦质问的中心
被你灼伤
我站在太阳 痛苦的芒上

麦地
神秘的质问者啊

> 当我痛苦地站在你的面前
> 你不能说我一无所有
> 你不能说我两手空空
>
> 麦地啊,人类的痛苦
> 是他放射的诗歌和光芒!

《麦地与诗人》由两首小诗组成,分为《询问》和《答复》两部分。诗作以"麦地"与"诗人"问答的形式倾诉心声:面对"麦地"的自责与苦闷,以及面对"质问"的焦灼和激动。这首诗传递出深沉而痛苦的情感,其实质是诗人在执着探寻自我存在的意义和价值。

在《询问》中,诗人提出的是强烈地自我质问:诗人,你能否偿还麦地的情义?面对这样的一个问题,诗人的答复是否定的。不仅如此,在短短四节、十行诗中,"你无力偿还"一句分别在二、三、四节反复出现,显示出诗人内心的无比焦灼和痛苦。同时,"你无力偿还"这一句分别出现在每节的不同位置,感情烈度步步加深,让读者愈加感受到诗人心中那种难以抑制的痛苦。正如诗作结尾所言,那种痛苦是"一颗放射光芒的星辰/在你头顶寂寞燃烧",其力度之强,绵延之久,令人读来感同身受,触目惊心,为之动容。诗人为了突出表达这种由于"无力偿还"而产生的痛苦,在诗的第一节不加任何铺垫地直接推出"无力偿还"的对象——那片美丽的"麦地",将抒发感情的对照物纯粹、干净地呈现在读者面前。诗中对"麦地"的描写颇有新意。诗中选择了冬天的"麦地",并不简单直接的如实描写,而是选取了一个别致新颖的角度:绿色的麦子,洁白的雪,在灿烂的阳光照耀下营造出一个美丽的自然世界。然而诗人并不满足,以一个"跑"字把三者相连,不仅写出了景色的清新,而且化静为动,写出了活泼的动感。这样的处理方式,意象单纯,对比鲜明,富于张力,使诗作的感情渲染力度大为增强。当然,只有精神世界达到了相当高度的诗人,才能冲破语言的障碍,创作出如此纯粹别致的诗歌表达。

在《答复》中,诗人面对"询问"的痛苦,探寻内心的疏解之路。这部分的重心在于诗人承受的"质问"以及给予的回答。在诗人的内心,自己始终在承受着"麦地"的质问,倍感痛苦,如芒在背。诗作没有直接写出质问的内容,但是透过诗人的回答是可以反推出来的。诗人说:"当我痛苦地站在你的面前／你不能说我一无所有／你不能说我两手空空。"由此可以推断,"麦地"对诗人的质问是:"你对养育你的'麦地'有什么回报？你生存在这世界上的意义究竟是什么？"这其实也正是诗人的自我责问:面对如此美丽温暖、至真至爱的"麦地",究竟该如何表达诚挚的感恩？究竟该怎样回馈"麦地"的关爱和付出？如果不能或者没有,那么生存又有何意义？这是一个难以回答的"质问",也是诗人心中无限痛苦的根源。那么,该如何从痛苦中解脱？诗人找到了疏解痛苦的途径,那就是:心中痛苦的存在表明诗人始终惦记着对"麦地"的眷恋和感恩,所以并不能说自己"一无所有",也不能说自己"两手空空"。诗作的最后一节,由诗人个体转向整个人类,诗人指出:在"麦地"面前,还有整个人类,都应该感到痛苦,都应该承受这份痛苦。这依然是对"麦地"的颂歌,因为"麦地"的无私、宽容、慈爱、温暖,养育了自己,养育了人类,所有人都应该接受"质问",感恩"麦地",回报"麦地"。

《麦地与诗人》这首诗本身就是一种诗人心中大无奈与大超脱的纠结。面对拷问,海子的回答仍然是以失败告终。通过这种直面问答的形式,让读者理解了诗人歌颂太阳、麦地等的深层含义,从根本上明晰了一个事实:诗人是在以悲伤的情调歌颂,歌颂那些人们总是饱受恩泽却难以报答的事物。

"麦地"是海子诗作的独特意象。他在诗作中对"麦地"热情歌颂,并寄予了心灵的感应与灵魂的寄托,因此被称为"麦地诗人"。围绕"麦地"这一核心意象延伸开去,"麦子""谷物""河流""草原""树木"等自然景物均成为海子的情感寄托对象。痛苦与悲伤,是人类永恒的故事,也是诗歌永恒的主题。借助"麦地"这一核心意象,诗人将内心储藏的泪水凝结在诗行中,完成了苦难的升华,完成了心灵的救赎。在无限悲伤与焦灼的背后,映射出诗人热血澎湃的赤子之心。炽烈的赞美与灼热的感情,始终洋溢在诗人这些书写田园的诗作中。

(二) 美丽爱情。

在海子的诗歌中,尤其是抒情短诗中,爱情主题的诗作所占比重很大。作为诗人的海子,对爱情的追求是执着的,同时也是理想主义的。一次次失败的情感经历,使他的心情愈发沉闷而哀伤。正如诗作《四姐妹》中所写:"荒凉的山冈上站着四姐妹／所有的风只向她们吹／所有的日子都为她们破碎。"海子的爱情诗不论是意象、语言,还是对爱人的思念和温柔,都来源于现实的生活图景,情感真挚动人,具有动人心弦的魅力。

爱情为海子带来了对朴素生活的美丽想象,使诗作清新浪漫,温暖动人。诗作《新娘》中,"故乡的小木屋、筷子、一缸清水/和以后许许多多日子/许许多多告别/被你照耀",生活中最平常不过的事物,最普通的告别,因为新娘的到来而变成一个新的世界,充满幸福,充满思念,充满爱恋。恋爱时的满心喜悦,诗人写得美丽又温暖:"我的肩膀/是两座旧房子/容纳了那么多/甚至容纳过夜晚/你的手/在他上面/把他们照亮。"(《你的手》)当恋人的双手轻抚自己的头发,诗人感到"我爱着十只小鱼/跳进我的头发"(《城里》),顽皮又深情。在诗作《房屋》中,诗人又赋予爱情更为深刻的内涵。

房屋

你在早上
碰落的第一滴露水
肯定和你的爱人有关
你在中午饮马
在一枝青丫下稍立片刻
也和她有关
你在暮色中
坐在屋子里,不动
也是与她有关

你不要不承认

巨日消隐,泥沙相合,狂风奔起
那雨天雨地哭得有情有意
而爱情房屋温情地坐着
遮蔽母亲也遮蔽儿子

遮蔽你也遮蔽我。

　　《房屋》是一首表达了海子爱情哲学的朴素而杰出的动人诗篇。在诗人心中，爱情不仅是个体生活世界的重要因素，更是人类生存共同的精神避难所。诗中既有个体的情感表达，又有人类的生存思考，情感境界豁然开朗。

　　全诗共四节，可以分为两个部分。前两节为第一部分，采用生活化的细节描写表达爱情在个体生活中所产生的巨大影响。诗作选取了早上、中午、晚上三个时间点，涵盖了完整的一天，其实也就是对人类日常生活中每个时刻的隐喻。同时选取了碰落露水、饮马时稍立片刻、坐在屋里不动的三个生活细节，涵盖了生活中的每个方面，隐喻日常生活中的全部内容。无论何时何地，无论运动还是静止，当你拥有了爱情，你的一举一动、一点一滴都将和爱人联系在一起。诗作第二节只有一句话："你不要不承认。"简单一句话，向读者宣示爱情的无时不在、无处不在，甚至超越了当事者的意识范围。双重否定的句式，深化了诗歌的情感表达，简洁而有力。

　　第二部分的风格陡然雄浑、复杂，与第一部分形成鲜明对比。第三节一改前一部分的清新明丽，塑造了一个暗无天日、飞沙走石、暴雨如注的残酷生存世界。在这样的一个世界里，爱情像房屋一样为人们遮蔽外界的风雨。因为有了爱情，母亲和儿子都有了庇护的地方，整个世界充满了温情。诗作的第四节单句成行，回到了诗人自身，强调了爱情对于自己的重要作用。对于年轻的海子、执着的海子来说，拥有了爱情，就体会到了生存的温暖和幸福，进而拥有了在这个世界生存的勇气和依靠。

　　《房屋》保持了海子诗作独有的自由率真的抒情风格。生动的细节，灵活的形式，厚重的内涵，清新的风格，使得诗中表达的情感具有强烈的情绪感染力，浸入血液和灵魂，令人为之震颤。

　　海子的爱情诗注重抒发真情实感，多从个人的情感经历出发，将对恋人的爱慕与追求表达得优美、浪漫、纯粹，闪耀着真挚的温情和纯净的光芒。在喧嚣的娱乐化浪潮中，社会生活日益疏远纯真与浪漫的爱情。海子呼唤纯真的爱情，追求理想的爱情，其爱情诗成为那个苍茫岁月中的一股清流。诗作《日记》就是诗人在一次旅途中触发了创作灵感后一挥而就。

日记

姐姐,今夜我在德令哈,夜色笼罩
姐姐,今夜我只有戈壁

草原尽头我两手空空
悲痛时握不住一颗泪滴
姐姐,今夜我在德令哈
这是雨水中一座荒凉的城

除了那些路过的和居住的
德令哈……今夜
这是唯一的,最后的,抒情。
这是唯一的,最后的,草原。

我把石头还给石头
让胜利的胜利
今夜青稞只属于他自己
一切都在生长
今夜我只有美丽的戈壁　空空
姐姐,今夜我不关心人类,我只想你

　　《日记》是海子依据真实经历而创作的。1988年6月,海子坐火车前往西藏,经过德令哈,写下了这首很有名的诗《日记》(又名《姐姐,今夜我在德令哈》)。夜幕降临,诗人感受到夜色下的无边荒凉,想起曾经的恋人,激发出一种忧郁、凄凉而美丽的情绪。德令哈是青海省的一座小城,四周茫茫戈壁,诗人以一首小诗和这座遥远的城市结下永久的联系。

　　全诗构思精妙,以一个来自异乡的"弟弟"的那种怯弱而朴拙的孩子口吻,真情告白,如泣如诉,在情绪节奏上显得非常流畅、连贯,抑扬起伏,转承自然,给人一气呵成之感。

全诗共四节,感情层层递进。第一节交代了自己的处境:"夜色笼罩",我"只有戈壁"。这两行诗句道出了时间(今夜)、地点(德令哈)、人物(我),为全诗定下了情感基调,写出了内心的寂寞和孤独。"姐姐"是诗作的抒情对象,诗人直抒胸臆地深情呼唤,一开篇即激发了强烈的情感。虽然"姐姐"在海子的情感经历中有具体所指,但是作为诗歌的一个意象,其内涵应该是多方面的:可以理解为自己的"情人",也可以理解为一切美好的事物,包括自己的理想、自己的信仰、对诗歌的美好愿望。"今夜我只有戈壁",既是对环境的白描,也刻画出诗人的孤独和无助。第二节逐渐深化了因思念而产生的痛苦和孤独:"两手空空","握不住一颗泪滴",形象地表达出诗人内心的寂寞和痛苦;"雨水中一座荒凉的城",纯净自然,情境交融,直抵人们的情感深处。因思念而痛苦,因思念而孤独,诗人发出了一声感人至深的哀叹。第三节的情感表达走向更深处,透露出诗人内心的无比绝望。诗人完全沉浸在自己的世界之中,"唯一的""最后的"这些极端的词语更加强化了内心的孤独与绝望,这种孤独是不能挽回的,是走到了尽头的孤独,是没有回头路的孤独,孤独至深,愈见情感之真。第四节是对全诗情感的深化和升华。诗人写到石头、青稞、戈壁,突出一切的自在状态,更加展示出孤独感在诗人心中无边无际地弥漫。"今夜我不关心人类,我只想你。"将"你"与"人类"作比较,原本诗人以关心人类为天职,但是只因想"你"而放弃了对"人类"的关心,思念之重、之深可谓令人叹息。全诗感情慢慢地从激烈回到柔软,感情抒发恰到好处,留给读者无尽的想象空间,跌宕起伏,余韵犹存。

《日记》一诗没有华丽的抒情技巧,而是直抒胸臆,洗尽铅华,朴实自然。全诗中,"姐姐"出现了四次,"我"出现了八次,"今夜"出现了七次,"德令哈"出现了三次,没有繁复的修饰,没有矫饰的情感,一声声深情的呼唤,一句句朴实的白描,清澈雅致,情境相融,抒发出诗人心中炽热的情感。诗作的节奏流畅自然,叠词、排比句式增添了诗歌的韵律感,在回环复沓中,情感渐渐升腾堆积,最终到达顶峰,响彻整个戈壁,震颤人的心灵。如同"清水出芙蓉,天然去雕饰",诗作营造了澄明自然的艺术世界。

海子的爱情诗具有一种天然的亲切感,不故作深沉,不矫揉造作,不刻意追求词语的华丽,不刻意追求形式的另类。这也正是其爱情诗深受欢迎的重要原因。在爱情诗中,他真诚地呈现自己的情感世界,坦率地袒露自己的灵魂。就诗的真诚与美丽而言,海子达到了一种极高的境界。

(三)死亡意识。

如果说,海子诗作中的田园情怀和爱情书写反映着他对个体生存幸福价值的感悟和思考;那么,海子诗作中浓郁的死亡意识则凝聚着他对于整个人类幸福与生存命运的关怀与担当。毫不夸张地说,在20世纪80年代中后期的中国诗坛上,没有哪一位诗人像海子那样如此执着地关注、追索人类(包括自身)生存的价值与意义。这体现出海子作为一个知识分子诗人所具有的强烈的人文情怀,在20世纪末期的诗坛上独树一帜。诗作《面朝大海,春暖花开》中,不只有幸福生活的想象,更有着对彼岸世界的向往。

面朝大海,春暖花开

从明天起,做一个幸福的人
喂马,劈柴,周游世界
从明天起,关心粮食和蔬菜
我有一所房子,面朝大海,春暖花开

从明天起,和每一个亲人通信
告诉他们我的幸福
那幸福的闪电告诉我的
我将告诉每一个人

给每一条河每一座山取一个温暖的名字
陌生人,我也为你祝福
愿你有一个灿烂的前程
愿你有情人终成眷属
愿你在尘世获得幸福
我只愿面朝大海,春暖花开

《面朝大海,春暖花开》一诗写于海子离世前的两个月。这首诗初读时常常给人清新欢快的感觉,但是仔细品味,却会发现诗作讲述的是与现实世界的诀别和对未来世界的幻想,呈现出强烈的悲剧意识。

海子是一个沉湎于心灵孤独之旅的诗人。他所追求的"大诗"的理想,他对真理和永恒的超越性探究,他对生命终极存在的关怀与眷念,在某种意义上与世俗生活难以共存。在《面朝大海,春暖花开》中,诗人表达的是对现实世界的绝望,把祝福留给"陌生人",执着地去寻找自己的"幸福"。第一节,是诗人对幸福生活的想象。在诗人看来,什么是幸福的人?"喂马、劈柴、周游世界","关心粮食和蔬菜",拥有这种简单纯朴、自由自在的生存状态的人,就是幸福的人。这个幸福的地方在哪里?诗人给出了一个充满诗情画意的答案:面朝大海,春暖花开。诗人提出从"明天"起,即意味着对"今天"的批判和反思。由此可知,当下的诗人是痛苦的,是不自由的,是被现实所羁绊的;诗人的幸福在"明天",在那个"面朝大海,春暖花开"的房子里。第二节,是诗人与现实世界的告别。诗人认为,从"明天"起自己将会变得幸福,并且愿意将这一幸福告诉所有的亲人。诗中提到"幸福的闪电",虽未有明确所指,但如果联想到诗人离开这个世界的方式,当山海关那段铁路上的列车从诗人身上疾驰而过的时候,那辆列车是不是就像一道闪电?在诗人看来,这道闪电是"幸福的闪电"。如果真的如此,悲剧意味则更重一层。第三节,是诗人对未来的祝福。诗人祈愿这世界充满温暖,充满幸福,向每一条河、每一座山以及"陌生人"表达最美好的祝愿。诗中最后两行"愿你在尘世获得幸福/我只愿面朝大海,春暖花开"之间存在着鲜明的对比,"你在尘世"而"我"则"面朝大海,春暖花开",显示出诗人对于"尘世"的告别以及对未来世界的无限向往。全诗情感轻柔而清淡,似有婉约之风,然而轻言细语的背后隐藏着一颗桀骜不驯的心,实有强悍之质。"我只愿面朝大海,春暖花开",让人们看到了一位遗世独立、卓尔不群的诗人形象。

"面朝大海,春暖花开"既是题目,又在诗中首尾呼应,是理解全诗意蕴的关键所在。初看,诗人为我们呈现出一个清新优美的意境。细思,其用意远非如此。"面朝大海"与"春暖花开"是两个不同视角的描写,"面朝大海"是位置的阐述,"春暖花开"是景色的描写,诗人将这两个短语凝聚在一起,提示读者要注意到这座房子的与众不同——它绝非现实的而是意念的产物。全诗风格明丽,表层的清新与深层的悲壮产生了强烈的艺术张力,弥漫着人生的苍凉感和悲剧感,体现出诗人独特的艺术创造力。

以超脱的、诗意的眼光来看待死亡,是海子诗作中传达出的死亡态度。这种审美式的死亡态度是海子面对残酷现实和情感危机的挑战与回应,反映了诗人的精神价值追求。这样的态度消除了海子对于死亡的恐惧情绪,甚至诱发了他对死亡某种隐秘而欣悦的向往。他对于死亡抱着浓厚的欣赏、赞许乃至玩味的心态,甚至连恐怖的死亡场景也被覆盖上人为的"美"的意味。在《莫扎特在〈安魂曲〉中说》中,他愉悦地想象了自己离去后的场景。

莫扎特在《安魂曲》中说

我所能看见的妇女
水中的妇女
请在麦地之中
清理好我的骨头
如一束芦花的骨头
把它装在琴箱里带回

我所能看见的
洁净的妇女,河流
上的妇女
请把手伸到麦地之中

当我没有希望
坐在一束麦子上回家
请整理好我那凌乱的骨头
放入那暗红色的小木柜,带回它
像带回你们富裕的嫁妆

倾听着莫扎特忧伤深沉的《安魂曲》,海子写出了自己的"安魂曲"。诗作平静坦然地讲述诗人的死亡,期望那"洁净的妇女"整理好"凌乱的骨头",愉悦地将诗人带回到自己深爱的"麦地"之中。

关于莫扎特的《安魂曲》，争议较多。这首作于1791年的乐曲是莫扎特最后的作品。在生命的最后一年，莫扎特疯狂地作曲，但《安魂曲》只是在其他作曲活动的间隙中才写上几段，终未完成。莫扎特去世后，几经波折，他的学生绪斯迈尔续写了《安魂曲》。尽管一生穷困潦倒，莫扎特的音乐中却没有痛苦，只有纯净的欢乐。这部临终前的作品仍是如此，那种被天国的光芒照耀着的感觉，幸福而安详。

海子以莫扎特的《安魂曲》为灵感，表达自己面对死亡时的愉悦心态。诗作首先写期望"洁净的妇女"来整理自己的骨头，没有沮丧，没有悲伤，一片轻松宁静的感觉。诗中对女性展开由衷的赞美，呈现出的女性如水一般，温柔、纯净、天真。诗人将自己的死亡倾诉给这些"洁净的妇女"，并再三嘱托，小心整理自己的骨头，慎重地保管它，"像带回你们富裕的嫁妆。"诗人笔下的死亡是温柔、安详、美丽的，甚至是幸福和欢乐的。诗中用"芦花""富裕的嫁妆"这样的意象来隐喻死亡，把死亡高度审美化，彻底消除了死亡的恐怖色彩。如此的表达方式，从中不难窥见诗人对个体生命价值的极端珍视，甚至某种自恋式的文化心态。

对死亡的高度审美化，源自于海子对生命、生活纯真而又炽热的理想。他常常将现实生活高度艺术化、浪漫化，然而现实生活中的挫折却是冰冷无情的，使诗人纯真的感情不断受到伤害，理想与现实长久处于对峙状态。诗人不可避免地产生厌倦心理，精神世界备受折磨，发展到一定程度后产生了离世的心理。海子很多诗都带有自杀倾向，实际上，他是把自杀当成一次果敢和英勇的行动来讴歌的。在绝笔诗作《春天，十个海子》中，海子在困惑、迷惘地自问："你这么长久地沉睡究竟为了什么？"

春天，十个海子

春天，十个海子全部复活
在光明的景色中
嘲笑这一个野蛮而悲伤的海子
你这么长久的沉睡究竟为了什么？

春天,十个海子低低地怒吼
围着你和我跳舞,唱歌
扯乱你的黑头发,骑上你飞奔而去,尘土飞扬
你被劈开的疼痛在大地弥漫

在春天,野蛮而悲伤的海子
就剩下这一个,最后一个
这是一个黑夜的孩子,沉浸于冬天,倾心死亡
不能自拔,热爱着空虚而寒冷的乡村

那里的谷物高高堆起,遮住了窗户
他们把一半用于一家六口人的嘴,吃和胃
一半用于农业,他们自己的繁殖
大风从东刮到西,从北刮到南,无视黑夜和黎明
你所说的曙光究竟是什么意思

春天到来,诗人没有感受到春风和畅、春暖花开的美好,而是陷入了深深的挣扎和痛苦。《春天,十个海子》这首诗的私人化尤为突出,诗人完全沉入个人的心理世界,抒写了无法直面现实世界的内心挣扎和极端绝望。

全诗虚构了"十个海子"对"野蛮而悲伤的海子"的嘲讽和质问,形象展示了诗人的内在精神世界。现实生活中,诗人因为心中痛苦与绝望而"野蛮而悲伤",导致精神世界时刻处于割裂的状态,所以"被劈开的疼痛在大地弥漫"。更为令人绝望的是,面对自己挚爱的乡村,诗人感受到"空虚而寒冷",找不到一丝"曙光"。"十个海子的复活"以及对现实的海子的嘲笑,令人心痛地展示了诗人精神世界的混乱与挣扎。诗作主题呈现的另一面是诗人对"乡村"的眷恋与无奈。诗人作为"一个黑夜的孩子",倾心死亡,却依然"热爱着空虚而寒冷的乡村"。他忆起乡村的"谷物",忆起家乡亲人的生存,忆起谷物的"繁殖",眷恋之情,尽在其中。诗中的"沉睡"指诗人执着于乡村的爱恋而不能自拔,其实质上是海子对于自己坚守的价值信念产生了强烈的怀疑和困惑。为

此,诗人的追求动摇了,理想幻灭了,产生了严峻信念危机和生存焦虑,死亡意识在心底喷薄而出。

死亡意识是海子炽热的生命理想的极致呈现,这标示着他与现实世界的紧张关系以及对生命意义与价值的执着追寻。海子清醒地认识到生命的荒诞与无常,正如在诗作《明天醒来我会在哪一只鞋子里》写的"我想我已经能够小心翼翼的/我的脚趾正好十个/我的手指正好十个/我生下来哭几声/我死去时别人又哭/我不声不响地/带来自己这个包袱"。死亡是生存不可避免的结局或遭遇。当诗人偏执地追寻人生理想和诗歌理想,现实世界与精神世界之间的矛盾不可调和,其内心的悲剧感和绝望感日益增强,最终凝结成浓郁的死亡意识。海子的时代正处于"第三代"诗人群在文坛上日益兴盛的时代,其诗作中的死亡意识如此强烈,与放逐抒情、逃避崇高的"第三代"诗人群的诗作相比,更是显得卓尔不群,独放异彩。

三、永恒的海子

1989 年 3 月 26 日,在一个春暖花开的季节,海子告别了这个世界,他的离世,成为当时诗坛的一个大事件。他的追求、他的选择、他的困惑和他的绝望,都真实地折射出一个执着的理想主义者所面临的生存困境和所坚守的人生信念,成为当时那个时代特殊的文化标本。清新脱俗的率真抒情、美好事物的倾情赞颂、崇高生命的终极关怀,使海子的诗作具有童真梦幻般的吸引力,具有触及心灵的感染力,具有超越时空的创造力,带着独特的魅力走进诗坛,成为永恒。

海子始终坚守崇高的诗歌理想。海子的死,标志着一个诗歌时代终结,是一个纯粹歌咏时代的落幕。海子诗作的集中诞生期,正值西方现代主义思潮引进中国,当代文坛发生着翻天覆地的变化。社会转型期的巨大变化与徘徊在城乡之间的矛盾挣扎,使得海子的诗歌呈现出现代主义个人乌托邦倾向。他成为一位为理想和生命歌唱的诗人,耗尽生命竭力吟咏的"麦地",歌咏爱情,追求理想。这造就了海子的特立独行,不盲从于"第三代"诗人群反文化、反崇高以及回归日常语言的诉求,始终坚守着自己的诗歌理想。在《祖国(或以梦为马)》中,海子郑重宣告了自己的诗歌理想:我选择永恒的事业/我的事业就是要成为太阳的一生。"太阳"意味着诗歌的顶峰,是终极的诗歌精神。

海子创作的《太阳·七部书》就是为了实现这种诗歌精神的皇皇巨著,但是也导致了诗人生命的加速燃烧。正如诗人西川所言:"对于我们,海子是一个天才;而对于他自己,则他永远是一个孤独的'王',一个'物质的短暂情人',一个'乡村知识分子'(西川《怀念》)。"虽然海子的诗篇中时常出现"豪言壮语的典型特征",但却充满甘于献身理想的崇高悲壮之感。这种孤注一掷、燃烧自我的诗歌精神,振奋了当时平庸的诗坛,赢得了文学界和众多诗歌爱好者的敬意和永久怀念。

浪漫主义的抒情特质。20 世纪 80 年代后期正是一个抒情被放逐、浪漫主义被视为落伍的时代,海子找到并坚守了浪漫主义的核心精神和美学价值,并以之为诗歌创作中最重要的精神根底。他将自己童年与少年时代的乡村生活经验凝结成一个质朴、单纯的世界。"麦地""村庄""月亮""天空"是海子诗中经常出现的、带有原型意味的意象,使他的诗作具有了浪漫的、梦幻的色彩。海子赋予这些意象以新诗意,体现出独特的个性和创造的魅力。"麦子"意象之于海子,犹如"土地""太阳"意象之于艾青、"雨巷"意象之于戴望舒、"荒原"意象之于艾略特,都凝聚着他们独特的思想感情与观察认知。"麦子""麦地"的意象是海子对中国人心理与文化精神的一种隐喻,是对汉民族一代代情感积淀的挖掘。海子敏于感受,天真热情,既有少年人的情怀,又有超出年龄的深刻。他的诗歌具有多角度的阐释空间,不论是为人熟知的抒情短诗,还是磅礴炸裂的大诗,都有着最真挚优美的抒情。正是出色的浪漫主义抒情特质,使海子的诗作获得了大量的追随者与模仿者,成为那个时代诗坛的一个标志性存在。

精湛的诗歌创作艺术。海子拥有一种直觉式的诗歌书写方式,但同时也很重视对诗歌技艺的锻造,常常思考修辞与形式、语言与意象等问题,在新诗的艺术开拓上有自己独特的贡献。在诗作《黑夜的献诗》中,"天空一无所有/为何给我安慰"和"黑夜一无所有/为何给我安慰"两句,一个词语的变化,简单迅疾,撕心裂肺的感觉呼之而出。品读这两句诗,每一个字都是明白易懂的,但是这些通俗的字词组合在一起,却产生了震撼人心的力量。海子重视诗歌的形式和语言,诗作如活水般灵动跳脱,虽从不刻意,但颇具探索意味。在他的诸多诗作中,"麦地""贫穷""黑夜"等词语皆源于生活的本真,是从土地里成长且满怀挚爱之情的人才能写出来的。这种纯粹真诚、不加修饰的语言,直抵诗意的核心,如璞玉般散发着耀眼光芒。海子精湛绝伦的创作技艺和富于天赋的艺术感知,使其诗作具备了超凡的冲击力,往往瞬间浸入读者的心灵,带来难以磨灭的阅读体验。

　　海子之后,经过短时间的"麦地诗潮",新诗创作开始分道扬镳:一是朝向"暧昧"的"知识分子写作",另一是通往世俗生活的"民间立场"。这两条道路都远离了海子的诗作中对抒情的执着探索、对乡村的无限向往、对人生的痛苦思索,更突显了海子诗作的宝贵价值。伴随着市场经济的飞速发展,人们对于物质、金钱的无尽兴趣和狂热追求使得传统道德观与价值观都呈土崩瓦解之势,整个社会处于价值转型期。在此背景下,"诗人海子的死将成为我们这个时代的神话之一。"(西川《纪念》)理想主义作为一种精神信仰,海子用生命来追求并成为"神话",这将是一个民族保持其精神与文化尊严地位的醒目的时代标志。若干年后,当我们重拾昔日记忆,海子和他的诗作必将屹立在那里,成为永不磨灭的文化符号,成为我们引以为傲的文化存在。

附　录

中国新诗纪事(1916—2010)

1916年

8月　胡适作诗《朋友》,刊于《新青年》第2卷第6号;后编入《尝试集》时改题为《蝴蝶》。

1917年

1月　胡适《文学改良刍议》发表于《新青年》第2卷第5号。

2月　陈独秀《文学革命论》发表于《新青年》第2卷第6号。

1918年

1月　胡适《鸽子》、刘半农《相隔一层纸》、沈尹默《月夜》等第一批现代白话新诗发表于《新青年》第4卷第1号。

2月　北京大学歌谣研究会成立,发起征集全国民间歌谣活动。

1919年

8月　鲁迅散文诗《自言自语》等文发表于19日《国民公报》,这是新文学史上最早出现的散文诗。

1920年

1月　郭沫若《凤凰涅槃》发表于30、31日上海《时事新报·学灯》。

3月　胡适《尝试集》由上海亚东图书馆出版。

1921 年

1 月　文学研究会在北京召开成立会,发起人有郑振铎、叶绍钧、沈雁冰、王统照、许地山、耿济之、周作人、郭绍虞等 12 人。

6 月　郭沫若、成仿吾、郁达夫、田汉、郑伯奇、张资平等组成的创造社在日本成立。

8 月　郭沫若诗集《女神》由上海泰东图书局出版,为"创造社丛书"之一。

1922 年

1 月　叶圣陶等主持《诗》创刊。第 1 卷第 5 号起改为文学研究会刊物。

4 月　冯雪峰、应修人、潘漠华、汪静之等在杭州组织湖畔诗社,出版《湖畔》诗集。

6 月　文学研究会编诗集《雪朝》出版。

1923 年

1 月　冰心的诗集《繁星》由商务印书馆出版。

9 月　闻一多的诗集《红烛》由泰东书局出版。

12 月　宗白华的诗集《流云》由亚东图书馆出版。

1924 年

9 月　鲁迅作散文诗《秋夜》,为散文诗集《野草》首篇。

12 月　朱自清的诗与散文合集《踪迹》由亚东图书馆出版。

1925 年

1 月　朱湘的诗集《夏天》由商务印书馆出版;蒋光赤(蒋光慈)的诗集《新梦》由上海书店出版。

8 月　徐志摩的诗集《志摩的诗》由中华书局出版代印,北新书局发行。

10 月　陈翔鹤、陈炜谟、杨晦、冯至等在北京组成沉钟社。

11 月　李金发的诗集《微雨》由北新书局出版。

1926 年

4 月　徐志摩主编《晨报副刊》,与闻一多一起创办了《诗镌》专栏,新月诗派(格律诗派)正式形成。

5 月　闻一多的诗论《诗的格律》发表于《晨报副镌·诗镌》。

11 月　李金发的诗集《为幸福而歌》由商务印书馆出版。

1927 年

1 月　蒋光赤（蒋光慈）的诗集《哀中国》由长江书店出版。

4 月　冯至的诗集《昨日之歌》由北新书局出版。

7 月　鲁迅散文集《野草》由北京北新书局出版。

8 月　朱湘的诗集《草莽集》由开明书店出版。

9 月　徐志摩的诗集《翡冷翠的一夜》由上海新月书店出版。

1928 年

1 月　闻一多的诗集《死水》由新月书店出版。

3 月　《新月》月刊创刊。

8 月　戴望舒《雨巷》发表于《小说月报》第 19 卷第 8 号。

12 月　徐志摩《再别康桥》发表于《新月》第 1 卷第 10 期。

1929 年

4 月　戴望舒的诗集《我的记忆》由上海水沫书店出版。

8 月　冯至的诗集《北游及其他》由北平沉钟社出版。

11 月　周作人的诗集《过去的生命》由北新书局出版。

1930 年

3 月　中国左翼作家联盟在上海成立。

1931 年

1 月　徐志摩主编的《诗刊》创刊（三期之后交陈梦家主编），创刊号发表梁实秋《新诗的格调及其他》。是月，陈梦家的《梦家诗集》由上海新月书店出版。

2 月　胡也频、殷夫等五位左翼作家被杀害。

8 月　徐志摩的诗集《猛虎集》由上海新月书店出版，附《自序》。

9 月　陈梦家编《新月诗选》由上海新月书店出版，附陈梦家长篇序言。

11 月　徐志摩因飞机失事遇难。

1932 年

5 月　施蛰存主编的《现代》杂志创刊。

9 月　中国诗歌会在上海成立，负责人有蒲风、穆木天、任钧、杨骚等。

11 月　戴望舒《诗论零札》发表于《现代》第 2 卷第 1 期。

1933 年

2 月　茅盾《徐志摩论》发表于《现代》第 2 卷第 4 期。

5 月　卞之琳的诗集《望舒草》由现代书局出版。

7 月　臧克家的诗集《烙印》自印出版，闻一多作序。

8 月　戴望舒的诗集《望舒草》由上海现代书局出版，附有杜衡序言。

12 月　诗人朱湘自杀。

1934 年

3 月　路易士（纪弦）的诗集《易士诗集》出版。

5 月　艾青《大堰河——我的保姆》发表于《春光》月刊第 1 卷第 3 期。

6 月　朱湘的诗集《石门集》由商务印书馆出版。

7 月　刘半农病逝。

10 月　臧克家的诗集《罪恶的黑手》由生活书店出版。

1935 年

8 月　朱自清编选的《中国新文学大系·诗集》由良友图书公司出版。

12 月　田间的诗集《未明集》由每月文库社出版；卞之琳的诗集《鱼目集》由文化生活出版社出版。

1936 年

3 月　卞之琳、何其芳、李广田的合集《汉园集》由商务印书馆出版，为"文学研究会创作丛书"之一，内收何其芳《燕泥集》、李广田《行云集》、卞之琳《数行集》。

10 月　鲁迅病逝。

11 月　艾青的诗集《大堰河》自费出版。

1937 年

1 月　胡风的诗集《野花与箭》由文化生活出版社出版；戴望舒的诗集《望舒诗稿》自印出版。

7 月　艾青作《复活的土地》，收入《北方》集。

10 月　郑振铎的诗集《战号》由生活书店出版。

1938 年

1 月　田间《给战斗者》发表于《七月》第 1 集第 6 期，收入《给战斗者》集；艾青《雪落在中国的土地上》发表于《七月》第 2 集第 1 期，收入《北方》集。

3月　中华全国文艺界抗敌协会在汉口成立。

5月　艾青《向太阳》（长诗）发表于《七月》第3集第2期，1940年6月由海燕书店出版。

8月　延安战歌社和西北战地服务团在延安发起街头诗歌运动。

11月　艾青《我爱这土地》发表于《十日文粹》旬刊，收入《北方》集。

1939年

1月　艾青的诗集《北方》出版。

4月　艾青《诗的散文美》发表于《广西日报》副刊《南方》。

11月　艾青的诗集《他死在第二次》由上海杂志公司出版。

1940年

9月　艾青《旷野》由重庆生活书店出版。

8月　王独清病逝。

9月　《新诗歌》出刊，由延安战歌社和山脉文学社编印。

1941年

5月　中华全国文艺界抗敌协会举行首次诗人节。

6月　《诗创作》在桂林创刊。

9月　艾青的诗论集《诗论》由桂林三户图书社出版。

1942年

4月　胡风《为祖国而歌》由桂林海燕书店出版。

5月　卞之琳《十年诗草》由桂林明日社出版；冯至《十四行集》由桂林明日社出版。

8月　蒲风病逝。

12月　绿原的诗集《童话》由南天出版社出版。

1943年

5月　艾青的诗集《黎明的通知》由桂林文化供应社出版。

6月　臧克家的诗集《泥土的歌》由桂林今日文艺社出版。

11月　田间的诗集《给战斗者》集由桂林希望社出版，为《七月诗丛》第1集之一；闻一多作《时代的鼓手》，收入《生活导报周年纪念文集》。

本年　朱光潜《诗论》由国民图书出版社出版。

1944 年

6 月　郭沫若的诗集《凤凰》由明天出版社出版。

9 月　曾卓的诗集《门》、力扬的诗集《我底竖琴》由诗文学社出版。

11 月　冯文炳的诗论集《谈新诗》在北平新民印书馆出版。

1945 年

1 月　穆旦的诗集《探险队》由文聚社出版。

2 月　何其芳的诗集《预言》由文化生活出版社出版。

4 月　路易士（纪弦）的诗集《三十前集》由诗领土社出版。

5 月　何其芳的诗集《夜歌》由诗文学社出版。

1946 年

7 月　闻一多被杀害。

9 月　李季的长诗《王贵与李香香》发表于《解放日报》；11 月由东北书店出版。

10 月　马凡陀（袁水拍）的讽刺诗集《马凡陀的山歌》由生活书店出版。

1947 年

5 月　《穆旦诗集》由作者自印出版。

7 月　《诗创造》在上海创刊。

12 月　朱自清的诗论《新诗杂谈》由作家书屋出版。

1948 年

2 月　穆旦的诗集《旗》由文化生活出版社出版；戴望舒的诗集《灾难的岁月》由上海星群出版社出版。

6 月　《中国新诗》在上海创刊。

1949 年

4 月　郑敏《诗集 1942—1947》由上海文化生活出版社出版。

7 月　中华全国文艺工作者代表大会在北平举行，这次大会后来通称为"第一次全国文代会"。郭沫若担任文联主席，茅盾、周扬任副主席。郭沫若作题为《为建设新中国的人民文艺而奋斗》的总报告。

10 月　《人民日报》刊出郭沫若的诗《新华颂》。

1950 年

1 月　胡风长诗《时间开始了》由海燕书店、天下图书公司出版；何其芳的诗集《夜歌》由文化生活出版社出版,为新中国成立后该诗集的第一个版本,1952年该诗集由人民文学出版社出版,更名为《夜歌和白天的歌》。

2月　戴望舒在北京因病逝世。

3月　中国民间文艺研究会在北京成立,郭沫若为理事长,老舍、钟敬文等为副理事长。

9月　阮章竞的长诗《漳河水》由新华书店出版。

12月　艾青的诗集《欢呼集》由新华书店出版。

1951年

1月　胡风主编的《七月诗丛》由泥土社出版,还有冀汸《有翅膀的》、绿原《集合》、牛汉《采色的生活》、孙钿《望远镜》等诗集陆续出版。

8月　李瑛的诗集《野战诗集》由上杂出版社出版;邵燕祥的诗集《歌唱北京城》由华东人民出版社出版。

10月　中国民间文艺研究会主编的"民间文艺丛书"开始出版。第一批有《中国出了个毛泽东》《陕北民歌选》《嘎达梅林》《东蒙民诗选》《阿细人的歌》等。

11月　《自立晚报·新诗》周刊在台湾创刊,纪弦主编。

12月　全国文协组织"胡风文艺思想讨论会",林默涵、何其芳的发言《胡风的反马克思主义的文艺思想》和《现实主义的路,还是反现实主义的路》分别发表于次年第2期和第3期的《文艺报》。

1952年

3月　余光中的诗集《舟子的悲歌》由野风出版社出版。

7月　李瑛的诗集《战场上的节日》由上杂出版社出版。

1953年

3月　郭沫若的诗集《毛泽东的旗帜迎风飘扬》《新华颂》由人民文学出版社出版。

6月　艾青的诗集《宝石的红星》由人民文学出版社出版。

1954年

3月　公刘的诗集《边地短歌》由中南人民文学艺术出版社出版。

5月　牛汉的诗集《爱与歌》由作家出版社出版。

10月　余光中的诗集《蓝色的羽毛》由蓝星诗社出版。

1955 年

3 月　闻捷的抒情组诗《吐鲁番情歌》《博斯腾湖畔》分别刊于《人民文学》第 3 期和第 5 期。

4 月　林徽因病逝。

5 月　《人民日报》刊出《关于胡风反党集团的一些材料》；牛汉因"胡风反党集团"案被捕，此后因本案在本月被捕的诗人有胡风、徐放、绿原、杜谷、阿垅、鲁藜等 14 人；全国文联、中国作协主席团联席会议通过决议，开除胡风中国作协会员会籍，撤销其担任的中国作协理事、《人民文学》编委等职务。

1956 年

5 月　毛泽东在最高国务会议的讲话中提出发展科学和文化的"百花齐放，百家争鸣"的方针。

6 月　蔡其矫的诗集《回声集》由作家出版社出版。

9 月　闻捷的诗集《天山牧歌》由作家出版社出版。

11 月　邵燕祥的诗作《贾桂花》刊于《人民日报》；艾青的诗作《大西洋》刊于《诗刊》第 11 期。

12 月　艾青的诗作《礁石》刊于《光明日报》。

1957 年

1 月　诗刊《星星》（四川）创刊，发表了流沙河的散文诗《草木篇》和曰白的诗作《吻》，两首诗在本年均引发争论。

2 月　郭小川的抒情诗《致大海》和叙事诗《深深的山谷》分别发表在《诗刊》第 2 期、第 4 期。

6 月　中国作协召开党组扩大会，到 9 月共举行 25 次会议，会议主要批判丁玲、陈企霞、冯雪峰等的"反党反社会主义"的言行。周扬在 9 月 16 日的会上做了《文艺战线上的一场大辩论》的总结报告。

7 月　《诗刊》第 7 期刊出"反右派斗争特辑"。

10 月　艾青的诗集《海岬上》由作家出版社出版。

12 月　郭小川的叙事诗《白雪的赞歌》刊于《诗刊》第 12 期。

1958 年

2 月　冯至的诗集《西郊集》由作家出版社出版。

3 月　毛泽东在成都会议上的讲话提出"搜集民歌问题"，并说"中国诗的出路,第一条是民歌,第二条是古典,在这个基础上写出新诗来,形式是民歌的,内容是现实主义和浪漫主义的对立的统一"。5月,他在中共八大二次会议上提出无产阶级文学艺术应采用"革命现实主义和浪漫主义"相结合的创作方法。

4月　《人民日报》发表社论《大规模地收集全国民歌》,不久全国开始了"新民歌运动"。

本年　《诗刊》《文艺报》《文学评论》《处女地》《星星》《红岩》等刊物开展了学习新民歌和新诗发展道路的讨论,这个讨论一直延续到1959年。

1959年

8月　郭小川的诗集《月下集》由人民文学出版社出版。

9月　郭沫若、周扬编的《红旗歌谣》由红旗杂志社出版。

11月　郭小川的诗《望星空》发表在《人民文学》第11期;《文艺报》第23期刊登华夫的批评文章《评郭小川的〈望星空〉》。

1960年

1月　张志民的诗集《礼花集》由作家出版社出版。

8月　余光中的诗集《万圣节》由蓝星诗社出版。

10月　《星星》诗歌月刊第10期出刊后停刊。

1961年

1月　张默、痖弦编的诗集《六十年代诗选》由大业书局出版。

12月　郭小川的长诗《将军三部曲》由作家出版社出版;贺敬之的诗集《放歌集》由人民文学出版社出版。

1962年

2月　胡适病逝。

7月　郭小川的诗《甘蔗林——青纱帐》发表在《人民文学》第7期。

1963年

3月　张志民的诗歌集《西行剪影》由百花文艺出版社出版。

4月　贺敬之的长诗《雷锋之歌》在《中国青年报》上发表。

10月　郭小川的诗集《甘蔗林——青纱帐》由作家出版社出版。

1964年

12月　《诗刊》第11-12月号合刊出刊后停刊。

1965 年

1 月　洛夫的诗集《石室之死亡》由创世纪诗社出版。

2 月　郭小川的诗集《昆仑行》由作家出版社出版。

1966 年

9 月　陈梦家逝世。

1967 年

4 月　饶孟侃逝世。

5 月　周作人逝世。

10 月　废名(冯文炳)逝世。

1968 年

5 月　邵洵美逝世。

10 月　郑愁予的诗集《窗外的女奴》由十月出版社出版。

12 月　田汉逝世；郭路生(食指)从北京乘火车去山西杏花村插队，在车上开始创作《这是四点零八分的北京》一诗。

1969 年

4 月　纪弦的诗集《槟榔树丁集》由现代诗社出版。

5 月　余光中的诗集《天国的夜市》由三民书局出版。

1970 年

3 月　洛夫的诗集《无岸之河》由大林出版社出版。

10 月　张默的诗集《上升的风景》由巨人出版社出版。

1971 年

1 月　闻捷自杀。

6 月　沈尹默病逝。

10 月　穆木天逝世。

1972 年

4 月　李瑛的诗集《枣林村集》由人民文学出版社出版。

9 月　贺敬之的诗集《放歌集》修订本由人民文学出版社出版。

1973 年

1 月　李瑛的诗集《红花满山》由人民文学出版社出版。

5 月　纪鹏的诗集《蓝色的海疆》由人民文学出版社出版。

1974 年

7 月　余光中的诗集《白玉苦瓜》由大地出版社出版。

12 月　《小靳庄诗歌选》由天津人民出版社出版。

1975 年

7 月　李瑛的诗集《北疆红似火》由人民文学出版社出版。

9 月　《诗刊》复刊。

1976 年

1 月　文学理论家、诗人冯雪峰病逝；是月，《诗刊》《人民文学》复刊；《诗刊》的复刊号上发表了毛泽东写于 1965 年的两首词：《水调歌头·重上井冈山》和《念奴娇·鸟儿问答》。

4 月　在天安门广场和全国各地出现大量声讨"四人帮"、歌颂周恩来以及老一辈革命家的诗词。

10 月　郭小川逝世。

11 月　贺敬之的长诗《中国的十月》发表在《诗刊》第 11 期。

12 月　李金发病逝。

1977 年

2 月　穆旦病逝；是月，北京第二外国语学院汉语教研室童怀周编的《革命诗抄》(第一集)出版。

7 月　诗人、文艺批评家何其芳逝世。

12 月　《郭小川诗选》由人民文学出版社出版。

1978 年

1 月　《诗刊》第 1 期发表《毛主席给陈毅同志谈诗的一封信》。

4 月　艾青的《红旗》发表在《文汇报》。

6 月　郭沫若逝世。

12 月　文学刊物《今天》创刊，《今天》共出版 9 期，1980 年 9 月停刊；是月，童怀周编的《天安门诗抄》由人民文学出版社出版。

1979 年

1 月　诗歌座谈会在北京召开，胡耀邦到会讲话。

8 月　《诗刊》第 8 期发表雷抒雁的诗《小草在唱歌》、叶文福的诗《将军，不能这样做》。

10月　中国文学艺术工作者第四次全国代表大会在北京举行，周扬做了题为《继往开来——繁荣社会主义新时期文艺》的报告，大会选举周扬为全国文联主席，茅盾为中国作协主席；同月，《星星诗刊》在成都复刊，刊登公刘《新的课题——从顾城同志的几首诗谈起》，《文艺报》1980年第1期转载该诗作。

1980年

3月　诗人李季逝世；顾城的《抒情诗十首》发表在《星星》第3期。

5月　谢冕的《在新的崛起面前》在《光明日报》发表；是月，艾青的诗集《归来的歌》由四川人民出版社出版；人民文学出版社编辑部编的《台湾诗选》由人民文学出版社出版。

8月　章明的《令人气闷的"朦胧"》发表在《诗刊》第8期。

12月　《诗探索》在北京创刊，中国当代文学研究会编辑。

1981年

1月　江河的诗作《祖国啊，祖国》发表在《花城》第1期；舒婷的诗作《流水线》刊于《莽原》第1期；郭路生（食指）的诗作《我的最后的北京》发表在《诗刊》第1期。

3月　孙绍振的论文《新的文学原则在崛起》发表在《诗刊》第3期。

7月　江苏人民出版社出版辛笛、陈敬容、杜运燮、杭约赫、郑敏、唐祈、唐湜、袁可嘉、穆旦的诗作合集《九叶集》。

8月　人民文学出版社出版由绿原、牛汉编选的收录"七月派"20位诗人作品的《白色花》。

1982年

2月　牛汉的诗《华南虎》、舒婷的诗《会唱歌的鸢尾花》发表在《诗刊》第2期；舒婷的诗集《双桅船》由上海文艺出版社出版。

4月　舒婷的诗《神女峰》发表在《星星》第4期。

10月　诗人袁水拍逝世；是月，《舒婷顾城抒情诗选》由福建人民出版社出版。

1983年

1月　徐敬亚的《崛起的诗群——评我国诗歌的现代倾向》发表在《当代文艺思潮》第1期。

5月　杨炼的长诗《诺日朗》发表在《上海文学》第5期。

10 月　中国作协、《诗刊》社在重庆召开诗歌讨论会,批判"近年来"有严重错误的诗,认为谢冕等"崛起论"是对"马克思主义,毛泽东思想的严重挑战"。

1984 年

5 月　牛汉的诗集《温泉》由上海文艺出版社出版。

9 月　《诗歌报》在合肥试刊。

1985 年

3 月　《他们》在南京创刊。

6 月　胡风病逝。

8 月　田间病逝。

11 月　阎月君等编的《朦胧诗选》由春风文艺出版社出版。

1986 年

3 月　《昌耀抒情诗集》由青海人民出版社出版;顾城的诗集《黑眼睛》由人民文学出版社出版。

5 月　《非非》杂志出刊,周伦佑主编。

7 月　韩东的诗《有关大雁塔》发表在《中国》第 7 期。

9 月　翟永明的诗《女人》发表在《诗刊》第 9 期。

10 月　郑敏的《心象组诗》发表在《诗刊》第 10 期;欧阳江河的长诗《悬棺》发表在《中国》第 10 期;《诗歌报》总第 51 期刊出"中国诗坛'1986'现代诗群体大展"第一辑,《深圳青年报》刊出第二辑和第三辑。

1987 年

6 月　唐晓渡、王家新编的《中国当代实验诗选》由春风文艺出版社出版。

1988 年

1 月　袁可嘉的诗论集《论新诗现代化》由三联书店出版。

3 月　杨炼的诗作《房间里的风景》发表在《人民文学》第 3 期。

4 月　翟永明的组诗《静安庄》发表在《人民文学》第 4 期。

9 月　徐敬亚等编的《中国现代主义诗群大观(1986—1988)》由同济大学出版社出版。

1989 年

1 月　于间的诗作《感谢父亲》发表在《诗刊》第 1 期。

3月　海子自杀。

5月　骆一禾病逝。

8月　杨炼的诗集《黄》由人民文学出版社出版。

11月　陈敬容病逝。

1990年

1月　唐祈逝世。

5月　《我爱——公木自选诗集》由时代文艺出版社出版。

11月　海子的诗集《土地》、骆一禾的诗集《世界的血》由春风文艺出版社出版。

1991年

1月　西川的诗作《幻象》4首发表在《人民文学》第1期;王寅的诗作《阳光》、韩东的诗作《工人新村》发表在《花城》第1期。

2月　郑敏的诗集《心象》由人民文学出版社出版。

3月　王家新的诗作《帕斯捷尔纳克》发表在《花城》第2期。

7月　《艾青全集》由山花文艺出版社出版。

1992年

5月　韩东的诗集《白色的石头》由上海文艺出版社出版。

11月　王家新的诗作《瓦雷金诺叙事曲》发表在《山城》第6期。

1993年

2月　冯至逝世。

6月　于坚的诗作《事件与声音》发表在《人民文学》第6期。

8月　万夏、潇潇主编的《中国现代诗编年史·后朦胧诗全集》由四川教育出版社出版。

10月　顾城自尽。

1994年

1月　郑敏的长诗《诗人之死》发表在《人民文学》第1期,收入诗集时改名为《诗人与死》;是月,《大家》在昆明创刊,创刊号发表于坚长诗《0档案》。

8月　昌耀的诗集《命运之书》由青海人民出版社出版。

11月　《舒婷的诗》由人民文学出版社出版。

1995 年

6 月　顾工编的《顾城诗全编》由上海三联书店出版。

1996 年

2 月　王晓明编选的关于"人文精神"讨论的论文集《人文精神寻思录》由文汇出版社出版。

3 月　昌耀的诗集《一个挑战的旅行者步行在上帝的沙盘》由敦煌文艺出版社出版。

5 月　诗人艾青在北京逝世。

10 月　诗人汪静之在杭州逝世。

12 月　诗人、报告文学家徐迟逝世。

1997 年

2 月　《海子诗全编》（西川编）、《骆一禾诗全编》（张玞编）由上海三联书店出版。

3 月　《中国当代诗人精品大系》丛书由改革出版社出版，收入欧阳江河《透过词语的玻璃》、翟永明《黑夜里的素歌》、西川《隐秘的汇合》、陈东东《海神的一夜》、萧开愚《动物园的狂喜》、孙文波《地图上的旅行》五种。

1998 年

3 月　"90 年代中国诗歌"丛书，收入臧棣《燕园记事》、张曙光《小丑的花格外衣》、西渡《雪景中的柏拉图》、黄灿然《世界的隐喻》、孙文坡《给小蓓的俪歌》、张枣《春秋来信》六种。

6 月　林莽、刘福春编的《诗探索金库·食指卷》由作家出版社出版。

10 月　诗人公木在长春逝世；是月，《北京文学》第 10 期刊登朱文发起并整理的《断裂：一份问卷和五十六份答案》和韩东的《备忘：有关"断裂"行为的问题回答》。

12 月　《昌耀的诗》（蓝星诗库）由人民文学出版社出版。

1999 年

1 月　诗人鲁藜在天津病逝。

2 月　冰心逝世。

12 月　《冯至全集》由河北教育出版社出版。

2000 年

2 月　诗人阮章竞在北京逝世。

3 月　诗人昌耀在西宁逝世。

7 月　《昌耀诗文总集》由青海人民出版社出版。

12 月　诗人、翻译家卞之琳在北京逝世;是月,《郑敏诗集》由人民文学出版社出版。

2001 年

3 月　芒克的诗集《今天是哪一天》由作家出版社出版。

8 月　马悦然、奚密、向阳主编的《二十世纪台湾诗选》由麦田出版社出版。

2002 年

4 月　曾卓病逝。

7 月　杜运燮病逝。

9 月　《蔡其矫诗歌回廊》由海峡文艺出版社出版。

12 月　《臧克家全集》由时代文艺出版社出版。

2003 年

1 月　公刘病逝。

9 月　《唐湜诗卷》由人民文学出版社出版。

11 月　施蛰存病逝。

2004 年

1 月　《于坚集》由云南人民出版社出版。

2 月　臧克家病逝。

4 月　沈浩波的诗集《心藏大恶》由大连出版社出版。

2005 年

1 月　唐湜病逝。

5 月　《空旷在远方——牛汉诗文精选》由时代文艺出版社出版。

11 月　《林莽诗选》由时代文艺出版社出版。

2006 年

1 月　李亚伟的诗集《豪猪的诗篇》由花城出版社出版。

4 月　李方编的《穆旦诗文集》由人民文学从出版社出版。

6月　刘福春编撰的《中国新诗书刊总目》由作家出版社出版。

10月　林庚病逝。

11月　于坚的诗集《只有大海苍茫如幕》由长征出版社出版。

2007年

1月　蔡其矫病逝。

3月　《绿原文集》由武汉出版社出版。

8月　首届青海湖国际诗歌节举行。

2008年

5月　苏历铭、杨锦编的《汶川诗抄》由群众出版社出版；诗集《有爱相伴——致2008·汶川》由人民文学出版社出版。

11月　袁可嘉病逝。

2009年

3月　西川编的《海子诗全集》由作家出版社出版。

5月　《灰娃的诗》由作家出版社出版；《芒克的诗》由人民文学出版社出版。

9月　绿原病逝。

11月　香港国际诗歌之夜在香港举行。

12月　雷平阳的诗集《云南记》由长江文艺出版社出版。

2010年

3月　张枣病逝。

4月　顾乡编的《顾城诗全集》由江苏文艺出版社出版。

7月　《张枣的诗》由人民文学出版社出版。

9月　谢冕总主编的《中国新诗总系》由人民文学出版社出版。

10月　刘福春主编的《牛汉诗文集》由人民文学出版社出版。

2011年

1月　吴思敬、宋晓东编的《郑敏诗歌研究论集》由学苑出版社出版。

5月　《诗建设》创刊，泉子主编。

8月　第三届青海湖国际诗歌节开幕。

11月　林贤治的著作《中国新诗五十年》由漓江出版社出版。

12月　诗歌作品辑《70后·印象诗系》由黄河出版集团阳光出版社陆续

出版。

2012 年

4 月　《多多的诗》《翟永明的诗》由人民文学出版社出版;《郑敏文集》由北京师范大学出版社出版。

6 月　赵敏俐、吴思敬主编的《中国诗歌通史》由人民文学出版社出版。

7 月　中国首届海子青年诗歌节在德令哈市举行。

9 月　唐晓渡、张清华编的《当代先锋诗三十年:谱系与典藏》由江苏文艺出版社出版;陈仲义的著作《现代诗:语言张力论》由长江文艺出版社出版。

2013 年

1 月　香港诗人梁秉钧(也斯)去世。

2 月　诗人雷抒雁逝世。

3 月　刘福春主编的《中国新诗编年史》(上下册)由人民文学出版社出版;云南师范大学成立"西南联大新诗研究院",诗人于坚担任院长。

7 月　台湾诗人纪弦逝世。

9 月　诗人牛汉在北京病逝。

9 月　《洛夫诗全集》(上下卷)由江苏文艺出版社出版。

12 月　诗人冀汸去世。

2014 年

6 月　首届"海子诗歌奖"在北京师范大学颁奖。

8 月　第五届鲁迅文学奖颁奖,其中四川诗人周啸天以旧体诗词创作获诗歌奖引起争议。

10 月　中共中央总书记习近平在北京主持召开文艺工作座谈会并发表重要讲话。

2015 年

1 月　第一届"人民文学诗歌奖"在武汉颁奖;是月,余秀华的诗集《月光落在左手上》由广西师范大学出版社出版。

2 月　余秀华诗集《摇摇晃晃的人间》由湖南文艺出版社出版。

4 月　《中国彝族当代诗歌大系》由四川民族出版社出版。

本年　学界针对新文化运动开展讨论,探讨了新文化运动与中国文化的未来走向,深化了对文化现代化、中西文明的冲突与融合、中国文化发展如何在多元性中保持主体性等问题的认识。

2016 年

1 月　首届华语诗歌春节联欢晚会（简称华语诗歌春晚）在北京大学开幕。

5 月　西南大学中国新诗研究所推出《中国现代诗学丛书》，由人民出版社出版。

6 月　《冯雪峰全集》由人民文学出版社出版；是月，诗人吉狄马加获得2016 年度欧洲诗歌与艺术荷马奖；是月，"截句诗丛"第一辑由时代出版传媒股份有限公司黄山书社出版。

2017 年

4 月　《北漂诗篇》（第一部）由中国言实出版社出版。

10 月　北京文艺网诗人奖暨中国新诗百年研讨会在京举办。

11 月　"中国新诗百年"全球华语诗人诗作评选活动在京颁奖。

12 月　台湾诗人余光中在高雄逝世。

2018 年

3 月　台湾诗人洛夫在台北病逝。

7 月　诗人伊蕾因病去世。

9 月　谢冕的著作《中国新诗史略》由北京大学出版社出版。

12 月　诗人孟浪在香港病逝；是月，广东《作品》杂志举办"改革开放 40 年与打工诗歌"讨论活动；是月，海子诗歌奖永久落户安徽怀宁。

本年　爆发曹谁、伊沙有关"口语诗"的论战，诗坛称为"曹伊之争"。至 2019 年论争持续深化，转变为两个诗派间的大论战。

2019 年

2 月　《诗刊》推出了农民诗人李松山的 13 首诗作，成为继余秀华之后火爆网络的"草根诗人"。

4 月　谢冕主编的《中国新诗总论》由宁夏人民教育出版社出版。

8 月　中国诗歌学会联合北京大学中国诗歌研究院、北京大学外国语学院共同举办首届"童诗现状与发展"研讨会。

11 月　诗人流沙河因病逝世；中国作协主办的全国诗歌座谈会在北京召开，以"新时代诗歌"为主题。

本年,诗歌民刊仍然繁荣,《独立》《诗》《大荒》《诗参考》《诗镜·诗蜀志》先后出版,其中《诗参考》出版了创刊三十年纪念专号;《独立》出版了"民刊大展"专号。

2020 年

5 月　中国诗歌学会向全国诗人发出倡议:每年五月为"中国诗歌艾青月"。

6 月　民刊《中西诗歌》2020 年第 1 期(总第 76 期)推出"疫情诗专辑"。

7 月　《木心全集》由上海三联书店出版,其中含诗歌系列 6 种。

10 月　由《诗刊》社、中国诗歌网主办的"2020 新时代诗歌北京论坛暨全国诗词诗歌学会座谈会"在京举行。

11 月　作家莫言的诗作《饺子歌》获得第五届中国长诗奖特别奖;《诗探索》创刊 40 年纪念学术研讨会在北京举行。

参考文献

1. 朱自清.中国新文学大系:诗集[M].上海:上海良友图书公司,1935.
2. 谢冕.中国新诗总系[M].北京:人民文学出版社,2009.
3. 洪子诚,奚密,吴晓东,等.百年新诗选[M].北京:生活·读书·新知三联书店,2015.
4. 海子.海子的诗[M].北京:人民文学出版社,1995.
5. 韩石山.徐志摩全集:诗歌卷[M].北京:商务印书馆,2019.
6. 周良沛.徐志摩林徽因诗选[M].武汉:长江文艺出版社,2003.
7. 洪子诚,程光炜.朦胧诗新编[M].武汉:长江文艺出版社,2004.
8. 洪子诚.在北大课堂读诗[M].武汉:长江文艺出版社,2002.
9. 谢冕,等.中国现当代诗歌名作欣赏[M].北京:北京大学出版社,2017.
10. 孙玉石.新诗十讲[M].北京:中信出版社,2015.
11. 谢冕.中国新诗史略[M].北京:北京大学出版社,2018.
12. 李怡.中国现代新诗与古典诗歌传统:增订3版[M].北京:中国人民大学出版社,2015.
13. 徐有富.诗学原理[M].北京:北京大学出版社,2017.
14. 孙玉石.中国现代诗歌艺术[M].北京:北京大学出版社,2010.
15. 孙玉石.中国现代主义诗潮史论[M].北京:北京大学出版社,1999.
16. 朱光潜.诗论[M].北京:北京出版社,2005.
17. 孙玉石.中国现代解诗学的理论与实践[M].北京:北京大学出版社,2010.
18. 方长安.中国新诗(1917—1949)接受史研究[M].北京:中国社会科

学出版社,2017.

19. 钱理群,温儒敏,吴福辉.中国现代文学三十年:修订本[M].北京:北京大学出版社,1998.

20. 洪子诚.中国当代文学史[M].北京:北京大学出版社,2010.

21. 童庆炳.文学理论教程:第5版[M].北京:高等教育出版社,2015.

22. 陈超.打开诗的漂流瓶[M].石家庄:河北教育出版社,2003.

23. 洪子诚,刘登翰.中国当代新诗史:修订版[M].北京:北京大学出版社,2005.

24. 蓝棣之.现代诗的情感与形式[M].北京:人民文学出版社,2002.

25. 龙泉明.中国新诗流变论[M].北京:人民文学出版社,1999.

26. 陈良运.中国诗学批评史[M].南昌:江西人民出版社,2001.

27. 陆红颖.现代情诗的古典底蕴[M].杭州:浙江大学出版社,2008.

28. 罗振亚.朦胧诗后先锋诗歌研究[M].北京:中国社会科学出版社,2005.

29. 骆寒超.20世纪新诗综论[M].上海:学林出版社,2001.

30. 吴思敬.吴思敬论新诗[M].北京:中国社会科学出版社,2013.

31. 王泽龙.中国现代诗歌意象论[M].北京:中国社会科学出版社,2008.

32. 林贤治.中国新诗五十年[M].桂林:漓江出版社,2011.

33. 李红岩.诗歌朗诵技巧[M].北京:中国广播电视出版社,2002.

34. 李建中.中国文学批评史[M].北京:北京大学出版社,2009.

35. 洪子诚,刘登翰.中国当代新诗史[M].北京:北京大学出版社,2010.

36. 韩石山.徐志摩传[M].北京:人民文学出版社,2010.

37. 娄东仁,夏晓非.艾青散文[M].北京:中国广播电视出版社,1994.

38. 牛汉,郭宝臣.艾青名作欣赏[M].北京:中国和平出版社,1993.

39. 艾青.艾青诗选[M].北京:人民文学出版社,1979.

40. 艾青.艾青精选集[M].北京:北京燕山出版社,2012.

41. 骆寒超.艾青评传[M].重庆:重庆出版社,2000.

42. 燎原.海子评传[M].北京:作家出版社,2016.

43. 崔卫平.不死的海子[M].北京:中国文联出版社,1999.